GEHEIMNISSE IN DER GRÜNEN MARK

Gudrun Wieser, geboren 1987 in Frohnleiten, machte ihre Matura bei den Ursulinen in Graz (damals noch eine reine Mädchenschule), darauf folgte das Lehramtsstudium für Deutsch und Latein an der Karl-Franzens-Universität in Graz. Aus Leidenschaft für die alten Sprachen hängte sie 2017 noch ein Doktorat in Klassischer Philologie (Latein) in Graz und Wien an. Als Lehrerin verschlug es sie nach einem Abstecher als Lektorin an der Universität und mehreren Sprachkursen an der Urania an das geschichtsträchtige Akademische Gymnasium Graz, wo sie nun Latein, Deutsch, Interkulturelles Soziales Lernen und Darstellendes Spiel unterrichtet. Daneben tritt sie als Erzählerin allein und als Duo Wieser&Wiesler mit der Schauspielerin und Autorin Marion Wiesler auf.

GUDRUN
WIESER

GEHEIMNISSE
IN DER
GRÜNEN
MARK

HISTORISCHER
KRIMINALROMAN

emons:

Bibliografische Information der Deutschen Nationalbibliothek
Die Deutsche Nationalbibliothek verzeichnet diese Publikation in der Deutschen Nationalbibliografie; detaillierte bibliografische Daten sind im Internet über http://dnb.d-nb.de abrufbar.

FSC www.fsc.org MIX Papier | Fördert gute Waldnutzung FSC® C083411

Umschlaggestaltung: Leonardo Magrelli
Gestaltung Innenteil: DÜDE Satz und Grafik, Odenthal
Lektorat: Christiane Geldmacher, Textsyndikat Bremberg
Druck und Bindung: CPI – Clausen & Bosse, Leck
Printed in Germany 2024
ISBN 978-3-7408-1870-8
Historischer Kriminalroman
Originalausgabe

Dieser Roman wurde vermittelt durch die
Textbaby Medienagentur Carsten Polzin.

Von allen Stellungen, in die ein Jurist im praktischen Leben gelangen kann, ist die des Untersuchungsrichters die eigenartigste. […] Von ihm wird jugendliche Kraft und frischester Eifer, ausdauernde, rüstige Gesundheit, umfangreiches, stets gegenwärtiges juridisches Wissen, nicht nur in strafrechtlichem, sondern auch in zivilrechtlichem Fache verlangt.

»Handbuch für Untersuchungsrichter
als System der Kriminalistik«,
Dr. Hans Gross

Prolog

… etwa ein halbes Jahr bevor die Sommerfrische beginnt …

Natürlich hatte er gewusst, worauf er sich einließ.

Er hatte es ja so gewollt.

Von Anfang an hatte er es so gewollt.

Schon im Gymnasium hatte er diesen Plan gefasst, damals, als man ihm sowohl mit Worten als auch mit Schlägen und mehrmaligen Aufenthalten im Karzer klarmachen wollte, dass es für einen Galgenstrick und Tunichtgut – mochte er sich auch noch so großer Beliebtheit unter den Klassenkameraden erfreuen – keinen anderen Weg gab als den nach unten. In den Dreck, in die Gosse, auf das liederliche Pflaster, wo sich nur der Unrat der Gesellschaft herumtrieb und auf das ihm zugedachte Los harrte. Was erwartete so ein kleiner Proletarier auch anderes, der es allein durch die Fürsprache seines Pfarrers in eine anständige Schule geschafft hatte, nur um dort dann allen zu beweisen, dass es eben doch einen Unterschied zwischen denen gab, aus welchen etwas werden konnte, und jenen, die von Anfang an verloren waren?

Franz Stahlbaum verzog die Lippen zu einem grimmigen Lächeln, als er bei Nacht und rußig schmeckendem Nebel durch die engen Gassen der Stadt eilte.

Im Grunde hatten sie recht gehabt: Unter seinen Sohlen knirschte der Dreck der Gosse, das liederliche Pflaster, das man ihm immer prophezeit hatte. Allerdings hatten seine Lehrer, die mit Stock und Strafarbeiten sich damals redlich bemüht hatten, aus ihm doch noch ein wertvolles Mitglied der Gesellschaft zu machen, ihn wohl eher in einer anderen Rolle imaginiert.

Ein Mann in der Uniform der Grazer Sicherheitswache winkte ihm von einer Toreinfahrt aus zu. »Herr Untersuchungsrichter, da oben«, er deutete auf eine schmale Treppe, die im Innenhof des Hauses in das oberste Stockwerk führte.

Offensichtlich wohnten hier nur noch jene, deren Mittel gerade noch ausreichten, sich eine zugige Dachkammer zu leisten.

Franz nickte dem Mann zu, der daraufhin einen militärischen Gruß andeutete.

Für einen kurzen Moment fragte er sich, ob der Mann ihn dabei spöttisch angesehen hatte. Hielt er ihn auch bloß für einen Wichtigtuer, der seine Jugend und seinen geringen Stand mit Übereifer zu kompensieren suchte?

Aber er hatte es doch geschafft! Was vor Jahren niemand ihm zugetraut hätte, hatte er getan. Wer hätte erwartet, dass ausgerechnet der Schüler Stahlbaum, der mehr Stunden im Karzer verbracht und mehr Schläge einkassiert hatte als alle andern, tatsächlich die Matura bestand – obwohl sich mehr als ein Lehrer gegen ihn ausgesprochen hatte? Wer hätte erwartet, dass er tatsächlich ein Studium beginnen, sich mit kleinen Hilfsarbeiten so lange über Wasser halten würde, bis er sich Magister Iuris nennen würde und nun als Untersuchungsrichter genau das täte, was so viele andere, die dasselbe Amt bekleideten, am liebsten an andere delegierten?

Er war hier, am Tatort eines Verbrechens.

Auch wenn er wusste, dass er nicht immer so genau nach Protokoll vorgehen konnte, wollte er zumindest am Anfang seiner Karriere es seinem Vorbild Hans Gross nachmachen und wirklich dort sein, wo etwas geschehen war.

Auf der Treppe kam ihm ein Mann entgegen, den Hut tief ins Gesicht gezogen, eine unförmige Tasche an der Seite, der einen Gruß murmelte, ohne ihn anzusehen.

Oben erwartete ihn ein weiterer Wachbeamter, der vor einer windschiefen Tür stand. »Da drinnen«, sagte er nur und stieß die Tür auf, die dabei ein klagendes Geräusch von sich gab. »Der Arzt war schon da. Tot. Die Nachbarin und die beiden Schlafgänger warten unten zur Befragung.«

»Danke«, erwiderte Franz. »Ich werde gleich kommen.«

Im Grunde hätte er diese Arbeit getrost auch jemand anderem überlassen können, genügte es doch vollkommen, wenn er danach das Protokoll mit seiner Unterschrift abzeichnete. Aber er wollte es selbst machen, es richtig machen.

Franz trat in den kleinen Raum. Es brauchte nur einen kurzen Blick, um sich ein Bild der Situation zu verschaffen.

Eine Frau lag mit aufgerissenen Augen am Boden, ein umgestoßener Sessel neben ihr hatte mit seinem Poltern wohl die Nachbarin aufgeschreckt, die daraufhin die Sicherheitswache alarmiert hatte. Ein Waschkrug aus schwerem Steingut lag in Scherben neben der Toten, man konnte sich leicht vorstellen, dass ihr damit der Schädel zertrümmert worden war, was auch das Blut, das aus ihrem mausbraunen Haar sickerte, bestätigte.

Es gab kaum einen Platz in der Wohnung, an dem man aufrecht stehen konnte. Statt eines Fensters gab es lediglich eine Luke, die hinaus aufs Dach führte. Tatsächlich war es kaum mehr als eine Kammer unter den schrägen Giebelbalken, in die man einen mickrigen Ofen, eine Bettstatt und einen Tisch nebst Sessel gequetscht hatte. Die wenigen übrigen Habseligkeiten der Bewohner waren an die Dachbalken gehängt oder auf Regalbretter gestellt, die jeglicher Schwerkraft trotzend an die Wände genagelt waren. Ein verblichener Frauenhut, eine Schürze, ein paar Kleidungsstücke, mehrmals geflickt, ein Topf … Das Paar, das hier lebte, konnte sich kaum das Notwendigste leisten.

Wenigstens gab es hier keine Kinder.

Franz drehte sich einmal um die eigene Achse. Er konnte sich gut vorstellen, wie der Mord geschehen sein könnte.

Die Arbeiter in den Fabriken bekamen einmal in der Woche ihren Lohn ausgezahlt. In den meisten Fällen zu wenig zum Leben, zu viel zum Sterben, jeder Groschen schon genau verplant, ehe man ihn überhaupt in den Fingern hielt. Aber manchmal brauchte man auch ein wenig Vergnügen, ein paar Stunden, den Alltag leichter zu ertragen, ein paar Schluck Bier, die geschundenen Hände vergessen zu machen. Der Mann war heimgekommen, statt des bitter notwendigen Geldes in den Taschen Alkohol in der Kehle, die Frau machte ihm Vorwürfe.

Der Blick auf ihre abgezehrte Gestalt auf dem Boden ließ Franz in seinen Überlegungen einen Moment innehalten. Diese Geschichte hätte auch seine sein können …

Es kommt zum Streit. Es geht um enttäuschte Erwartungen, Vorwürfe, Drohungen – und am Ende beendet der Krug den Disput und das Leben der Frau. Die Arbeit in der Fabrik hatte einen Mann zum Mörder gemacht.

Franz schaute sich noch einmal um. Sobald sie den Namen des Mannes und seine Arbeitsstätte kannten, wäre es nur noch eine Frage der Zeit, bis man ihn hätte. Eine Formalität.

Plötzlich ließ ein Schatten in seinem Augenwinkel ihn herumfahren.

Eine Sekunde lang war er sich sicher, dass es bloß ein Tier gewesen war, das sich vor der Dachluke bewegt hatte, doch dann hörte er das Scharren und Knarren von Schritten, die sich über ihm bewegten.

Er hätte nach dem Wachbeamten rufen können, er hätte jemanden darauf aufmerksam machen können, dass womöglich der Täter noch ganz in der Nähe war – doch in diesem Moment vergaß Franz Stahlbaum, dass er nun Untersuchungsrichter war. Wie der Junge, der sich einst einen Sport daraus gemacht hatte, seinen Lehrern das Leben nach Kräften zu erschweren, wand er sich durch die Luke auf das Dach hinaus. Kurz wankte er auf den abschüssigen Ziegeln, doch seine Beine hatten seine früheren verbotenen Ausflüge nicht vergessen.

Ein paar Meter vor sich erkannte er eine Gestalt, die einen Augenblick lang in der Bewegung verharrte und ihn ungläubig anstarrte. In der nebeligen Dunkelheit konnte er nicht viel mehr sehen, als dass es sich wohl um einen Mann handelte, schmale Schultern und lange Gliedmaßen, die sich mit einem Ruck herumwarfen und über das Dach davonhetzten.

»Stehen bleiben!«, schrie Franz. Ohne weiter als bis zum nächsten Schritt zu denken, rannte er dem Mann nach.

Offenbar hatte jener keineswegs erwartet, von jemandem

über die Dächer der Stadt verfolgt zu werden, denn schon trennten sie nur noch wenige Schritte.

»Stehen bleiben!«, brüllte Franz abermals.

Ein Wachbeamter, von dem Poltern und den Stimmen alarmiert, steckte seinen Kopf durch die Dachluke und sah wohl gerade noch, wie der Untersuchungsrichter Stahlbaum und eine unbekannte Person hinter der Giebelkante des Nebengebäudes verschwanden.

Für einen Moment meinte Franz, dass der Flüchtende vom Dach gestürzt wäre, doch dann entdeckte er die Leiter, die zu einem Sims weiter unten führte, von dem man sich an einer Regenrinne bis zur Straße hinunterhangeln konnte. Ohne einen weiteren Gedanken sprang er die Leiter hinab. Der Fremde war kaum eine Armlänge unter ihm.

Da traf ihn der Blick des Mannes. Im nächtlichen Dämmer konnte er nur die tiefen Augenhöhlen in einem mageren Gesicht ausmachen, breite, abgearbeitete Hände, die sich an die Dachrinne krallten. Hände, die womöglich einer Frau mit einem Krug den Schädel zertrümmert hatten.

Franz ersparte es sich, den Abstand zur Straße noch einmal genauer in Erwägung zu ziehen. Mehr als ein Stockwerk konnte es kaum sein. Hoffte er zumindest. Mit einem Schrei ließ er sich fallen, wobei er den Mann mit sich riss.

Teilweise ging sein Plan auch auf, denn er landete vergleichsweise unbeschadet auf dem Pflaster. Doch statt dass sich der mutmaßliche Mörder, der bei dem Sturz einen unsäglichen Fluch von sich gegeben hatte, nun geschlagen gab und festsetzen ließ, warf dieser sich mit ungeahnter Kraft herum, setzte Franz sein Knie auf die Brust und seine Hände an die Kehle.

»Hundsfott, elendiger«, zischte er, während er ihm die Luft abdrückte.

Zu einer Erwiderung hatte Franz weder den Atem noch die Gelegenheit. Denn während ihm vage dämmerte, dass es wohl doch keine so glorreiche Idee gewesen war, ganz allein einem potenziellen Mörder quer über die Dächer von Graz zu folgen, begannen sich purpurfarbene Ringe vor seinen Augen zu drehen, und ein merkwürdiges Rauschen breitete sich in seinen Ohren aus.

Von irgendwo waren Schritte zu hören.

»Verrecken sollst«, keuchte der Mann und beugte sich immer tiefer über Franz.

Erst jetzt traf ihn wie ein Schlag die Erkenntnis, dass er gleich sterben würde, und panisch versuchte er, um sich zu schlagen. Er wollte schon die Augen schließen, um nicht länger die Fratze des Mannes über sich sehen zu müssen, da stieß dieser plötzlich einen überraschten Laut aus – und stürzte zur Seite.

Zugleich wurden die Schritte immer lauter, und zwei Wachbeamte beugten sich über Franz.

»Der Idiot …«, murmelte jemand.

Langsam, mit rasselndem Atem richtete Franz sich auf und sah sich um. Die purpurnen Ringe lösten sich auf, und blinzelnd erkannte er den Mann, der ihm zuvor den Weg zum Tatort gewiesen hatte, dann schaute er nach links, wo ein Uniformierter den Fremden in Eisen legte.

Eine weitere Gestalt, deren Gesicht unter dem Hut nicht recht zu sehen war, wechselte ein paar Worte mit den Wachleuten, während von der anderen Seite bereits zwei Männer herbeieilten. Franz hatte den verwirrenden Eindruck, dass um ihn herum alles mit zähflüssiger Langsamkeit passierte und doch zu schnell, als dass er alles hätte mitverfolgen können.

Ein Mann hielt ihm die Hand hin, um aufzustehen.

»Gratulation, Herr Untersuchungsrichter, Sie haben sich von unserem Täter fast selbst umbringen lassen«, sagte jemand. Jedes Wort triefte vor Sarkasmus.

Franz brauchte ihn gar nicht anzusehen, die Stimme des zivilen Ermittlers Anton Meisl erkannte er auch so. Keiner vertrat dermaßen deutlich die Ansicht, dass der einzig wahre Platz eines Studierten am Schreibtisch war, umgeben von Papier, in einer wohlgeheizten Amtsstube. Untersuchungsrichter sollten da keine Ausnahme machen – und die meisten taten es auch nicht.

»Ich habe ihn wenigstens nicht einfach übers Dach entkommen lassen.«

»Unsere Leute hatten ihn schon längst im Visier.«

»Aha …« Franz versuchte den feuchten Straßendreck von seinem Mantel zu klopfen und der Peinlichkeit der Szene zu entkommen.

»Glauben Sie, wir kennen die Falotten nicht?«

»Und wer hat ihn schlussendlich niedergeschlagen?«

Meisl lachte so laut auf, dass sich zwei der Sicherheitswachen nach ihm umdrehten. »Das war der Arzt, der bei unserer Leiche zuerst den Tod festgestellt hat. Das muss auch so ein Talent wie Sie sein, der hat sich nämlich verlaufen und würde wohl bis zum Morgengrauen da in den Gassen herumrennen, wenn Sie beide ihm nicht vor die Füße gefallen wären.«

»Ist eh ein Wiener …«, merkte einer der Uniformierten an, der gerade wenig sanft den Gefangenen auf die Beine bugsierte.

Irritiert schaute Franz sich um.

Es war der Mann, der ihm auf der Treppe zum Tatort entgegengekommen war, der vor einem der Wachmänner stand. Die unförmige Tasche lag noch immer am Boden. Kurz blickte der Mann zu Franz hin, der unter dem Hut nur seine Augen blitzen sah, dazu ein bitteres Zucken um den Mund.

Eilig hob er sein Hab und Gut auf. »Wie heißt er?«

Meisl zuckte die Schultern. »Steht dann eh im Protokoll.«

Ehe Franz sich noch entschließen konnte, den Arzt anzusprechen, deutete dieser einen Gruß an und verschwand mit langen Schritten, die Tasche an sich gepresst, in der Nacht.

»Und Ihnen würde ich auch empfehlen, dass Sie heimgehen. Morgen werden alle Unterlagen schon auf Ihrem Schreibtisch sein. Soll jemand Sie begleiten?« Das höfliche Angebot klang aus dem Mund von Anton Meisl wie eine Beleidigung.

Franz schüttelte nur den Kopf.

Während er den vertrauten Weg zu seiner Wohnung ging,

malte er sich bereits aus, welche Witze und Schmähungen demnächst die Runde machen würden. Natürlich, der Proletarier, der es versehentlich bis zum Untersuchungsrichter gebracht hatte, versuchte auf eigene Faust, einen Verbrecher zu stellen – das konnte ja nur gründlich in die Binsen gehen! Oh, wie würden die feinen Herren Juristen frohlocken, wenn dann allgemein bekannt würde, dass ausgerechnet der Arzt, der zuvor die Leichenbeschau vorgenommen hatte, ihm das Leben retten musste.

Alle Achtung – den Stahlbaum darf man ohne ärztliche Begleitung nicht vor die Tür lassen!

Franz unterdrückte einen Fluch, als er sich in seiner Wohnung auf den durchgesessenen Fauteuil fallen ließ. Kurz überlegte er, ob eine Zigarre oder ein Kognak seine Stimmung aufhellen könnten, doch während er darüber noch nachdachte, fiel er in einen unruhigen Schlummer, aus dem er erst erwachte, als seine Haushälterin ihm am nächsten Morgen eine Tasse Kaffee unter die Nase hielt.

»Mir scheint, Sie haben verschlafen«, stellte sie fest.

Er verzichtete darauf, ihr auch noch recht zu geben, stattdessen verbrühte er sich die Zunge an dem Kaffee, den er viel zu eilig trinken wollte, und kam dennoch zu spät in seinem Büro an. Sehr zum Gaudium aller, die mittlerweile von seiner nächtlichen Heldentat gehört hatten.

Dass der Mann, den er verfolgt hatte, schlussendlich weder der Ehemann noch der Mörder der Frau gewesen war, machte die Sache nicht besser. Es hatte sich lediglich um einen gemeinen Dieb gehandelt, der sich erhofft hatte, durch eines der Dachfenster leichter in die unteren Stockwerke vorzudringen, wo er reichere Beute erwartet hatte. Offenbar war er nicht besonders ortskundig gewesen.

Es war auch nicht der Gatte der Toten gewesen, der sie im Streit um das magere Arbeitergehalt erschlagen hatte, wie Franz zunächst geschlussfolgert hatte. Der Mörder, den ein paar Tage später ausgerechnet Anton Meisl dingfest machte, war ein Schlafgänger gewesen, dessen Zudringlichkeiten die Frau zurückgewiesen hatte, bis er nicht mehr an sich halten konnte und sie aus Zorn mit dem Krug erschlagen hatte.

Der Ehemann, der in dieser Nacht zum Witwer geworden war, hatte derweil sein mageres Einkommen mit Überstunden in der Fabrik aufgebessert. Als er vom Tod seiner Frau erfuhr, warf er sich nahe der Poudrette-Fabrik in die Mur.

Montag, 19.7.1897

Ein Kurgast wird vermisst

Von allem Anfange an sollte man über den Fall gar keine Meinung haben.

Dr. Hans Gross

Langsam, aber sicher begann sich Titus zu fragen, was er hier eigentlich machte.

Die Gesellschaft war angenehm, die Konversation zu jeder Tageszeit anregend, ohne aufzuregen, die Herren waren politisch weitgehend desinteressiert und leidlich belesen, die Damen charmant, das Personal erfreulich zurückhaltend. Man hätte das Wetter als außerordentlich wohltuend, die Luft überaus würzig, den leichten Wind geradezu balsamisch nennen können – wenn es nicht seit Wochen schon das Gleiche gewesen wäre. Außerdem ließen diese endlosen Sonnentage die unmännlichen Sommersprossen, mit denen er geschlagen war, nur noch deutlicher hervortreten.

Natürlich war Dr. Titus Pyrner offiziell seiner Gesundheit und Erholung wegen in die Kaltwasserheilanstalt nach Frohnleiten gekommen, denn nirgends sonst gab es ein solches Übermaß an lieblicher Landschaft, dazu die Ruine Pfannberg links und die Burg Rabenstein rechts der Mur, einen belebten Hauptplatz, an dem sich praktisch ein Gasthaus an das nächste reihte, und ein lauschiges Dörfchen kaum eine halbe Stunde Fußmarsch entfernt. Zudem verfügte der Kurort über einen modernen Bahnhof, mit dem es Titus jederzeit freigestanden hätte, die Flucht zu ergreifen. Dennoch blieb er. Obwohl es ihn bei dem Gedanken an die täglichen kalten Güsse, die er über sich ergehen lassen musste, schauderte.

Wenigstens war das Essen meist gut.

Zerstreut nickte er einem älteren Herrn zu, der mit angespannter Miene auf die Terrasse trat, um gleich darauf wieder zu verschwinden.

Es war hoffnungslos. So eine Blödheit hatte auch nur ihm einfallen können. Er konnte den sarkastischen Kommentar seines Vaters schon förmlich hören! Da hatte er es im vergangenen Jahr wenigstens einmal geschafft, seinen alten Herrn auf Kur zu besuchen, und sich gleich am ersten Abend – wieder einmal – so sehr mit ihm gestritten, dass er den folgenden Tag schmollend an der Murpromenade verbracht hatte, wo er dann im Überschwang des Unmuts irgendeinem jugendlichen Frauenzimmer sein Leid geklagt hatte. Und statt über diese peinliche Episode mit männlichem Gleichmut hinwegzugehen, saß er nun hier und hoffte, dass ebenjenes Fräulein Salome, an das er Jahr und Tag gedacht hatte und von dem er nichts als seinen Namen und ein süßes Lächeln besaß, wieder zur Sommerfrische hier auftauchte.

Gewiss hätte er in dieser Angelegenheit damals auch etwas klüger vorgehen können. Aber als ihm seine lächerliche Situation bewusst geworden war, hatte er schon wieder im Zug über den Semmering gesessen. Ja, er hatte sogar per Telegramm noch versucht, unter einem langwierig ausgetüftelten Vorwand, vom Kurhaus den vollen Namen des Fräuleins herauszufinden. Doch da zu dieser Zeit gleich mehrere Herren mit jungen Damen, die angeblich oder tatsächlich ihre Töchter waren, dort logiert hatten und er sich nicht getraut hatte, ihren Namen preiszugeben – er wollte das Fräulein Salome ja nicht kompromittieren! –, hatte er sich mit dem wenigen, das er wusste, bescheiden müssen.

»Ich Volltrottel …« Titus seufzte und überlegte, ob nicht nun der richtige Zeitpunkt wäre, seine Sachen zu packen und von hier zu verschwinden. Solange er keinen Bekannten über den Weg liefe, könnte er immer noch behaupten, dass er den Sommer irgendwo in den steirischen Bergen verbracht hätte. Keine halbe Stunde würde er brauchen, um sich reisefertig zu machen. Außer einem Koffer und seiner Arzttasche hatte er ja nichts mitgebracht. Weshalb er Letztere überhaupt in ein Kurhaus mitgenommen hatte, wo es an medizinischer Versorgung ja nicht mangeln sollte, vermochte er sich selbst nicht genau zu erklären. Wahrscheinlich war es irgendeine lächerliche Form der Selbstvergewisserung, die ihn dazu zwang, sich täglich zu beweisen, dass er tatsächlich ein echter *Doctor medicinae* war, auch wenn er sich bis auf Weiteres die Wiener Praxis mit seinem Vater teilen musste …

Das eine halbe Jahr, in dem er einen Freund seines alten Herrn vertreten hatte, welcher wegen eines Lungenleidens eine längere Reise unternehmen musste, war ihm durchaus erfreulich in Erinnerung geblieben. Auch wenn er sich bis zuletzt in Graz nicht recht heimisch gefühlt hatte und man ihn in der Praxis doch immer nur als den »Ersatzarzt« betrachtet hatte. Wenigstens hatte der Vater nicht jeden seiner Handgriffe überwachen können.

Er war doch ein erwachsener Mann. Er konnte tun, was ihm beliebte. Er könnte heute noch einen Zug nach Prag besteigen oder nach London reisen – oder nach Dschibuti! Oder er gönnte sich tatsächlich noch ein paar Tage in den Bergen.

»Das ist äußerst unangenehm.«

»Allerdings …«, murmelte Titus und starrte auf seine Hände.

»Es wurde nichts von einer Bergtour oder Ähnlichem gesprochen.«

»Ich werde wohl nicht um Erlaubnis bitten müssen, wenn ich meine Pläne ändere …« Selbst auf seinen Fingern waren diese leidigen Sommersprossen zu sehen, die ihn von Kopf bis Fuß wie einen wandelnden Farbunfall sprenkelten.

»Üblicherweise teilt man uns mit –«

»Wieso sollte ich ausgerechnet ihm …?«

»Wie meinen?«

Titus fuhr auf und spürte, wie ihm schlagartig die Röte von seinem roten Haaransatz bis in den Kragen rann und jede einzelne Sommersprosse auf seiner Stirn zum Glühen brachte. »Verzeihen Sie, ich war in Gedanken …« Das kam davon, wenn man zu lang allein vor sich hin sinnierte. Jetzt hielten ihn die übrigen Kurgäste bald nicht mehr nur für einen melancholischen Einzelgänger, sondern auch für eine Debilen, der mit sich selbst Zwiesprache hielt und sich ungefragt in anderer Leute Konversationen einmischte. »Verzeihung«, wiederholte er abermals und machte sich daran, so unauffällig wie möglich zu verschwinden.

»Herr Doktor?«

Titus hielt inne und wandte sich um.

Der Direktor des Kurhauses sah ihn mit verzwicktem Gesichtsausdruck an, neben ihm stand der ältere Herr, den er zuvor kurz auf der Terrasse bemerkt hatte. »Entschuldigen Sie die Störung, aber der Ingenieur Loidl hat sich gerade nach dem gnädigen Herrn Eisenpaß erkundigt. Haben Sie ihn denn kürzlich gesehen?«

Titus hatte sich in den letzten Tagen nur sehr oberflächlich mit den übrigen Kurgästen befasst und musste erst in seiner Erinnerung kramen, von welchem Herrn Eisenpaß wohl die Rede war. »Ich … denke nicht«, erwiderte er nach einigen Sekunden und fügte dann pflichtschuldig noch hinzu: »Was ist denn geschehen?«

»Nichts, nichts«, antwortete der Direktor sogleich, wobei seine Miene ihn Lügen strafte.

»Er ist nämlich mein Zimmernachbar«, erklärte der Ingenieur Loidl, »und deshalb weiß ich, dass er seit gestern nicht mehr da war. Jedenfalls habe ich meine Zigarre am Vorabend allein rauchen müssen – und heute war der Theodor auch nicht beim Frühstück und nicht bei seinem Morgenspaziergang.«

»Nun, da wird es sicher einen guten Grund geben«, versuchte Titus, sich freundlich aus der Affäre zu ziehen. Dass ein Kuraufenthalt nicht immer allein dem gesundheitlichen Wohl diente und die Gäste bisweilen ihr Heil auch jenseits von kalten Güssen und Rohkost suchten, war wohl kein Geheimnis.

»Nun«, der Direktor räusperte sich umständlich und sah sich um, als befürchtete er, von jemandem belauscht zu werden.

Tatsächlich pflügte just in diesem Moment die imposante Gestalt der Geheimratswitwe Brandhauer an ihm vorbei, die sich angeblich jedes Jahr mit Diäten und Kaltwasserkuren verjüngte, nur um sich im folgenden Jahr von Neuem, einem Schlachtschiff gleich, in Frohnleiten einzufinden.

»Womöglich ist der gnädige Herr auch bereits einen Tag früher abgereist«, fuhr der Direktor fort, nachdem die Dame sich entfernt hatte. »Obwohl das sehr unwahrscheinlich ist, denn sein Gepäck ist noch da. Und außerdem hat er keine Nachricht hinterlassen …«

»Ich verstehe«, sagte Titus.

»Er ist verschwunden«, präzisierte Ingenieur Loidl.

»Ich bitte Sie! Davon kann nicht die Rede sein!«, unterbrach ihn der Direktor.

»Aber wenn … Sollte man dann nicht wenigstens die Gendarmerie –«

»Auf gar keinen Fall!«, fiel ihm der Direktor abermals ins Wort und fügte mit einem geradezu flehenden Blick zu Titus hinzu: »Gewiss ist das alles nur ein dummes Missverständnis. Es gibt ja Zufälle …«

Titus nickte. »Selbstverständlich.« Kurz zögerte er, doch dann passierte, was ihm wohl schon mehr als einmal fast Kopf und Kragen gekostet hätte. Ohne weiter über die möglichen Folgen nachzudenken, meinte er: »Ich könnte mich ja im Ort einmal erkundigen, ob jemand den werten Herrn Eisenpaß gesehen hat. Sicher lässt sich alles leicht aufklären.«

»Das wäre zu freundlich von Ihnen!«

Erst als der Direktor des Kurhauses Titus' Hand packte und dermaßen ausgiebig schüttelte, dass er bereits Sorge um die Unversehrtheit seiner Gliedmaßen bekam, wurde ihm bewusst, welchen fatalen Fehler er begangen hatte. Nun konnte er sich nicht mehr so einfach sang- und klanglos aus dem Staub machen; nun musste er sein Wort halten und sich wenigstens einmal an allen halbwegs plausiblen Orten nach dem verschollenen Kurgast erkundigen.

»Bitte, Sie werden das gewiss diskret behandeln, Herr Dr. Pyrner?«

»Selbstverständlich.« Was blieb Titus auch anderes übrig?

»Gott sei Dank«, fiel da auch der Ingenieur mit ein. »Wissen Sie, ich reise nämlich morgen schon wieder ab, und ich hätte es mir nicht verzeihen können, wenn meinem Freund und Zimmernachbarn womöglich … na ja … Es wird ja wohl nichts gewesen sein.«

Titus unterdrückte ein Seufzen und brachte seine Hand in Sicherheit. Mit deutlichen Zeichen der Erleichterung zog darauf der Direktor ab, während Ingenieur Loidl sich zufrieden auf der Terrasse hinter einer Zeitung verschanzte.

Ein Frauenzimmer, das seit seiner Ankunft bereits jeden Tag hustend und briefeschreibend im Schatten saß, nickte zu ihm herüber. Er deutete eine Verbeugung an und beeilte sich davonzukommen, ehe er noch gezwungen war, höfliche Konversation zu führen.

Etwas verloren stand Titus vor dem Kurhaus und schaute den Hauptplatz hinauf, an dessen Ende die Servitenkirche streng auf das weltliche Treiben blickte. So schnell konnte die Lage sich also ändern. Statt völlig unsinnig auf jene Salome des Vorjahres zu hoffen, die – er musste es sich wohl langsam eingestehen – ohnehin nicht auftauchen würde, durfte er sich nun ebenso unsinnig nach dem Verbleib eines gewissen Herrn Theodor Eisenpaß erkundigen. Er hörte schon, wie sein Vater ihn auslachte: *Siehst du, Bub, deshalb kann ich dich nicht allein eine ganze Ordination führen lassen. Mit solchen Ideen …*

»Aber nichts tun und keine Ideen haben ist auch nicht immer besser«, brachte er die väterliche Stimme hinter seiner Stirn zum Schweigen. Titus straffte sich und rückte seinen Hut zurecht. Er hasste es, wenn die Leute unterwegs auf seine roten Haare starrten.

So schwer konnte es ja nicht sein, einen Kurgast ausfindig zu machen, der offensichtlich noch nicht abgereist war.

Wahrscheinlich hatte dieser Eisenpaß tatsächlich bloß einen Bekannten getroffen und sich zu einem spontanen Abstecher entschlossen. Kein Grund zur Sorge; der Direktor des Kurhauses hatte schlicht übertrieben.

Titus entschloss sich, seine Erkundungen bei den Gasthäusern des Ortes zu beginnen. Und derer gab es in Frohnleiten eine ganze Menge …

Ohne sich eine weitere Verzögerung zu erlauben, machte er einmal linksum und betrat die erste Gaststätte, die sich praktischerweise direkt neben dem Kurhaus befand. Neben dessen modernem, einladendem Portal wirkte der Eingang dieses Wirtshauses wie aus der Zeit gefallen.

Schon an der Tür des sogenannten »Steirerhofs« überschwemmte Titus ein Geruch von Rauch, Fett und Bier. Das Scheppern von Gläsern im Hintergrund wurde von dem gleichmäßigen Schnarchen eines Mannes untermalt, der direkt unter dem Herrgottswinkel den Schlaf der Gerechten schlief, während an einem anderen Tisch ein paar Gestalten beim nachmittäglichen Kartenspiel zusammensaßen.

»Guten Tag«, versuchte Titus, den Wirt auf sich aufmerksam zu machen. »Verzeihung?«

»Bier oder Obstler?«, kam es zur Antwort.

»Nein. Danke. Ich wollte mich nur nach einem Herrn erkundigen, einem Kurgast. Ob ein Herr Eisenpaß kürzlich hier war.« Noch während er redete, spürte Titus, dass er gerade weder eine rhetorische Glanzleistung ablieferte noch mit irgendeiner Hilfe zu rechnen hatte.

»Willst jetzt ein Bier oder nicht?«

Titus schüttelte den Kopf. »Recht groß, mit grauem Bart und gräulichen –«, versuchte er es abermals.

»Jaja, du bist mir auch so ein Gräulicher«, unterbrach ihn der Wirt unsanft. »Geh, schleich dich, wenn du nichts trinkst. Zu uns kommen die feinen Herrschaften aus dem Kurhaus eh nicht, die findest du oben in der ›Sonne‹ oder beim ›Engel‹.«

Titus ließ sich diesen Hinweis nicht zweimal geben und verschwand eilig aus der Gaststube. Hier hatte er sich jedenfalls gründlich blamiert. Wenigstens würde es ihm in Zukunft nicht allzu schwerfallen, auf einen weiteren Besuch in Frohnleiten zu verzichten, wenn er sich im Ort einmal rundum unmöglich gemacht hatte.

Ergeben marschierte er den Hauptplatz hinauf zum nächsten Wirtshaus. In der »Linde« fand er eine Wirtin vor, die immerhin die Güte hatte, sich nach seiner ausführlichen Beschreibung an verschiedene Kurgäste zu erinnern, welche sich bei ihr regelmäßig kulinarisch von ihren Diäten erholten und von denen einer sogar der verschollene Herr Eisenpaß sein könnte.

»Ein feiner Herr«, bestätigte sie und fügte hinzu: »Wenn er sich mit seinem Freund da getroffen hat, sind sie immer lange beisammengesessen, und getrunken haben sie selten vom Billigen.«

»Mit seinem Freund?«, wiederholte Titus in der Hoffnung, bereits vor des Rätsels Lösung zu stehen.

»Auch so ein Herr im guten Rock, fescher Bart, aber auch nicht mehr der Jüngste.« Sie setzte einen Kennerblick auf. »Früher war der sicher einmal ein stattliches Mannsbild.«

»Und wo kann ich diesen Herrn finden?«

»Ja, was weiß ich?« Die Wirtin begann, mit einem feuchten Lappen vor sich herumzuwischen. »Seit einem Jahr hab ich den hier nimmer gesehen. Heuer ist Ihr Eisenhauer –«

»Eisenpaß«, korrigierte Titus.

»Na, der ist letzte Woche nur einmal kurz bei mir aufgetaucht, hat so ein paar Italienern ein Gulasch und ein Bier bezahlt und ist wieder abgezogen. Normalerweise kommen mir die Katzelmacher nicht in die Stube, aber was fragt man lang, wenn die Zeche passt?«

»Italiener?«

»Werden von der Lehmgrube drüben gewesen sein. Solange die dort noch einen einzigen Ziegel aus dem Boden kratzen können, werden sie den Laden nicht dichtmachen – und wenn die Leut über ihrer Arbeit verhungern.« Sie zuckte die Schultern und wischte weiter, wobei Titus vermutete, dass sie den Schmutz eher gleichmäßig über ihre Budel verteilte, als ihn zu beseitigen.

»Aha. Wissen Sie, was der Herr Eisenpaß mit diesen Leuten zu tun gehabt haben könnte?«

Die Wirtin hielt in ihrer Arbeit inne und stemmte die Hände in die wohlgeformten Hüften. »Na, junger Mann, schau ich so aus, als hätt mich das interessiert?«

Ehe Titus noch etwas erwidern konnte, drängte eine Gruppe ausgelassener Burschen mit und ohne weibliche Begleitung in die Stube und beanspruchte die Aufmerksamkeit der Wirtin. Unbemerkt verschwand er wieder.

Die »Goldene Sichel« machte einen reichlich desolaten Eindruck, weshalb Titus davon absah, sich ausgerechnet dort nach dem Kurgast zu erkundigen, und so betrat er schließlich mit einem gewissen Gefühl von Unmut den Gasthof »Straßburg«.

Überraschend freundlich wurde er da von einem überaus hübschen Servierfräulein begrüßt, das ihn sogleich an den Herrn Wirt verwies, der gerade mit beiden Händen voll gut gefüllter Krüge den Gastraum betrat.

»Moment, der Herr, ich komm gleich!«, bemerkte ihn der Mann im Vorbeigehen, und Titus blieb nichts anderes übrig, als sich ergeben an einen Tisch zu setzen und zu warten.

Natürlich hätte er nun auch einfach gehen können und diesen vermaledeiten Herrn Eisenpaß bleiben lassen, wo der Pfeffer wuchs. Die Vorstellung war überaus verlockend, aber während er es sich noch in allen Farben ausmalte, wusste Titus, dass er das nicht tun würde. Er hatte es dem Direktor des Kurhauses ja quasi versprochen – und solange er sich nicht dazu entschließen konnte, Frohnleiten zu verlassen, hatte er auch nichts Besseres zu tun.

»So«, setzte sich der Wirt nach einer Weile zu ihm und stellte ungefragt ein Glas kühles Bier vor ihn. »Was gibt's?«

»Ja«, begann Titus und nahm einen Schluck. »Ich wollte

mich bloß erkundigen, ob ein Herr Eisenpaß, ein Kurgast, kürzlich hier war.«

»Kurgäste kommen immer wieder ins ›Straßburg‹.«

Titus beschrieb den Herrn, so gut er konnte, und kam sich dabei wie eine Gouvernante vor, die nach ihrem entlaufenen Mamsellchen fahndete.

»Hm … Na, in der letzten Woche ist einer da gewesen, das mag er schon gewesen sein, den Sie suchen, der hat sich nach dem Zilli Schorsch erkundigt.«

»Nach wem bitte?«

Der Wirt zuckte mit den massigen Schultern. »Ist auch einer von den Arbeitern aus der Lehmgrube.«

»Den Ziegelarbeitern?«

Der Mann grunzte bejahend.

»Und wann war das genau?«, fragte Titus weiter.

Der Wirt zog die Brauen zusammen. »Was wollen S' denn von ihm?«

»Vom Herrn Schorsch … oder Zilli will ich gar nichts«, erwiderte Titus eilig. »Den Herrn Eisenpaß suche ich, weil er … gerade nicht da ist.«

»Aha.« Der Wirt sah ihn skeptisch an, dann wandte er sich in Richtung der Schank und rief: »Leni, wann hat's denn die Flecksuppe gegeben?«

Das Servierfräulein hielt in seiner Arbeit kurz inne, um in einer malerischen Pose, welche sein Dekolleté besonders gut zur Geltung brachte, nachzudenken. »Am Donnerstag, glaub ich. Ja, am Donnerstag muss es gewesen sein, weil am Freitag hat der Rest schon einen Stich gehabt.«

»Bitte, da haben S' es. Der gnädige Herr war am Donnerstag da.«

Titus fragte vorsichtshalber nicht nach, wie man von einer Flecksuppe auf den Herrn Eisenpaß schließen konnte. Er bezahlte folgsam das Bier, das er nicht bestellt hatte, und fand sich danach auf dem Hauptplatz wieder. Planlos drehte er sich einmal um die eigene Achse. »Da steh ich nun, ich armer …

Trottel«, murmelte er vor sich hin. Immerhin wusste er nun, dass Eisenpaß sich am Donnerstag noch in Frohnleiten befunden, im vergangenen Jahr öfter mit einem Freund in der »Linde« verkehrt und jüngst ein paar italienischen Arbeitern das Essen gezahlt hatte. Eine glorreiche Ausbeute …

Im Gasthaus »Alte Post« fand er ebenso wenig Neues heraus wie im Gasthaus »Zum Jäger« – dann stand er vor der Kirche. Fünf Wirtshäuser, und das allein auf der einen Seite des Hauptplatzes. Titus zog seine Taschenuhr hervor. Langsam neigte sich der Nachmittag dem Abend zu.

Das Kollern eines Handkarrens, auf dem ein Bursche einen Stapel Gepäckstücke in Richtung des Kurhauses zog, ließ ihn aufschauen. Neue Gäste kamen an, Damen und Herren, wie er an den fröhlichen Stimmen erkannte. Für einen Moment spürte Titus, wie sein Herz einen anderen Takt anschlug, als er den Herrschaften nachsah. Doch sein Fräulein Salome vom letzten Sommer war nicht unter ihnen.

Schweigend marschierte Titus an der Kirche vorbei, warf der Pestsäule einen grimmigen Blick zu, betrachtete kurz die Fassade des Bezirksgerichts und stand dann vor dem Gasthof »Goldene Sonne«. Lieber hätte er sich nun einer weiteren Kaltwasser-Kurbehandlung unterzogen, doch der grantige Wirt im »Steirerhof« hatte ihn zur »Sonne« verwiesen, also konnte er genauso gut hier noch einmal sein Pech versuchen, ehe er ins Kurhaus zurückkehrte.

In der Stube war es noch recht ruhig, zu spät für die nachmittäglichen Gäste, zu früh für jene, die eine gesellige Runde der abendlichen Ruhe am heimischen Herd vorzogen. Titus sah sich um. Hinter der Schank stand ein alter Mann, der ihn interessiert musterte.

»Verzeihung.« Titus trat zu ihm hin. »Ich wollte mich nach einem Kurgast erkundigen. Herr Eisenpaß, falls Ihnen der Name was sagt.«

Der Alte schaute ihn sinnend an, sodass Titus schon befürchtete, er sei schwachsinnig oder womöglich taub, bis sich seine

Miene zu einem zahnlosen Lächeln weitete. »Der Eisenpaß Theo, nicht?«

Titus nickte erfreut. »Ja. Sie kennen ihn?«

»Ein Wirt kennt alle«, erwiderte der Alte stolz und reckte den ergrauten Kopf. »Der ist ja seit Jahren immer da gewesen im Sommer, seit die Kuranstalt eröffnet hat. Ja, das muss im siebenundsechziger Jahr gewesen sein, wie der Rumpelmaier da gesagt hat, dass das kalte Wasser Wirkung zeigt. Dabei haben wir uns ja auch immer nur kalt gewaschen – und hat's uns was gebracht? Alt sind wir trotzdem geworden.« Er lachte auf. »Na, da hat er sich immer mit einem Freund getroffen, oft sind die da bei uns gesessen und haben geredet … Na, manchmal werden s' auch woanders gesessen sein, gibt ja genug Gasthäuser da.«

Titus konnte dazu nur nicken.

»War ein netter Herr, der Eisenpaß Theo, und sein Freund! Der hat allerweil irgendwo herumgegraben und über die Erde und das, was drin ist, geredet –«

»Er war also auch einer von den Ziegelarbeitern?«, fiel Titus ihm ins Wort.

»Wer?«

»Der Bekannte, mit dem sich Herr Eisenpaß getroffen hat.«

»Nein, so bekannt war er auch wieder nicht, aber gescheit geredet haben die immer, wenn sie beisammengesessen sind, über alles Mögliche.«

»Interessant.« Titus nickte freundlich. »Und wann war der Herr Eisenpaß zuletzt hier?«

»Im siebenundsechziger Jahr, wie die Kuranstalt, also die Kaltwasseranstalt –«

»Nein, wann Sie ihn zuletzt gesehen haben.«

»Wen?«

Langsam dämmerte Titus, dass der eloquente alte Wirt doch keine gänzlich zuverlässige Quelle darstellte. »Den Herrn Eisenpaß«, wiederholte er ergeben.

»Ah, der Theo.«

»Geh, Vater, was redest denn schon wieder?« Ein Mann, die

Schürze noch umgebunden und ein fleckiges Geschirrtuch in der Hand, war aus der Küchentür getreten. Grüßend nickte er Titus zu. »Ich hab dir gesagt, wenn Gäste kommen, sollst mich rufen.«

»Das ist immer noch mein Wirtshaus!«, gab der Alte zurück.

»Sicherlich, Vater. Was hätte der Herr denn gern?« Die Frage war ebenso an den Alten wie auch an Titus gerichtet.

»Eine Auskunft«, erwiderte Titus.

»Wann der Theo zuletzt da war«, präzisierte der Altwirt mit erhobenem Finger. »Der kommt nämlich jedes Jahr, seit die Kaltwasserkuranstalt eröffnet wurde, im siebenundsechziger Jahr, vom Herrn Rumpelmaier, das war nämlich ein bekannter Wasserheilkundler. Und wenn der das nicht getan hätte, dann würde heut kein Zug mehr in Frohnleiten stehen bleiben. Der Theo ist ein netter Herr – und der Rumpelmaier Franz auch.«

»Schon gut«, beschwichtigte der Wirt seinen Vater, ehe er sich zu Titus wandte. »Er war immer sehr stolz drauf, dass er alle seine Stammgäste genau gekannt hat. Selbst die, die nur alle paar Jahre im Sommer einmal gekommen sind. Der Herr Theo Eisenpaß, wenn Sie den meinen, der war am Freitag kurz da, hat mit dem Vater ein bisserl geplaudert. Über die alten Zeiten und was ihm so in den Sinn gekommen ist. Aber«, er senkte ein wenig seine Stimme, »Sie dürfen meinem Vater nimmer alles glauben, was er sagt. Seit bald sechzig Jahren ist er der Wirt, aber inzwischen beginnt für ihn die Zeitrechnung nur mehr mit der Kaltwasserheilanstalt.«

Titus lächelte. »Ich verstehe.«

»Wollen S' noch was trinken?«

»Nein, danke. Ich muss … die Kur.«

Der Wirt blinzelte ihm wissend zu. »Schon gut, aber wenn Sie sich einmal von der Kur erholen wollen, dann kommen S' her.«

»Gern.« Titus wandte sich zum Gehen.

»Zu uns kommen nämlich alle!«, rief ihm der Alte hinterher.

Mit einem schiefen Grinsen spazierte Titus den Hauptplatz

wieder in Richtung des Kurhauses hinunter. Wenn sein Vater eines Tages auch so würde, dann konnte er sich noch auf einiges gefasst machen. Er konnte nur hoffen, dass er bis dahin eine eigene Praxis hatte, am besten weit weg von der seines alten Herrn.

Beim Abendessen, das Titus am liebsten in einem geruhsamen Winkel im Speisesaal einnahm, wurde seine Muße jäh unterbrochen, als sich auf einmal der Ingenieur Loidl ihm gegenübersetzte.

»Sie haben sich also wirklich den ganzen Nachmittag über nach meinem lieben Zimmernachbarn erkundigt?«, ergriff er sogleich das Wort, noch ehe Titus den letzten Bissen von seinem Teller gegessen hatte. »Ich nehme nicht an, dass Sie ihn wieder aufgefunden haben?«

»Nein, leider …«

»Schade.« Loidl nahm sich einen Augenblick Zeit, um eine enttäuschte Miene aufzusetzen, ehe er ungebremst fortfuhr: »Dann werden Sie mir sicher heute Abend noch Gesellschaft bei einer Zigarre leisten. Sie wissen ja, ich reise morgen ab, da will man die letzten Stunden möglichst angenehm verbringen.« Er ließ Titus gar keine Gelegenheit abzulehnen, sondern plauderte munter weiter. »Ich hätte es mir nämlich nicht verzeihen können, wenn meinem lieben Zimmernachbarn etwas zustößt, und man bemerkt nicht einmal, dass er verschwunden ist.«

Titus hätte ihm antworten können, dass dies in einem Kurhaus wie diesem höchst unwahrscheinlich war, doch Loidl erwartete offenbar gar nicht, dass er sich am Gespräch aktiv beteiligte.

»Der Theodor, also Herr Eisenpaß, der war ein Gewohnheitsmensch. Ich hab ihn ja nur die paar Tage gekannt, wo er mein Zimmernachbar war, aber das merkt man sofort. Und wissen Sie, solche Leute, die immer genau planen, was sie wann machen, die verschwinden nicht so einfach. Da stimmen Sie mir zu – oder?«

Titus konnte nur nicken.

»Seit über zehn Jahren kommt er her, das hat er mir erzählt. Seit über zehn Jahren! Und wie ich ihn gefragt hab, ob er denn Bekannte hier habe, da hat er nur gemeint, dass er *so manche* kenne. Und das bei so einem Gewohnheitsmenschen! Verstehen Sie! Das heißt doch eindeutig, dass er hier eine Geliebte haben muss!«

»Wie kommen Sie denn darauf?« Titus war selbst überrascht, dass Ingenieur Loidl ihm Zeit zu einer Frage gelassen hatte.

»Wieso sollte man denn sonst seit so vielen Jahren immer wieder hierherkommen? An den kalten Güssen kann es wohl nicht liegen.«

»Sie sagten doch selbst, dass er die Gewohnheit –«

»Ja, aber dann verschwindet man nicht so einfach!«

»Nun ja, vielleicht ist er ja gerade bei dieser ominösen Geliebten«, schaffte es Titus einzuwerfen. »Und dann war die ganze Aufregung hier umsonst.«

»Nein, da muss was anderes passiert sein«, widersprach Loidl. »Wenn er da jahrelang herkommt, wieso sollte er dann gerade jetzt mit einer Geliebten durchbrennen? Noch dazu in seinem Alter! Und ohne sein Gepäck! Na ja, ich reise ja morgen ab und kann nur hoffen, dass sich hier alles zum Guten wenden wird.« Er seufzte. »Haben Sie denn heute sonst nichts Hilfreiches herausgefunden?«

Titus zögerte einen Moment, doch diesmal schien sein Gegenüber tatsächlich gewillt zu sein, ihn auch ausreden zu lassen. »In der vergangenen Woche hat Herr Eisenpaß irgendwann ein paar Italienern in der ›Linde‹ ein Essen spendiert und sich nach …« Gerade eben war ihm der Name noch auf der Zunge gelegen. »Er hat sich nach einem Mann erkundigt. Auch ein Arbeiter, wenn ich mich nicht irre.«

»Ein anständiger Herr wie er, was soll der mit den Katzelmachern zu tun haben?«

»Das hat mich auch ein wenig verwundert«, musste Titus zugeben. »Aber mehr habe ich da nicht herausgefunden. Und am Freitag hat er sich mit dem Altwirt in der ›Goldenen Sonne‹ unterhalten, wo er sich auch häufig mit einem Bekannten getroffen habe.«

»Und sonst?«, fragte Loidl.

Titus zuckte die Schultern. »Ich bin ja kein Polizeiagent. Immerhin wissen wir jetzt, dass er bis Freitag noch da war. Und diesen … na, mir wird der Name schon noch einfallen, den Italiener, den kann man ja auch noch fragen, wenn er nicht von allein wiederauftaucht.«

»Vielleicht sollte man sich auch am Bahnhof erkundigen. Womöglich wollte er kurz in die Stadt fahren … Und diese Italiener, wo kommen die her?«

»Das sind Ziegelarbeiter, soweit ich verstanden habe.«

»Ah, die Grube bei der Weingartensiedlung. Wie lang es die wohl noch geben wird …« Loidl streckte sich ungeniert. »Nun, heute werden wir den Eisenpaß ohnehin nicht mehr finden. Darf ich Sie also auf eine Zigarre einladen?«

Titus hätte ihm gern erwidert, dass von einem *Wir* hier durchaus nicht die Rede sein konnte, doch stattdessen nickte er nur. Mit dem Neinsagen hatte er schon immer seine Probleme gehabt. Außerdem konnte nach diesem vollkommen sinnlos verbrachten Nachmittag ein wenig Unterhaltung auch nicht schaden.

Dienstag, 20.7.1897

Ein unerwarteter Gast taucht auf

Am bedenklichsten für den Ausgang eines Falles steht die Sache aber dann, wenn der »Plan« dahin gegangen ist, in einer bestimmten Person den Täter zu vermuten.

Dr. Hans Gross

Am nächsten Morgen schwirrte Titus' Kopf noch von dem nicht enden wollenden Gespräch mit Ingenieur Loidl und den daraus folgenden wirren Träumen, in denen er einen endlosen Hauptplatz auf und ab gerannt war auf der Suche nach etwas, von dem er nicht wusste, was es eigentlich war. Außerdem war er das Zigarrenrauchen nicht gewohnt. Es fühlte sich an, als hätte sich sowohl hinter seiner Stirn als auch irgendwo zwischen seinen Rippen noch eine beachtliche Rauchwolke gehalten. Fast war er versucht, in den Tiefen seiner Arzttasche, die bisher vollkommen nutzlos in einer Ecke gestanden hatte, nach einem revitalisierenden Mittel zu suchen.

»Wofür habe ich den Schmarren denn sonst mitgeschleppt?«, murmelte er und begann, zwischen Verbandsmaterial und allerlei Medizin nach einem leichten Tonikum zu suchen.

Plötzlich fuhr er auf. *Zilli Schorsch!* Das war der Name gewesen, den ihm der Wirt im »Straßburg« genannt hatte. Titus ließ sich stöhnend wieder neben seiner Tasche auf die Knie sinken.

Er hatte nichts Brauchbares gegen seinen Zigarren-Kater gefunden. Doch bevor er irgendwelche weiteren Erkundigungen einholen konnte, wartete ohnehin erst ein kalter Guss auf ihn. Wahrscheinlich würde dieser ihn auch von seinen inwendigen Nebelschwaden befreien. Hoch lebe die Kaltwasserheilanstalt von Frohnleiten.

Während Titus sich beim Frühstück von seiner Kuranwendung erholte, froh, dass ihn der Ingenieur Loidl nicht weiter mit seinen Vermutungen behelligen konnte, und dabei die Blicke der hustenden Briefeschreiberin zu ignorieren suchte, trat der Direktor der Kuranstalt zu ihm.

Mit einem Morgengruß und einer angedeuteten Verbeugung setzte er sich zu ihm. »Lieber Herr Doktor«, begann er, »lieber Herr Kollege, will ich sagen, ich hoffe, es geht Ihnen so weit gut?«

Titus vermutete bereits, dass dieser Gesprächsbeginn kein Teil der hydropathischen Heilmethoden war, die hier üblicherweise zum Einsatz kamen. »Durchaus«, lächelte er ein wenig gequält.

»Ich wollte mich noch einmal bedanken, dass Sie sich dieses unangenehmen Zwischenfalls angenommen haben. Sie verstehen, der Ruf des Hauses – und außerdem will man die übrigen Gäste ja nicht inkommodieren. Allerdings gehe ich recht in der Annahme, dass Sie bisher ebenfalls keinen Hinweis auf den Verbleib des gnädigen Herrn Eisenpaß gefunden haben?«

»Leider nicht. Vielleicht wäre es nun wirklich an der Zeit, die Gendarmerie –«

»Bitte«, der Direktor hob die Hand in einer abwehrenden Geste, »das muss die letzte Möglichkeit bleiben. Allerdings«, seufzte er schwer, »wird mir wohl bald nichts anderes übrig bleiben. Immerhin ist der Herr wohl seit Samstag … Nun ja, so genau kann das keiner sagen. Wir kasernieren unsere Gäste hier ja nicht ein!«

»Ich verstehe, aber …«

»Herr Dr. Pyrner, von Mediziner zu Mediziner …« Der Direktor beugte sich verschwörerisch näher zu Titus, während er zugleich die Stimme senkte. »Helfen Sie mir, hier einen Skandal zu vermeiden. Es muss doch irgendeinen guten Grund geben, weshalb ein Mann, der sich noch dazu bester Gesundheit erfreut, einfach verschwindet!«

»Ingenieur Loidl meinte, dass es sich vielleicht um eine Liebschaft handeln könnte.«

»Das wäre möglich. Und nicht unüblich. Im Vormarkt unten, da gibt es … Nun ja, das tut hier nichts zur Sache.« Er räusperte sich. »Selbst wenn ich meine Kur unterbreche, um für mehrere Tage irgendein Frauenzimmer zu besuchen, nehme ich doch meine Leibwäsche mit.«

»Das sagte ich auch …« Genau genommen hatte Loidl auf diesen Umstand hingewiesen, aber auf diese Details brauchte Titus ja nicht weiter einzugehen.

»Ich habe auch schon einen Burschen losgeschickt, dass er sich am Murufer ein bisschen umschaut. Nicht, dass es einen Unfall gegeben hat.«

»Und vielleicht«, schlug Titus vor, »sollte man auch das Zimmer von Herrn Eisenpaß einmal näher inspizieren. Vielleicht hat er ja doch eine Nachricht oder einen anderen Hinweis hinterlassen.«

Der Direktor nickte. »Aber mit Diskretion, wenn ich bitten darf!«

Titus stockte, ehe ihm dämmerte, dass er sich in des Direktors Ohren wohl soeben freiwillig für diese Unternehmung gemeldet hatte. »Ah, nein, so war das nicht gemeint! Ich habe durchaus nicht vor, selbst das Zimmer des gnädigen Herrn …«

»Aber wer denn sonst? Wenn man das Personal über diese Situation in Kenntnis setzt, dann weiß das in kürzester Zeit der ganze Ort. Nicht auszudenken.« Er schnitt eine klägliche Miene. »Diskretion ist doch das Einzige, was noch bleibt.«

»Ich kann doch nicht …«

»Es wäre nur ein kurzer Blick. Um Missverständnisse auszuräumen.«

»Lieber Herr Kollege«, Titus seufzte und war überrascht, welche Wirkung diese Anrede auf sein Gegenüber hatte, »wenn ich hier irgendetwas tue, dann nur um der Diskretion willen, um die Sie mich gebeten haben.«

»Ich danke Ihnen.« Der Direktor packte seine Hand und schüttelte sie heftig. »Wenn ich irgendetwas für Sie tun kann?«

»Nun …« Titus, der sein Frühstück beendet hatte, machte

Anstalten aufzustehen. »Sagen Sie, werden in nächster Zeit noch viele weitere Gäste eintreffen?«

»Fast täglich, es ist ja mitten in der Saison. Erwarten Sie jemanden?«

»Ja … Nein.« Titus strich seine Weste glatt.

Der Direktor sah ihn erwartungsvoll an.

»Gut.« Am besten, er brachte diese ganze unangenehme Angelegenheit möglichst rasch hinter sich. »Dann wollen wir diskret das Zimmer …? Solange die übrigen Gäste beim Frühstück sind.«

»Ausgezeichnet«, nickte der Direktor eifrig.

Titus hatte das Gefühl, in einem schlecht inszenierten Theaterstück mitzuspielen. Dennoch spürte er, wie der Ennui der letzten Tage von ihm abzubröckeln begann. Es mochte immer noch sowohl sinnlos als auch lächerlich sein, was er hier trieb, aber immerhin hatte er nun etwas zu tun, das über blödsinniges Warten und Mit-sich-Hadern hinausging.

Er folgte dem Kurdirektor in den dritten Stock, wo die kleinen, aber luftigen Zimmer einen hübschen Blick über die Mur boten. Der Raum, den Theodor Eisenpaß bewohnte, unterschied sich nur wenig von Titus' Unterkunft.

Etwas planlos stand er da und sah sich um. Das Zimmer war aufgeräumt, das Bett gemacht. Auf eine auffordernde Geste des Direktors hin wagte er sich weiter vor, öffnete den Kasten. Neben mehreren Hemden und einer Reihe gestärkter Krägen entdeckte er noch einen hellen Sommeranzug und eine dunkle Abendgarderobe. Unter dem schmalen Schreibtischchen stand ein Paar leichte Lederschuhe.

»Er muss also im Straßenanzug unterwegs sein«, meinte Titus schließlich. »Oder in Reisegarderobe oder etwas Praktischem zum Wandern.«

Nur kurz öffnete er die Laden der Kommode. Unterwäsche, Sockenhalter, helle Hosenträger, eine Krawatte. Titus hatte das Gefühl, unangemessen tief in eine fremde Privatsphäre einzudringen. In der unteren Lade befand sich eine Ledermappe, die Briefpapier enthielt. Ein Bleistift war in die Lasche eingeklemmt; rasch klappte er sie wieder zu und verschloss die Lade.

Auf dem Nachtkästchen lagen mehrere Bücher: »Wilhelm Meister«, »Anton Reiser« und »Kidnapped« von Robert Louis Stevenson.

»Wie passend«, murmelte Titus.

»Sie lesen Englisch?«

»Nicht gut. Aber meine Schwester übersetzt ganze Romane zum Spaß ins Deutsche.« Er musste bei dem Gedanken an Cordula schmunzeln. »Wenn sie nicht weiß, womit sie ihre Briefe füllen soll, dann bekommt man von ihr eben ein Kapitel aus dem neuesten englischen Schauerroman geschickt.« Titus redete selten über seine kleine Schwester, die als das Augensternchen der Familie von allen gehütet und gehätschelt wurde. Fast schien es ihm, als hätte er ein Familiengeheimnis ausgeplaudert, doch der Direktor schien sich nicht dafür zu interessieren, sondern blickte sich weiter im Zimmer um.

Titus öffnete das untere Fach des Nachtkästchens: leer. Unter dem Bett lag wie zu erwarten der schlichte Reisekoffer von Herrn Eisenpaß. Zögernd hob er den Polster auf, unter dem er ein säuberlich gefaltetes Herrennachthemd fand, und schlug die Decke zurück, unter der sich nichts verbarg. Einen Patienten zu untersuchen, dem er dabei in die Augen sehen konnte, mit dem er sprechen und erklären konnte, was er gerade tat, fiel Titus weit leichter, als hier ein fremdes Zimmer zu durchsuchen.

»Hier ist nichts«, sagte er schließlich.

»Wie befürchtet …«

Titus konnte förmlich dabei zusehen, wie sich die Sorgenfalten in die Miene des Direktors gruben. Natürlich hätte er nun sein Bedauern kundtun und der Angelegenheit ihren Lauf lassen können, doch stattdessen sagte er: »Ich werde mich noch einmal im Ort umhören, vielleicht stellt sich heraus, dass …« Er hielt inne, denn er hatte keine Ahnung, was sich angesichts dieser Lage noch herausstellen könnte. »Nun, und wenn sich bis morgen nichts ergibt, dann muss man vermutlich doch die Gendarmerie bemühen.«

»Da wird mir wohl nichts anderes übrig bleiben«, stöhnte der Direktor, indem sie das Zimmer verließen und er die Tür wieder sorgfältig hinter sich verschloss.

»Übrigens«, fiel Titus da noch etwas ein, »sagt Ihnen der Name Gilli ... nein, Zilli etwas? Schorsch Zilli?«

Der Direktor sah ihn irritiert an. »Wer soll das sein?«

»Vielleicht ein Bekannter von Herrn Eisenpaß.«

»Ich habe noch nie von dieser Person gehört. Seit ich hier bin, hat gewiss niemand mit diesem Namen hier verkehrt.«

»Das denke ich auch nicht ...«, erwiderte Titus leise.

Als er gedankenversunken ins Foyer trat, stieß er fast mit der Geheimratswitwe Brandhauer zusammen, die mit frisch geröteten Wangen gerade von einer Kurbehandlung zu kommen schien.

»Ah, Herr Doktor, ganz in philosophischen Überlegungen?«, lachte sie etwas zu laut auf.

»Bitte um Verzeihung. Nein, ich bin nur ...«

»Jaja, bei einem Mann in Ihrem Alter, da dürfen schon einmal die Gedanken durchgehen«, scherzte sie ungebremst weiter, sodass sich noch zwei weitere Herrschaften nach ihnen umdrehten.

Titus, der schon wieder spürte, wie sich die Farbe seines Haars auf sein Gesicht ausbreitete, beeilte sich mit ein paar höflichen Floskeln, der Walküre zu entkommen.

Auf dem Hauptplatz atmete er erst einmal durch. An Erholung war bis auf Weiteres nicht mehr zu denken. Stattdessen entschloss er sich, sein Wort einzulösen und seinen Versuch zu wiederholen, irgendwo eine Spur von Herrn Eisenpaß zu finden.

Was er am Vortag noch als vor allem lästig und lächerlich empfunden hatte, schien sich nun mit einer merkwürdig kribbelnden Dringlichkeit in seinem Hinterkopf festgesetzt zu haben. Es war offensichtlich, dass da etwas nicht stimmte, allerdings hatte er noch keine Ahnung, in welche Richtung sich die Angelegenheit entwickeln könnte. Fest stand für ihn nur, dass er spätestens morgen darauf bestehen würde, die Gendarmerie einzuschalten.

Mit langen Schritten marschierte Titus den Hauptplatz hinauf. Die Kirche schaute immer noch mit strenger Miene auf ihn und alle anderen Sünder herab, und fast fühlte er sich bei ihrem Anblick getadelt, dass er sich hier in Dinge einmischte, die ihn nicht das Geringste angingen, anstatt dass er sich den eigentlichen Herausforderungen seines Lebens gestellt hätte.

»Eins nach dem anderen«, murmelte er vor sich hin, während er die Pestsäule umrundete und sich am Bezirksgericht vorbei wieder Richtung Kurhaus wandte.

Vor dem Gasthof »Goldene Sonne« bemerkte er den Altwirt, der auf einer Bank saß und zufrieden vor sich hin lächelte. Titus lüpfte den Hut und rief ihm einen Gruß zu.

»Ah, der junge Herr kommt wieder vorbei. Freut mich. Was darf's denn sein?« Eilig stand der Greis auf und wollte schon in den Gastraum eilen, doch Titus hielt ihn auf.

»Vielen Dank. Nein, ich mache nur einen Spaziergang.« Er bedeutete dem Alten, sich wieder zu setzen, und nahm selbst neben ihm Platz.

»Haben Sie den Theo denn schon gefunden?«, fragte der Altwirt interessiert und entblößte wieder sein zahnloses Lächeln.

»Noch nicht.«

»Hab ich mir gedacht. Vielleicht ist er ja wieder nach Bruck gefahren.«

»Nach Bruck?«

»Ja, sicher«, nickte der Alte und blinzelte in die vormittägliche Sonne.

»Davon haben Sie gestern nichts gesagt. Fuhr … Fährt er denn öfter nach Bruck?«

»Ja, wenn sie die Kaltwasserheilanstalt im siebenundsechziger Jahr nicht gebaut hätten, da würde heut kein Zug mehr bei uns stehen bleiben. Aber so ... Alle paar Stunden kann man nach Bruck fahren. Und nach Graz.«

»Natürlich.« Titus spürte, wie er plötzlich ungeduldig wurde. »Ihr Freund, der Theodor Eisenpaß, wen besucht er denn in Bruck?«

»Theo. Er hat ihn immer Theo genannt.«

»Wer?«

»Welcher ... wer, wen meinen Sie?«

Titus musste an sich halten, um keinen Unmut in sich aufkommen zu lassen. Das Alter verlangte Respekt. Jedenfalls hatte man ihm das immer so beigebracht. »Bitte, wer hat ihn immer Theo genannt?«

»Na, sein Freund natürlich. Sie sind oft da gewesen und haben geredet, allerlei gescheite Sachen.«

»Können Sie sich erinnern, wie der Freund von Herrn Eisenpaß heißt?«

»Wissen Sie eigentlich, dass der Zug da bei uns nur vorbeifährt, weil der Kaiser von Wien bis ans Meer wollte? Nach Triest. Waren Sie schon einmal am Meer?«

Titus schüttelte bloß den Kopf. »Der Freund von Theo«, versuchte er, den Faden wieder aufzunehmen, »wann war der denn zuletzt im Gasthaus?«

»Am Mittwoch natürlich. Im Sommer sind sie fast immer mittwochs da und manchmal auch am Freitag. Wissen Sie denn, wann der Theo wieder kommt?« Der Alte sah Titus besorgt an.

»Nein, leider ...« Er zupfte an seiner Hose herum. »Kennen Sie einen Herrn Schorsch Zilli?«

»Einer von den Ziegelarbeitern?«

»Ja!«

»Nein, den kenn ich nicht.«

Titus seufzte. Was hatte er auch erwartet? Wahrscheinlich war für diesmal aus dem Mann nicht mehr herauszubekommen. Er bedankte sich und stand auf.

Der Alte winkte ihm noch ein Weilchen nach, während Titus den Hauptplatz hinunterspazierte. Überrascht stellte er fest, dass es auf dieser Seite deutlich weniger Gaststätten gab als gegenüber. Drei Häuser neben der »Goldenen Sonne« befand sich das Gasthaus »Goldener Engel«, wo man ihm freundlich mitteilte, dass hier ständig irgendwelche Kurgäste verkehrten – und es doch am wahrscheinlichsten sei, dass der Gesuchte von einem Liebesabenteuer aufgehalten wurde. Womit Titus die Vermutung des Ingenieurs Loidl bestätigt sah.

Am unteren Ende des Hauptplatzes entdeckte Titus noch ein Wirtshaus mit dem etwas fragwürdigen Namen »Sauzipf«. Beim Eintreten hörte er bereits ein Gemisch aus Stimmen, das von einem Ecktisch herrührte, an dem offenbar eine muntere Wandergesellschaft Platz genommen hatte. Weit schien die Runde zwar noch nicht gekommen zu sein, doch das tat der Stimmung keinen Abbruch.

Der Wirt, der gerade mit Bier und Würsten hin und her eilte, konnte Titus nur mitteilen, dass er erstens keine Zeit und zweitens keine Ahnung habe.

Womit Titus nur ein Ort blieb, an dem er sich sinnvollerweise noch nach Herrn Eisenpaß erkundigen konnte: der Bahnhof. Wenn er tatsächlich so oft nach Bruck oder sonst wohin gefahren war, dann konnten die Chancen ja nicht allzu schlecht stehen, dass sich irgendjemand an ihn erinnern würde. Und sollte es nur ein vager Hinweis sein.

Abgesehen davon gab es anscheinend bloß drei Personen, die vielleicht noch etwas über den Verbleib von Herrn Eisenpaß wissen konnten: dieser Freund – so er nicht der Phantasie des Altwirts entsprungen war –, der Italiener Schorsch Zilli und die ominöse Geliebte.

Die vormittägliche Sonne hatte sich inzwischen hinter einige Wolken zurückgezogen, während Titus an der Murpromenade Richtung Brückenkopf spazierte. Der breite Fluss zu seiner Linken war gewiss kein Gewässer, in dem er ohne Weiteres ein

Bad genommen hätte, doch sah er auch keineswegs bedrohlich aus. Dass Eisenpaß sein Schicksal womöglich hier ereilt hatte, schien ihm unwahrscheinlich.

Der Bahnhof lag auf der anderen Seite des Flusses, im Ortsteil Mauritzen, wo auch die adelige Herrschaft der Gegend ihr Anwesen hatte. Entschlossen rückte Titus seinen Hut zurecht und marschierte darauf zu. Ein milchbärtiger Bursche in Uniform kam ihm neugierig entgegen und deutete so etwas wie einen militärischen Gruß an, der an ihm irgendwie fehl am Platz wirkte.

Knapp brachte Titus sein Anliegen vor, wobei er sich abermals bemühte, eine halbwegs treffende Beschreibung von Herrn Eisenpaß abzuliefern. »Er dürfte ohne Gepäck gefahren sein«, fügte er noch hinzu.

Der Bursche begann, an seinen spärlichen Barthaaren zu zupfen. »Wissen Sie, es fahren da jeden Tag Leute mit dem Zug hin und her«, erklärte er schließlich.

»Das haben Bahnhöfe so an sich.«

»Da muss man immer schauen, dass nichts passiert.«

»Selbstverständlich.« Titus begann, unruhig von einem Fuß auf den anderen zu steigen.

»Aber wenn ich mich nicht irre – das könnte natürlich sein, obwohl ich nicht glaube, dass ich es tue –, dann ist ein Herr, der auf Ihre Beschreibung passen könnte, vielleicht am Samstag in einen Zug gestiegen.«

»Sind Sie sich sicher? In welche Richtung ist er gefahren?«

Der Bursche kniff die Brauen zusammen, offenbar um seine Gedanken besser zu konzentrieren. »Ich glaube, Richtung Graz.«

»Wirklich?« Titus konnte seine Enttäuschung nicht ganz verbergen.

»Es könnte natürlich auch Bruck gewesen sein – wenn es denn der besagte Herr war.«

»Nun gut.« Titus atmete tief aus und bemühte sich um ein halbwegs freundliches Gesicht. »Vielen Dank. Das hat mir …«

Eigentlich gar nicht geholfen, wollte er sagen, doch er beließ es stattdessen bei einer vagen Geste, welche der junge Bahnhofsangestellte als Gruß wertete und mit einem Salut erwiderte.

Als Titus wieder die Mur überquerte, fuhr ein Wagen mit Sommergästen an ihm vorbei, und er ertappte sich dabei, wie er in den vorüberrauschenden Gesichtern wieder nach dem Fräulein Salome suchte, das ihn seit dem letzten Jahr nicht mehr losließ. Er schüttelte den Kopf, doch ihre Augen und die Erinnerung an ihre Stimme, als sie ihn damals an der Promenade nach dem Streit mit seinem Vater aufgemuntert hatte, konnte er nicht loswerden.

Die Wolken hatten inzwischen eine dicke graue Farbe angenommen, und ein leichter Wind kündigte einen Wetterumschwung an. Nicht mehr lange, und es würde wohl ein Gewitter geben.

Titus entschied sich, seinen Rückweg zum Kurhaus noch ein wenig auszudehnen, bevor ihn das Wetter drinnen gefangen hielt. Am Brückenkopf schlug er den Weg links ein. Statt durch den Tabor wieder zum Hauptplatz von Frohnleiten hinaufzugehen, spazierte er durch den tiefer gelegenen Vormarkt und weiter am Murufer entlang, bis er zum Werfenbauer-Kreuz kam. Von dort wandte er sich zur Kirche von Adriach, die sich lauschig fast an den Waldrand lehnte.

Ein fernes Donnergrollen veranlasste Titus wieder, den Weg Richtung Kurhaus einzuschlagen. Auf der Adriacher Straße, die durch Wiesen und Felder führte, marschierte er zurück nach Frohnleiten. Und plötzlich sah er es. Hinter einer Baumgruppe, die seinen Blick von der Straße her abgeschirmt hatte, schien die Landschaft auf einmal verschwunden zu sein. Er blieb staunend stehen. Eine Lehmgrube hatte die Wiese verschlungen und tauchte alles um sich herum in ein schmutzig gräuliches Braun.

Dort schufteten also die italienischen Saisonarbeiter. Nach der Wirtschaftskrise, die in der Mitte des Jahrhunderts das Friaul heimgesucht hatte, war vielen Familien nichts anderes übrig geblieben, als eine andere Arbeit zu suchen. Die italienische Baumwollproduktion war durch Billigimporte zerstört worden, die Weinproduktion und die Landwirtschaft hatten für einige Jahre kaum Ertrag gebracht – und das Ergebnis sah man nun hier.

Fremde Stimmen drangen zu Titus, unverständliches Geschrei, wahrscheinlich Flüche, und dazwischen Kinderstimmen. Ein paar Frauen trugen mit bloßen Händen Ziegel in einen Schuppen, Kinder, meist mager und barfuß, saßen in einem Winkel beisammen und streuten Sand in die hölzernen Ziegelformen. Alles schien von dieser graubraunen Lehmschicht überzogen zu sein, die Pflanzen, die Arbeiterhäuser, die Menschen.

Titus wagte sich etwas näher und schaute. Natürlich war ihm immer klar gewesen, dass die Privilegien, mit denen er aufgewachsen war, keine Selbstverständlichkeit waren. Er hatte in seinem Studium und auch in der Praxis seines Vaters Krankheiten gesehen, die allein von schlechten Lebensbedingungen herrührten, aber noch nie zuvor hatte er diese »andere Welt« so nahe gefühlt. Kaum eine Viertelstunde Fußweg vom Hauptplatz, vom Kurhaus entfernt. Selbst nach diesen paar Augenblicken vermeinte er schon, einen erdigen Geschmack auf seiner Zunge wahrzunehmen.

Nur kurz überlegte er, ob nun der richtige Moment wäre, sich hier nach Schorsch Zilli zu erkundigen. Doch ein weiteres sanftes Grollen vom Himmel herab trieb ihn zum Weitergehen.

Und vielleicht war es ja nichts anderes als Mitleid gewesen, dass Herr Eisenpaß diesen Arbeitern in der »Linde« ein Essen spendiert hatte …

Die Wolken wogten mittlerweile dunkelgrau über ihm, als er das Kurhaus wieder erreichte. Womöglich war das genau das richtige Wetter, um seinem Vater einen Brief zu schreiben, grübelte er nach, als sich ihm der Direktor der Kuranstalt in den Weg stellte.

»Lieber Herr Doktor!«, zog er ihn sogleich beiseite, um dann mit eindringlicher Stimme fortzufahren: »Ich darf wohl nicht hoffen, dass Sie etwas Neues über den Verbleib von Herrn Eisenpaß herausgefunden haben?«

»Leider nein, aber –«

»Nun, die Sache hat eine neue Dringlichkeit bekommen.«

»Ist denn etwa …?«

»Seine werte Gattin ist soeben angekommen.«

»Oh.« Titus brauchte einen Moment, um die Tragweite dieser Information zu verarbeiten.

»Sie erwartet ihn im kleinen Lesezimmer. Ich möchte die Dame natürlich nicht unnötig in Aufruhr versetzen, aber angesichts der Tatsachen wird man sie wohl nicht im Unklaren lassen können.«

»Das versteht sich von selbst.«

»Allerdings muss ich auf die Gesamtsituation Rücksicht nehmen, die übrigen Gäste, die Reputation des Hauses. Mein lieber Herr Doktor, so unter Kollegen – könnten nicht Sie …?«

Nun erst ging Titus auf, weshalb ihn der Direktor so dringlich empfangen hatte. »Nein. Sie entschuldigen, aber – nein! Ich bin hier, wie Sie sicher verstehen, lediglich Kurgast. Ich bin Ihnen schon aufs Äußerste entgegengekommen, indem ich mich nach Herrn Eisenpaß erkundigt habe. Ich verstehe auch, dass Sie einen Skandal vermeiden wollen, aber ich werde sicher nicht –«

»Ich flehe Sie an!«

»Ich bitte Sie!«

»Ich muss hier den Kurbetrieb am Laufen halten, es gibt Aufgaben, die ich durchaus nicht delegieren kann. Und sehen Sie, Herr Doktor, mein lieber Freund, Sie könnten sich auch als Mediziner um die gnädige Frau kümmern, die gewiss der Schock …«

Titus versuchte, abermals ein resolutes Nein zu erwidern, doch stattdessen kam lediglich ein »Nun gut« über seine Lippen. In seinem Hinterkopf hörte er das höhnische Lachen seines Vaters. *Schwächling!*

Der Direktor atmete sichtlich auf.

»Aber ich kann doch nicht einfach zu der Dame hingehen und ihr sagen, dass sie leider noch länger auf ihren Mann warten muss!«, versuchte Titus noch einmal einen Einwand.

»Ich werde Sie ihr natürlich vorstellen«, erwiderte der Direktor, ehe er Titus am Arm packte und mit sich zum Lesezimmer zog. »Und sie dann Ihrem Taktgefühl überlassen.«

Titus hatte gerade noch Zeit, seinen Hut abzulegen, ehe der Direktor ihn vor eine Dame schob, die gerade müßig das Wolkenspiel durch das Fenster beobachtet zu haben schien und nun überrascht aufblickte.

»Frau Eisenpaß«, deutete der Direktor eine Verbeugung an.

Titus beeilte sich, es ihm gleichzutun, was die Dame mit einem Lächeln quittierte, das ihm für einen Moment den Atem verschlug. Sie war kaum älter als vierzig, von einer reifen Anmut, die eine gewisse Erfahrung vermuten ließ, jedoch nicht ohne den züchtigen Reiz des wahrhaft Weiblichen.

»Ich darf Sie mit meinem Kollegen Dr. Pyrner bekannt machen. Er ist Arzt …«

»Allgemeinmedizin«, sprang Titus ein. »In Wien.«

»… und er wird sich um Sie kümmern.«

Sie runzelte die schön geschwungenen Brauen.

»Es hat sich nämlich die Situation ergeben, dass … Herr Dr. Pyrner wird Ihnen alles erklären.« Sprach's und verschwand.

»Nun?« Frau Eisenpaß wandte sich Titus mit freundlich fragender Miene zu und bedeutete ihm, sich zu setzen. »Gibt es ein Problem?«

Titus zögerte. Angesichts der exquisiten Schönheit ihm gegenüber wurde er sich seiner geradezu unschicklich roten Haare und der damit einhergehenden Sommersprossen unangenehm bewusst. »Es tut mir leid, dass ausgerechnet ich Ihnen mitteilen muss … Der Direktor der Kuranstalt hielt es für klüger, wenn nicht er selbst … Nun, Ihr Gatte ist leider nicht hier.«

»Ach!« Ihre zuvor angespannte Miene löste sich in einem Lachen. »Das habe ich durchaus erwartet. Er nutzt seine Kur oft für kleine … Ausflüge. Wann wird er denn wieder da sein?«

»Nun, ich befürchte, das ist nicht so einfach.« Ein Donnergrollen untermalte seine Worte. »Er hat leider keine Nachricht hinterlassen.«

»Das macht nichts. Ich nehme doch an, ich kann hier logieren, bis er wieder ankommt?«

»Das … Ich weiß es nicht. Ja, aber«, Titus rutschte unruhig auf seinem Stuhl hin und her, »er dürfte bereits vor mehreren Tagen, am Samstag wahrscheinlich, abgefahren sein. Allerdings hat er keine Nachricht hinterlassen, und auch sein Gepäck ist noch hier, weshalb es nun«, er schluckte, »Grund zu einer gewissen Sorge gibt.«

»Oh«, sagte sie mit großen Augen.

Ein paar Sekunden fragte sich Titus, ob sie ihn denn verstanden hatte, doch dann zerriss ein Blitz die Wolkendecke, eine Windböe fuhr rauschend zwischen die Bäume, und als der Donner mit einem scharfen Krachen die Stille zerriss, schluchzte Frau Eisenpaß auf.

»Bitte, gnädige Frau!« Hilflos suchte Titus nach den passenden Worten und einem Taschentuch. »Noch weiß man … wissen wir ja gar nicht, ob überhaupt ein ernsthafter Grund zur Sorge besteht. Vielleicht ist er ja bei seiner …« Er biss sich auf die Zunge. »Bei Bekannten oder so? Wissen Sie denn, ob er hier Bekannte hat?«

Frau Eisenpaß versenkte ihr Gesicht in ein Spitzentaschentuch, das sie aus ihrem Ärmel gezogen hatte. In ihrem grauvioletten Reisekleid, den Hutschleier nachlässig zurückgeschlagen, schluchzend und doch eine gewisse Haltung bewahrend, saß sie da, und Titus hätte ihr am liebsten tröstend den Arm um die Schultern gelegt. Selbstverständlich schickte sich das nicht.

Stattdessen ließ er Tee kommen und wartete ab, bis sich das

Gewitter und der erste Schock verzogen hatten. Etwas planlos blickte er derweil umher. Ihr Reisegepäck stand in einer Ecke, ein dunkelgrüner Schirm mit einem extravaganten elfenbeinernen Pferdekopf als Griff schien die Taschen zu bewachen. Titus bemerkte, dass ein Ohr des Tieres wohl abgebrochen war.

Als Frau Eisenpaß sich schließlich die geröteten Augen abtupfte und dankbar einen Schluck Tee zu sich nahm, heulte draußen der Sturm immer noch, und Blitz und Donner wechselten sich mit einem Hagelschauer ab.

»Seit Jahren kommt er hierher, länger, als wir miteinander verheiratet sind«, sagte sie nach einer Weile. »Jeden Sommer. Bestimmt hat er hier eine … Bekannte.«

Titus konnte deutlich hören, welches Wort sie eigentlich sagen wollte.

»Aber er war immer pflichtbewusst. Wenn er auf so unerwartete Weise verschwunden ist, dann …«

»Wir werden morgen gleich die Gendarmerie informieren.«

»Oh … Nein, muss das denn sein?« Sie sah ihn erschrocken und ein wenig beschämt an.

»Gnädige Frau –«

»Gisela«, unterbrach sie. »Bitte nennen Sie mich Gisela.«

Ihr tränenfeuchtes Lächeln fuhr Titus in die Brust, und ohne darüber nachzudenken, griff er nach ihrer Hand. »Ich … Wir werden alles tun, um Ihren Gatten wiederzufinden.«

»Wo mag er nur bei diesem Unwetter sein?«

Fast gleichzeitig krachten Blitz und Donner, sodass beide erschrocken zusammenfuhren.

Titus, dem erst da bewusst wurde, dass er noch immer ihre Hand hielt, ließ sie eilig los. »Ich denke, Sie sollten sich nun ausruhen. Die Aufregung und Ihre Reise …«

»Vielen Dank, Herr Doktor.«

»Titus. Bitte nennen Sie mich Titus.«

Mittwoch, 21.7.1897, Vormittag

WAS DER FLUSS ANSPÜLT

Das Protokoll über den Lokalaugenschein ist auch ein Prüfstein für den Untersuchungsrichter. Nirgends zeigt sich Geschicklichkeit, sicherer Blick, logisches Denken, energisches, zielbewusstes Vorgehen, aber auch Unbeholfenheit, blödes Anschauen, ungeordnetes Auffassen, Unsicherheit und Zaghaftigkeit besser und klarer.

Dr. Hans Gross

Es war wohl nicht verwunderlich, dass Titus die Nacht über nur sehr unruhig geschlafen hatte. Das Gewitter hatte sich noch viele Stunden bald heftiger, bald milder hingezogen, und während er ein ums andere Mal vom Donnergrollen geweckt hochfuhr, hatte er das Gefühl, immerzu von Gisela Eisenpaß beobachtet zu werden.

Am liebsten hätte er auf die kalten Güsse am Morgen verzichtet, doch er war hier ja in einer Kaltwasserheilanstalt – also gehörte es wohl auch dazu, den Tag mit einer Kuranwendung zu beginnen. Er biss die Zähne zusammen und hoffte, dass diese hydropathischen Ärzte wirklich wussten, was sie da taten. In seinem Studium hatte er ja eher gelernt, konkrete Probleme mit konkreten Mitteln zu behandeln; handfeste Medizin sozusagen.

Als Titus endlich beim Frühstück saß und durch die hohen Fenster auf die nun graubraun aufgewühlte Mur blickte, in deren Wellen immer wieder abgerissene Äste und ganze Bäume mitgezerrt wurden, drangen auf einmal aufgeregte Stimmen zu ihm. Irgendjemand rief um Hilfe, eine weibliche Stimme erhob sich zu einem hysterischen Klagegeschrei, und während Titus sich noch fragte, ob er seiner Neugier nachgeben sollte, trat ein Kellner des Kurhauses zu ihm.

»Man wünscht Sie draußen zu sprechen«, sagte er so dermaßen diskret, dass Titus geradezu erschrocken von seinem Tisch aufsprang. »Dringend.«

Eine merkwürdige Spannung hatte von Titus Besitz ergriffen, als er mit langen Schritten zum Foyer eilte. Neugier gepaart mit einem Drängen, das er bisher so nicht kannte.

Vor dem Kurhaus lotste ihn ein Bursche eine schmale Treppe zur Murpromenade hinunter. Plötzlich wurde Titus der Kragen eng, als er dort an der Uferböschung eine aufgeregte Menschengruppe ausmachte. Der bereits etwas kahle Hinterkopf des Kurdirektors war deutlich zu erkennen, ein paar Männer standen mit nassen Hemdsärmeln daneben, dort kauerte wimmernd ein weibliches Wesen. Offenbar handelte es sich um eines der Dienstmädchen des Hauses, welches das Pech gehabt hatte, als Erste den unangenehmen Fund zu machen.

»Was ist denn los?«, rief Titus, während er sich eilig den anderen näherte.

»Dr. Pyrner!«, winkte der Direktor ihn herbei. »Sehen Sie sich das an.«

Verwundert trat Titus einen Schritt näher, die Männer wichen aus, ein paar Meter entfernt erbrach sich jemand lautstark in das Ufergestrüpp. Neugierig beugte Titus sich vor – und verspürte schlagartig ebenfalls das Bedürfnis, sich seines Frühstücks zu entledigen.

Was vor ihm lag, war eindeutig ein Mann – so viel konnte er immerhin erkennen –, in die Überreste eines praktischen Straßenanzugs gekleidet. Guter Stoff, dunkle Socken, ein Schuh fehlte. Den Hut, den der Mann sicher getragen hatte, hatte wohl die Mur verschlungen. Er musste schon eine ganze Weile im Wasser gelegen haben, doch das war nicht unbedingt das Schlimmste. Was Titus viel mehr schockierte, waren die zahllosen Wunden, die der Tote aufwies, als wäre er von einer wilden Meute Schläger angefallen oder gar gefoltert worden. Kein Stück seines Körpers schien unversehrt, selbst der Bart und die grauen Haare konnten die Verletzungen nur ungenügend verbergen.

»Ist das«, Titus musste schlucken, »Herr Eisenpaß?« Die

Leichen, die er in seinem Medizinstudium kennengelernt hatte, waren ihm durchwegs einladender vorgekommen.

Der Direktor nickte. »Soweit man das beurteilen kann: ja.«

»Großer Gott …«, murmelte einer der Männer, die den Toten offenbar aus dem Fluss gezogen hatten.

»Jetzt sollte man wohl eindeutig die Gendarmerie …«

»Sie ist schon informiert«, antwortete der Direktor tonlos. »Das wird ein Skandal werden. Der Ruf der Anstalt ist ruiniert, die Zeitungen werden voll sein, jeder wird sich das Maul zerreißen … und die Kurgäste! Was soll ich denn den Kurgästen sagen?« Er stöhnte so herzzerreißend, dass Titus schon Sorge bekam, dass er sich gleich selbst in die Mur stürzen könnte.

»Das sieht man wohl eindeutig, dass das nichts mit der Kur zu tun hat«, kommentierte jener Mann, der sich zuvor ins Gedachs erleichtert hatte.

»Herr Doktor …?«

Plötzlich spürte Titus, wie um ihn herum etwas einrastete. Er atmete durch. Zum ersten Mal seit Tagen hatte er das Gefühl, doch zur rechten Zeit am rechten Ort zu sein. Er wusste zwar nicht, *was* er tun konnte, aber nach den endlosen Wochen der Untätigkeit war er sich endlich sicher, *dass* er etwas tun konnte.

Zuallererst galt es, Gisela schonend darauf vorzubereiten, den Leichnam zu identifizieren. Auch wenn es reichlich unwahrscheinlich war, dass es sich um jemand anderen als Herrn Eisenpaß handelte, musste der Form Genüge getan werden. Zudem schien dem Direktor der Kuranstalt im Moment jede Hilfe recht, und Titus hatte nicht vor, ihm seine Unterstützung angesichts dieser unerwarteten Situation zu verweigern.

»Also«, räusperte er sich. »Man sollte den Toten wahrscheinlich irgendwo vernünftig aufbahren, bis die Gendarmerie kommt, und ich werde die gnädige Frau bitten …«

Er brauchte nicht weiterzusprechen, denn der Direktor hatte ihm mit einem Wink schon seine Zustimmung zu verstehen gegeben. »Ich danke Ihnen«, konnte er nur sagen.

Titus fühlte sich merkwürdig beklommen, als ihn ein aufgeregtes Hausmädchen zu dem Zimmer führte, in dem Frau Eisenpaß logierte. Nach den Strapazen der Reise hatte sie sich das Frühstück heraufbringen lassen und daher noch nichts von der Entdeckung am Murufer mitbekommen. Titus fürchtete ein wenig – allerdings auf eine irgendwie prickelnde Art –, sie womöglich noch im Déshabillé anzutreffen, als das Mädchen für ihn anklopfte.

»Gnädige Frau, Dr. Pyrner ist hier für Sie«, kündigte sie ihn an.

Gisela Eisenpaß saß in einem nahezu enttäuschend schlichten Tageskleid bei einer Tasse Tee und sah offensichtlich überrascht auf, als er mit einer angedeuteten Verbeugung zu ihr trat. »Guten Morgen, Herr Doktor. Wie unerwartet! Was führt Sie schon so früh zu mir?« Sie bot ihm einen Platz an und schickte das Hausmädchen mit einer nachlässigen Geste von dannen.

»Bitte entschuldigen Sie die frühe Störung.«

»Ich hoffe, Sie haben sich keine Sorgen um mich gemacht? Ich gebe zu, dass ich gestern etwas angegriffen war. Die Reise und das Unwetter ...«

»Ja, verständlich, aber nein«, erwiderte Titus und schalt sich im selben Moment für seine stumpfsinnige Antwort. »Eigentlich – es ist mir ausgesprochen unangenehm, Ihnen das mitteilen zu müssen – geht es womöglich um Ihren Gatten.«

»Ich bitte Sie.« Sie schob die Teetasse von sich und sah ihn gefasst an. »Sie hätten nicht extra heraufkommen müssen, um mir mitzuteilen, dass er von seinem ... Abenteuer wieder zurück ist. Das war wohl abzusehen. In einer Ehe passieren eben Dinge. Wir sind kein frischvermähltes Paar mehr, also bitte machen Sie sich keine Umstände.« Sie schlug in formvollendeter Resignation die Augen nieder.

»Nein, Frau Eisenpaß – Gisela –, das ist nicht, was ich sagen wollte.«

»Hat er sich womöglich nur allzu wenig begeistert gezeigt, als er erfahren hat, dass ich ihn auf seiner Kur besuchen wollte? Nun, auch darüber müssen Sie sich keine Gedanken machen.«

»Er … Er ist nicht mehr unter uns … Ihr Mann … Er ist … Nun, er ist tot …« Jetzt war es endlich ausgesprochen, und Titus fühlte sich erleichtert und miserabel gleichermaßen. »Das heißt, ein Toter, der womöglich Ihr Gatte sein … oder gewesen sein könnte, ist von der Mur angeschwemmt worden. Natürlich wäre es auch noch möglich, dass es sich um einen Irrtum handelt, aber …«

»Das ist wohl sehr unwahrscheinlich«, beendete Gisela den Satz. Sie klang erschreckend ruhig, alle Farbe hatte ihr Gesicht verlassen, und als sie abermals nach der Teetasse greifen wollte, zitterten ihre Finger. »Ich nehme an, Sie müssen mich jetzt zu ihm bringen?«

»Nur wenn Sie bereit dafür sind«, beeilte sich Titus zu antworten.

Wankend erhob sie sich. Ohne ihn anzusehen, trat sie an ihr Nachtkästchen und zog eine Lade auf. Aus einem Fläschchen zählte sie einige Tropfen auf einen Teelöffel.

Einige Sekunden lang beobachtete Titus ihr Tun, unsicher, ob es ihm zustand, sie zu unterbrechen. »Gisela, was …?«, wagte er dann doch, sie anzusprechen.

Ihr Blick traf ihn mit solch dunkler Wucht, dass er sofort verstummte. »Haben Sie etwa Sorge, dass ich mir etwas antue, Herr Doktor?«

»Nein, ich wollte lediglich … Bitte verzeihen Sie, aber ich dachte –«

»Das ist Laudanum«, sagte sie nur, nahm den Löffel in den Mund und schluckte. Kurz schloss sie die Augen, atmete tief ein. »Ich habe in meinem Leben schon viel ertragen. Vielleicht habe ich ja bereits geahnt, dass mich hier ein Unglück erwartet … Sie werden es mir also nicht verdenken, dass ich mir die Situation ein wenig erleichtern möchte.«

»Natürlich …« Titus war sich bewusst, dass Opiumtinktur gewissermaßen ein Allheilmittel war, auch wenn er dem übermäßigen Konsum durchaus skeptisch gegenüberstand. »Ich bitte Sie nur …«

Gisela lächelte ihn schmerzlich an. »Ich weiß.« Sie strich sich mit den Händen über den Rock. »Danke, dass Sie extra heraufgekommen sind, um mich zu informieren. Sie waren gestern schon so freundlich und … Ich weiß gar nicht, was ich sagen soll.«

Titus bot ihr seinen Arm. »Bitte, Sie brauchen gar nichts zu sagen.«

Ihr tiefes Seufzen, unter dem sie unüberhörbar ein Schluchzen zu verbergen suchte, ging Titus durch Mark und Bein. Was hatte dieser Herr Eisenpaß allein durch seinen Tod dieser Frau angetan – ganz zu schweigen, was er womöglich sonst in seiner Ehe angestellt haben mochte? Titus versuchte, ihr zuversichtlich die Hand zu drücken, und erntete dafür ein tränenumflortes Lächeln. Er konnte nur hoffen, dass die heiße Röte, die ihn dabei durchfuhr, unter seinem Kragen verborgen blieb.

Im Foyer war inzwischen die Vorstufe eines biblischen Chaos ausgebrochen.

Neugierige Kurgäste drängten sich zwischen Bediensteten, die für Ordnung sorgen und dabei selbst die allerwichtigsten Informationen aufschnappen wollten. Die Gendarmerie war aufgetaucht, der Kurdirektor redete aufgeregt gestikulierend mit irgendwelchen Personen, die ernst und wichtig dreinblickten, und die Geheimratswitwe Brandhauer pflügte mit dramatischen Ausrufen mitten durch die Menge, um so viel Aufmerksamkeit wie nur möglich zu erlangen.

»Wollen Sie nicht vielleicht doch in Ihrem Zimmer warten, bis …?«, wandte sich Titus an Gisela.

»Nein. Zeit für Schwäche wird es später noch genug geben«, erwiderte sie leise.

Er führte sie zu einem der uniformierten Gendarmen, wo ein Mann in Zivil, der offenbar dem Polizeidienst angehörte, sie sogleich in Beschlag nahm und gefolgt vom Direktor in einen

Nebenraum führte, in dem wohl der Leichnam aufgebahrt lag. Etwas verloren blickte Titus ihr nach, doch ohne ausdrückliche Aufforderung konnte er ihr kaum folgen – immerhin hatte er mit der ganzen Angelegenheit streng genommen gar nichts zu tun.

»Ja, schau, ich glaub's nicht, der Titus Feuerfuchs ist da!«, drang plötzlich eine Stimme zu ihm.

Titus zuckte bei dem Namen innerlich zusammen, und eine Erinnerung an staubige Klassenzimmer und brennende Hiebe auf die Finger überschwemmten ihn.

»Gehörst du auch zu den Patienten hier?« Eine Hand klopfte ihm jovial auf die Schulter. »Du weißt aber schon, dass es gegen rotes Haar keine Kur gibt, oder? Da hilft im Notfall nur die Schere.« Der junge Mann, dessen schlanke, fast sehnige Statur und braune Haare nebst schlichtem Schnurrbart sicherlich niemandem besonders aufgefallen wären, lachte auf, als sich Titus ihm endlich mit verkniffener Miene zuwandte.

»Franz?« Eine schmale Hinterhoftreppe, Scherben am Boden und zwei Männer, die vom Dach vor seine Füße fielen, blitzten hinter seiner Stirn auf. »Freut mich … dich wiederzusehen.« Tatsächlich war sich Titus nicht ganz sicher, ob es ihn wirklich freute, den einstigen Schulkameraden ausgerechnet hier wiederzutreffen, aber fürs Erste fiel ihm keine bessere Begrüßung ein als: »Was machst du hier?«

»Na, wenn irgendwo eine Leich angeschwemmt wird, dann muss doch die Polizei kommen, oder?«

»Du bist bei der Polizei?«

»Nein, ich bin der Untersuchungsrichter.« Er warf sich in die Brust. »Hast du gedacht, dass aus einem, der zeitlebens seine Lateinhausübungen abschreiben muss, nichts Gescheites werden kann? Aus einem Rotschopf wie dir ist ja wahrscheinlich auch was geworden.«

Titus nickte schwach. »Doktor bin ich«, sagte er.

Für einen kurzen Moment schien sein Gegenüber seine Miene nicht vollkommen unter Kontrolle zu haben.

Titus fühlte sich, als hätte man ihn durch die Jahre zurückgeschleudert, in jene Zeit, da die Burschen im Gymnasium unter dem Kommando von Franz Stahlbaum nichts Besseres zu tun gehabt hatten, als ihn mit Kreide oder wahlweise mit tintengetränkten Papierkugerln zu bewerfen.

»Was denn für ein Doktor?«

»Medizin.«

»Natürlich. Hat der Papa seinen Willen durchgesetzt?«

Titus verzog das Gesicht. Es gab eindeutig Dinge, die er weder jetzt noch sonst irgendwann diskutieren wollte – und schon gar nicht mit einem wie Franz Stahlbaum. »Ermittelst du jetzt in der Sache?«, wechselte er das Thema.

»Nein, ich bin nur spontan auf einen kurzen Kuraufenthalt vorbeigekommen«, gab Franz zurück.

»Ich meinte ja nur …«

»Wenn's was zu ermitteln gibt, dann werden wir … werde ich das Ganze koordinieren. Ich bin ja der Untersuchungsrichter hier«, wiederholte Franz. Dann wandte er sich zu einem der Gendarmen, der gerade mit einem Notizbüchlein in der Hand aus dem Nebenzimmer kam. »Und, ist er es?«

Der Uniformierte nickte. »Die Dame hat ihn als ihren Gatten Theodor Eisenpaß erkannt.«

Franz sah Titus zufrieden an. »Na schau, dann haben wir ja schon was. Jetzt müssen wir nur noch herausfinden, wer ihn so zugerichtet hat und wie er in die Mur gekommen ist. Seit wann war er denn abgängig?« Die Frage war wieder an den Gendarmen gerichtet.

»Seit Samstag«, antwortete Titus, bevor der Uniformierte den Mund aufmachen konnte.

Franz sah ihn skeptisch an. »Und was hat er am Samstag gemacht?«

»Das weiß ich nicht, aber möglicherweise wurde er am Bahnhof gesehen.«

Der Gendarm sah verwirrt zwischen den beiden Männern hin und her.

»Aha. Und davor?«

»Am Freitag war er im Gasthaus ›Goldene Sonne‹ und hat ein bisschen mit dem Altwirt geplaudert. Er war offenbar Stammgast dort, wie auch sein Freund, der ebenfalls immer wieder dort gewesen sein muss.« Titus reckte herausfordernd das Kinn. Wider Willen bereitete es ihm ein diebisches Vergnügen, etwas zu wissen, wovon die anderen noch keine Ahnung hatten.

»Und davor?«

»Hat er im Gasthaus ›Zur Linde‹ irgendwelchen italienischen Ziegelarbeitern ein Essen spendiert.«

»Und weiter?«

»Im Gasthof ›Straßburg‹ hat er sich am Donnerstag nach einem gewissen Schorsch Zilli erkundigt. Da hat es angeblich Flecksuppe gegeben.«

»Flecksuppe?«, wiederholte Franz.

»Das ist ein kräftiger Eintopf aus Kuttelfleck. Also meist Rindermagen, manchmal auch Schaf. Ich glaube, hier wird er mit Speck serviert.«

Der Gendarm, der ihrem Dialog interessiert lauschte, konnte sein Grinsen nicht verbergen.

»Ich weiß, was eine Flecksuppe ist! Aber dieser Zilli – wer soll das sein?«

»Woher soll ich das wissen?«

»Dafür, dass du eigentlich gar nichts wissen solltest, weißt du doch schon eine ganze Menge«, gab Franz zurück und sah seinen einstigen Klassenkameraden forschend an.

Titus seufzte. Nun hatte es wohl auch keinen Sinn mehr, Ahnungslosigkeit vorzutäuschen. »Der Kurdirektor hat mich vorgestern gebeten, dass ich mich ein wenig umhöre …«

»Vorgestern?«, fuhr Franz auf. »Vorgestern! Ja, seid ihr denn alle wahnsinnig?«

»… wo denn der Herr Eisenpaß ist, nachdem er dem Herrn Ingenieur Loidl bei seiner Abendzigarre abgegangen ist«, beendete Titus seinen Satz. »Ist das verboten?«

»Wenn einer einfach verschwindet, dann muss man das melden!«

»Es konnte ja keiner wissen, dass er … na ja, dass das eben passiert ist.«

»Und wer bitte schön ist dieser Loidl?« Plötzlich nahm Franz' Stimme eine andere Tonart an.

»Du brauchst mich gar nicht so zu verhören, ich hab den Mann nicht in die Mur geschmissen!«, fuhr Titus auf.

»Also ich halte das schon für reichlich verdächtig, wenn irgendwo ein Toter auftaucht, und ein Kurgast weiß bereits, bevor die Ermittlungen begonnen haben, weit mehr als die Polizei … und der Untersuchungsrichter!«, erwiderte Franz.

»Weiß die Polizei denn jemals irgendwas, *bevor* sie zu ermitteln beginnt?«

»Ist das jetzt deine Idee von Beamtenbeleidigung?« Franz trat einen Schritt auf Titus zu.

»Bist du immer noch so ein leidenschaftlicher Denunziant wie in der Schule?«

»Bist du immer noch so ein Klugscheißer, Titus Feuerfuchs?«

»Tu nicht so, als hättest du je etwas von Nestroy gelesen!«, fauchte Titus zurück.

»Ich hab ihn im Theater gesehen.«

»Das ist mir so was von wurscht. Ich heiße Titus *Pyrner.*« Er machte Anstalten, Franz am Kragen zu packen. »*Dr.* Titus Pyrner für dich.«

Franz fasste ihn an seiner Krawatte und zog ihn zu sich, bis die beiden Nase an Nase standen. »Also wenn der Herr Doktor noch so ein paar schlaue Ideen über unseren Toten hat, dann soll er sie bitte beizeiten ausspucken.«

Der Gendarm hatte sich derweil diskret abgewandt und schien sich ganz dringend nach jemandem umsehen zu müssen.

Titus hatte das durchaus nicht kommen sehen, doch die Zeiten, in denen er sich mit Hausübungen die Nachsicht der Klassenkameraden erkauft hatte, waren vorbei. »Ja, eine solche

Idee wäre zum Beispiel, dass der Herr Untersuchungsrichter sich um seinen eigenen Kram kümmert und in nächster Zeit davon absieht, nächtens irgendeinen Gesetzesbrecher über die Dächer zu verfolgen. Soweit ich weiß, sind die werten Juristen nämlich nicht für derartige Heldentaten vorgesehen – ganz abgesehen davon, dass du wahrscheinlich längst tot wärst, wenn ich den Wahnsinnigen nicht rechtzeitig erwischt hätte!«

»Du warst das damals?« Franz ließ seinen Kragen los.

»Genau. Tu nicht so, als hättest du mich nicht erkannt.«

»Ich … Nein, ich hab dich wirklich nicht …« Franz schien nicht zu wissen, was er sagen sollte. Natürlich musste ihm bewusst sein, dass er dem Mann – selbst wenn er von diesem in jener Nacht nur den Hut wahrgenommen hatte – quasi sein Leben verdankte. Doch die peinlichen Zurechtweisungen, die mitleidigen Scherze der Wachbeamten und die unverhohlenen Witzeleien über den Emporkömmling, der anscheinend vergessen hatte, was eines Untersuchungsrichters würdig war, hatten ihn seinen Retter offenbar allzu rasch vergessen lassen.

»Ich hatte ja keine Ahnung … Und außerdem, arbeitest du nicht in Wien?«

»Ich habe damals für ein paar Monate einen Kollegen vertreten und wurde zufällig zur Totenbeschau gerufen. Selbst wenn du mich während deiner dämlichen Aktion nicht erkannt hast – mein Name dürfte wohl im Protokoll aufscheinen.« Wider Erwarten bemerkte Titus, dass er doch ein wenig beleidigt war, dass sein beherztes Eingreifen nicht mehr in Erinnerung geblieben war.

»Nun … Die Protokolle zu dieser Angelegenheit habe ich … nicht mehr gelesen.« Franz wischte sich mit den Händen über die Rocktaschen, zupfte an seinen Manschetten. »Ich musste … habe den Fall abgegeben. Mir wurde es jedenfalls nahegelegt. Ich habe … Es war offenbar nicht besonders gescheit, was ich gemacht habe.«

»Das kann man wohl sagen. Einfach einem Fremden nachzujagen – das wäre wohl keinem außer dir eingefallen. Du könntest dich übrigens bedanken, dass ich dir das Leben gerettet habe.«

Franz wand sich. »Danke …« Man konnte sehen, wie unangenehm diese Situation für ihn war, und Titus genoss den Anblick. Jedenfalls war er noch nicht so weit, Mitleid für die Situation des einstigen Klassenkameraden zu empfinden.

»Bitte … Ich stehe ohnehin nicht besonders gut da als Untersuchungsrichter … Die wollten alle irgendeinen jungen Herrn ›von und zu‹ haben, und stattdessen …«

»Haben sie einen kleinen Proletarier bekommen«, beendete Titus den Satz.

»Ich habe hart gearbeitet.« Franz warf ihm einen Blick zu, in dem Stolz und Bitterkeit und eine verhaltene Bitte nach Anerkennung lagen.

Zum ersten Mal seit sie einander wieder begegnet waren, erahnte Titus, dass er doch nicht mehr denselben Franz wie in Gymnasiasten-Zeiten vor sich hatte. Er konnte die Veränderung noch nicht recht einordnen, aber statt des Burschen, der sich einen Hauptspaß daraus gemacht hatte, so viel Unfug wie nur möglich anzurichten, sah er einen Mann, dessen Weg nicht weniger steinig war als sein eigener – bloß war es eine ganz andere Art von Hindernissen, die er zu überwinden hatte.

Kurz nur schafften sie es, einander in die Augen zu sehen, bevor Franz fortfuhr. »Ich kann es mir nicht leisten, denen da oben noch einen Grund zu geben, dass sie … Also, wenn du noch etwas Gescheites über den Herrn Eisenpaß zu sagen hast, dann tu dir keinen Zwang an.«

Der winzige Moment, in dem sie einander fast verstanden hatten, war zerplatzt, ehe sie ihn zu fassen wagten. »Das heißt, ich soll dir beim Ermitteln helfen?« Titus verschanzte sich wieder hinter einer ironischen Fassade.

Franz schaute aus dem Augenwinkel zu dem Polizeiagenten hin, der nun mit einem Gendarmen vor der Geheimratswitwe stand und stirnrunzelnd deren Ausführungen lauschte. »Hast du gerade etwas Besseres vor?«

»Etwas Besseres, als dir bei deiner Arbeit zu helfen?«

Franz atmete durch. »Es ist nur … Es könnte sein, dass … Ich glaube, ich werde keine weitere Chance bekommen.«

»Also brauchst du quasi wieder einmal jemanden, der für dich deine Hausaufgaben macht? Hast du dafür nicht deine Gendarmen und Spione und … was auch immer ihr noch zur Verfügung habt?«

Franz schluckte schwer, warf wieder einen Blick zu den anderen. »Ich brauch … Ich glaube, ich brauch … Ach, hab mich doch gern.« Mit einer wegwerfenden Handbewegung wollte er ihn stehen lassen, doch Titus hielt ihn zurück.

Er hätte einfach Nein sagen sollen. Er hätte Franz Stahlbaum am Kragen packen, ihm im Bedarfsfall den Hut vom Kopf hauen und ihm ein saftiges »Nein« verpassen sollen. Er hätte ihm in dieser einen Sekunde einfach nicht in die Augen sehen dürfen.

Stattdessen marschierte Titus nun an Franz' Seite den Tabor hinunter in Richtung Bahnhof, um dem milchbärtigen Burschen dort noch einmal auf den Zahn zu fühlen. Niemals hätte er es zugegeben, dass er die Sache langsam richtig spannend fand.

Der Polizeiagent, Anton Meisl, hatte derweil bereits die Spur von Ingenieur Loidl aufgenommen, dessen Sorge um den Toten bei näherer Betrachtung doch ein wenig verdächtig wirkte, und die Telegrafenstelle bei der Post in Beschlag genommen. Ganz offensichtlich bereitete es ihm das größte Vergnügen, die Initiative zu ergreifen, noch ehe der junge Untersuchungsrichter ihm den Auftrag dazu erteilen konnte.

Die Gendarmen waren abkommandiert, die übrigen Kurgäste zu befragen und das Murufer rauf und runter nach einer möglichen Stelle abzusuchen, wo der Tote ins Wasser gestürzt sein könnte. Der Kurdirektor höchstpersönlich hatte sich der Witwe Eisenpaß angenommen. Der Leichnam befand sich zur weiteren Untersuchung bereits auf dem Weg nach Graz.

»Und du meinst, dass es genügt, wenn du in Amt und Würden erscheinst, dass der Bursche einen plötzlichen Geistesblitz hat?«, fragte Titus, als sie die Murbrücke überquerten. »Wie ich mit ihm geredet habe, hatte ich den Eindruck, dass der nicht einmal bis drei zählen kann.«

»Hast du eine Ahnung, was so ein Titel alles bewirken kann?«, gab Franz zurück.

Titus allerdings vermutete, dass er es nur nicht länger aushielt, tatenlos auf die angeforderten Informationen zu warten, und sich stattdessen entschlossen hatte, selbst die Befragung vorzunehmen. »Na, das schau ich mir an.«

Eine alte Frau, die einen Korb undefinierbaren Inhalts auf dem Rücken trug, stierte ihnen interessiert hinterher, als sie den Ortsteil Mauritzen hinter sich ließen.

Am Bahnhof angekommen, blieb ihnen kaum Zeit, den Blick einmal nach Nord und Süd zu richten, ehe der Bursche, mit dem Titus bereits das Vergnügen gehabt hatte, auf sie zustürzte.

»Da ist er schon«, murmelte Titus und ließ Franz den Vortritt, der auch sogleich zu einem Gruß und zu einer Frage ansetzte – aber so weit kam er gar nicht.

»Also ist es wahr, dass sie heut in der Früh beim Kurhaus eine Leiche aus der Mur gefischt haben!«, legte der Bursche sogleich begeistert los. »Ich hab's ja zuerst nicht glauben mögen, was der Martin beim Postwirt gehört hat, aber wenn Sie jetzt da sind, um mich zu befragen – dann muss es stimmen.«

»Und haben Sie denn was zu sagen, dass sich die Fragerei auszahlt?« Franz sah ihn mit amtlicher Strenge an, die Titus ein verstohlenes Grinsen entlockte.

»Geht es also um den, der verschwunden ist? Den Herrn Eisenfuß?«

Einen Moment schien es, als wüsste Franz nicht recht, ober er nun lachen oder weinen sollte. »Er heißt Eisenpaß, und er ist auch nicht mehr verschwunden, weil der Fluss ihn ja wieder ausgespuckt hat«, erwiderte er schließlich. »Also, was wissen Sie?«

»Na ja … Nein, eigentlich nichts.« Der Bursche sah etwas verlegen zwischen den beiden Männern hin und her. »Das hab ich ja eh schon ihm«, er deutete auf Titus, »gesagt, dass der wahrscheinlich mit dem Zug gefahren ist, entweder nach Graz oder nach Bruck eben, woandershin kann man von Frohnleiten aus eh nicht fahren. Außer man steigt irgendwo um, aber das hab ich von da aus ja nicht sehen können.«

Titus bemerkte, wie Franz einmal tief durchatmete, doch bevor er sich Luft machen konnte, wurde er abermals unterbrochen. Diesmal von einem Mann, der allem Anschein nach der Bahnhofsvorsteher sein musste.

»Bitte um Verzeihung«, kam er zu ihnen geeilt und salutierte, ehe er den Jüngeren wenig sanft beiseiteschob. »Der Christian wird Ihnen wohl keine große Hilfe gewesen sein. Das hat schon seinen Grund, dass er die Hauptschule aufgegeben hat …« Er setzte ein schiefes Lächeln auf. »Wie kann ich den Herren helfen?«

Franz stellte sich vor, wobei er weder seinen Titel noch sein Richteramt ausließ. »Es geht um den Toten, der heute aus dem Fluss gezogen wurde. Haben Sie schon davon gehört? Eisenpaß ist sein Name, ein Kurgast, und er könnte am Samstag von hier aus einen Zug genommen haben.« Er fügte noch eine knappe Beschreibung hinzu und sah den Mann abwartend an.

»Kann schon sein, dass der von da aus weggefahren ist. An so einen Herrn kann ich mich erinnern, ohne Gepäck war er unterwegs, aber da hab ich mir nichts dabei gedacht.«

»War sonst etwas auffällig an ihm? War er vielleicht aufgeregt, nervös, hatte er Angst?«

»Ist er vielleicht verfolgt worden?«, ergänzte Titus, wofür ihm Franz einen strafenden Blick zuwarf.

»Sie meinen, dort wo er hingefahren ist, ist er dann auch … gestorben?«

»Das kann man zu diesem Zeitpunkt natürlich noch nicht sagen, aber man darf die Möglichkeit nicht ausschließen«, erwiderte Franz.

»Wenn das so ist«, der Bahnhofsvorsteher vergrub die Finger in seinem Vollbart, »dann kann er im Grunde eh nur nach Norden, nach Bruck gefahren sein. Wenn er Richtung Graz gefahren wäre, hätten Sie ihn am Ende in Radkersburg herausfischen können.«

Franz nickte, und Titus ärgerte sich, dass er nicht selbst an das Naheliegendste gedacht hatte. Tote, die gegen den Strom schwimmen, waren im Allgemeinen eher unüblich.

»Kann ich sonst noch etwas für Sie tun?«

»Ich denke, fürs Erste nicht. Vielen Dank.«

Der Mann salutierte.

»Halten Sie sich zur Verfügung.« Markigen Schritts marschierte Franz davon und blieb erst fast außer Sichtweite des Bahnhofsgebäudes stehen. Er zog ein zerfleddertes Heftchen aus seiner Westentasche und notierte ein paar Worte mit einem winzigen Bleistiftstummel.

»So, was machen wir jetzt als Nächstes?«, fragte Titus, als er ihn eingeholt hatte.

Franz verzog das Gesicht. »Weiterfragen.« Er zögerte, betrachtete seine Notizen, strich etwas durch. »Sag, willst du mir da jetzt wirklich die ganze Zeit hinterherrennen? Ich meine ...«

»Wie gesagt, ich habe gerade nichts Besseres vor. Und du hast ja so treffend angemerkt, dass selbst die besten kalten Güsse nicht gegen meine roten Haare helfen.« Er machte sich gar nicht erst die Mühe, den sarkastischen Ton aus seiner Stimme zu verbannen. »Außerdem brauchst du anscheinend wen, der dir bei den Hausaufgaben hilft. Oder habe ich da irgendwas falsch verstanden?« Titus sah ihn herausfordernd an.

»Ja ... Nein, ich wollte nur ... Ah geh, ist ja egal.«

»Deine Eloquenz war immer schon sagenhaft.« Titus grinste und genoss das kurze Gefühl der Überlegenheit. »Also ich würde mich als Nächstes bei den Italienern umhören«, meinte er dann. »Oder macht das schon dein Kompagnon?«

»Der Meisl? Der macht nur, was prestigeträchtig ist und was etwas einbringt.« Franz ballte kurz die Hände zu Fäusten, ehe er sich wieder in der Gewalt zu haben schien und fortfuhr: »Im Grunde ist er nur hier, um auf einen Fehler von mir zu lauern, den er dann an die passende Stelle weiterleiten kann, um mich endgültig aus dem Amt zu entfernen. Der taucht erst bei den Katzelmachern auf, wenn es gewiss ist, dass dort der Mörder sitzt. Und dann kannst du dir sicher sein, dass er über Leichen geht, um einen Erfolg vorzuweisen, der Depp.«

»Ah, und deshalb musst du schneller ermitteln als er?«

Franz gab einen undefinierbaren Laut von sich. »Der Untersuchungsrichter sollte eigentlich die Ermittlungen anleiten und nicht ... Herrgott, der Meisl meint nur, dass er alles besser weiß und dass die Polizei die eigentliche Arbeit leistet und ...« Er unterbrach sich, als eine alte Frau, dieselbe, die ihnen zuvor so interessiert nachgeblickt hatte, auf sie zukam. Ihren Korb hatte sie am Straßenrad abgesetzt, und es war offensichtlich, dass ihr etwas auf der Zunge lag.

»Ja, gnädige Frau?«, wandte sich Titus ihr zu, was ihr ein verschämtes Lächeln auf das faltige Gesicht zauberte.

»Ich bitt Sie, ich bin ja keine Gnädige.«

»Was können wir für Sie tun?«

»Sie sind von der Gendarmerie, nicht? Wegen des Toten, nicht?«

»Nicht ganz, aber ja«, erwiderte Franz. »Woher wissen Sie von ... dem Vorfall?«

»Jo, mei«, sie machte eine wegwerfende Geste, »das weiß eh schon jeder. So was passiert bei uns ja nicht alle Tage, da wird man kein Geheimnis darum machen.«

Franz seufzte ergeben. Es hatte kaum ein paar Stunden gedauert, und schon wusste anscheinend ganz Frohnleiten, was geschehen war. Wenn man das hochrechnete, wurde bis zum Abend an jedem Stammtisch von Mixnitz bis Stübing darüber schwadroniert, und morgen redete man auch in Kapfenberg und Leibnitz davon.

»Sie wissen sicher schon, dass das ein Stammgast war, aus dem Kurhaus. Der ist jedes Jahr da gewesen im Sommer, ein netter Herr, der Herr Eisenpaß, hat immer gern mit den Leuten geredet, nicht viel, aber was man so eben miteinander plaudert, wenn man sich alle Jahr wieder sieht und … Na ja, Sie haben sich ja beim Bahnhof erkundigt, aber da werden die Ihnen nicht viel gesagt haben, nehm ich an.«

»Wie kommen Sie denn darauf?«

»Na, weil der immer zu Fuß gegangen ist, der gnädige Herr. Murabwärts, nach Peggau, hat er mir einmal erzählt.«

Schlagartig war Franz ganz Ohr. »Wieso nach Peggau? Und wieso hat er Ihnen das erzählt?«

Die Alte reckte sich, als wäre die Frage gegen nichts Geringeres als ihre Ehre gerichtet gewesen. »Weil ich ihm immer Marillen verkauft hab, wenn er vorbeigekommen ist. Mit seinem Freund ist er ja immer dort bei den Höhlen herumgestiegen, bei der Badlhöhle und bei der Lurgrotte – und dort unten soll es noch mehr geben!«

»Noch mehr Höhlen?«, fragte Titus nach.

»Jaja. Man redet, dass man dort allerhand Sachen gefunden hat, Knochen und so … Der Herr und sein Freund, das waren nämlich so Gelehrte, die sich für so was interessiert haben.« Sie machte eine gewichtige Miene. »Vielleicht ist er deshalb umgebracht worden?«

»Das versuchen wir herauszufinden.«

»Dann sollten Sie vielleicht seinen Freund fragen, ob der was weiß.«

»Haben Sie denn eine Ahnung, wo man ihn finden kann oder wie er heißt?«

Die Alte lachte auf. »Na, den Namen hab ich mir nicht gemerkt, so was Ausländisches, das kann ja kein Mensch aussprechen.«

Titus horchte auf. »War es ein italienischer Name?«

»Nein, ausländisch eben.« Genaueres war nicht aus ihr herauszubekommen.

»Nun, vielen Dank für Ihre Hilfe«, lächelte Franz höflich.

»Wollen Sie vielleicht noch ein paar Rüben kaufen?«, fragte

die Alte, ehe die beiden sich verabschieden konnten. »Karotten hab ich auch, aber die sind schon ein bisserl morsch.«

»Nein, ich denke nicht«, lehnte Franz höflich ab.

»Sie wissen ja, die strenge Kurdiät«, fügte Titus mit einem Blinzeln hinzu.

Die Frau errötete daraufhin geradezu mädchenhaft, schulterte mit bemerkenswertem Schwung ihren Korb und verschwand winkend auf der Straße Richtung Laas. Währenddessen überquerten Franz und Titus abermals die Mur, um beim Brückenkopf innezuhalten.

»Das bestätigt, was ich bisher herausgefunden habe«, bemerkte Titus. »Jedenfalls was diesen gelehrten Freund betrifft.«

»Ja, deine glorreichen Ermittlungen …«

»Sei froh, dass ich schon ein bisserl Vorarbeit geleistet habe, wenn du da mit deinem Kollegen um die Wette explorieren musst!« Titus begann, auf und ab zu gehen. »Also wir sollten diesen Freund von unserem Herrn Eisenpaß unbedingt einmal sprechen. Vielleicht wäre es bei der Gelegenheit auch hilfreich, endlich zu erfahren, wie der Mann heißt. Und ob Eisenpaß nun eine Geliebte hatte, wissen wir auch noch nicht.«

»Und außerdem sollten wir uns dringend einmal mit den Italienern unterhalten«, ergänzte Franz. »Wie hieß der Mann, nach dem sich der Eisenpaß erkundigt hat?«

»Zilli Schorsch«, antwortete Titus. »Ich hab das Gefühl, der könnte uns weiterhelfen.«

»Und ich hab das Gefühl, dass ich dringend etwas essen muss«, brummte Franz.

Titus bedachte den einstigen Kameraden mit einem verhaltenen Schmunzeln. Zugegeben, es war in seiner Position als Untersuchungsrichter wohl nicht ganz leicht, sich eingestehen zu müssen, dass er nun ausgerechnet von den Erkenntnissen eines *Titus Feuerfuchs* abhängig war, der doch in der Schulzeit sein erklärtes Lieblingsopfer gewesen war. Nicht, dass er das nicht durch ausgiebige Karzerstunden gebüßt hätte – aber manche Dinge ließen sich eben nicht so leicht vergessen. Da machte es für Franz die Sache gewiss auch nicht unbedingt leichter, dass gerade er selbst ihn vor etwa einem halben Jahr aus dieser lebensgefährlichen Peinlichkeit errettet hatte, die ihn fast sein Amt (ganz zu schweigen von seiner Gesundheit) gekostet hätte.

»Essen?« Titus blieb stehen. »Wieso sagst du das nicht gleich? Der ganze Hauptplatz da oben ist voller Gasthäuser.« Mit langen Schritten eilte er den Tabor hinauf. »Am besten, wir gehen zur ›Sonne‹, dann lernst du den Altwirt kennen, der sich immer mit dem Eisenpaß unterhalten hat. Vielleicht kann der sich ja doch erinnern, wie dieser Freund heißt. Und …«, Titus wandte sich abrupt um, sodass Franz fast ins Stolpern geraten wäre, »… du erzählst mir ganz genau, wie einer wie du es ausgerechnet zum Untersuchungsrichter gebracht hat.«

Im Gasthaus »Goldene Sonne« hatte man ihnen sogleich einen lauschigen Ecktisch gerichtet, und ein blutjunges Servierfräulein mit äußerst ansprechendem Dekolleté hatte sogar noch ein paar Blumen auf die karierte Tischdecke gestellt, nachdem Franz ganz beiläufig sein Amt erwähnt hatte. Der Wirt brachte ihnen zwei Krüge Bier aufs Haus und war recht überrascht, als er Titus wiedererkannte.

»Ja, gnädiger Herr, dass Sie wiederkommen! Das ist … Also, das ist natürlich tragisch, dass der Kurgast jetzt tot ist. Man redet eh schon im ganzen Ort davon. Stimmt es denn, dass es die Katzelmacher waren?«

»Über laufende Ermittlungen wird nicht gesprochen«, erwiderte Franz mit äußerst ernster Miene.

»Selbstverständlich. Verzeihung«, machte der Wirt eilig einen Rückzieher. »Aber bei den vielen Italienern im Ort … Darf ich Ihnen einen Schweinsbraten empfehlen?«

»Sehr gern«, erwiderte Franz und sah süffisant zu Titus. »Und wie steht es um deine Kurdiät?«

»Für mich auch.«

Nachdem der Wirt mit ihrer Bestellung abgezogen war, nahm Titus erst einen tiefen Schluck von seinem Bier, ehe er sich zu Franz wandte. »So, und jetzt will ich einen guten Grund von dir hören, wieso ich dir schon den ganzen Tag bei deiner Arbeit nachrenne.«

»Das frag ich mich auch ...«, erwiderte Franz.

»Nein, so leicht kommst du mir nicht davon. Du weißt genau, was ich meine.«

Franz betrachtete eingehend das Karomuster der Tischdecke, zupfte an einer der Blumen herum. »Also ehrlich gesagt ... bin ich recht froh darüber. Das heißt«, er nahm ebenfalls einen ausgiebigen Schluck, als hätte er das Bedürfnis, sowohl Zeit zu schinden als auch seinen Mut zusammenzuraffen, »ich hätte nicht erwartet, dich hier zu treffen, ausgerechnet dich! Ich meine ... Ich dachte, du sitzt schon längst als hochgelehrter und verehrter Herr Doktor irgendwo in Wien und wartest auf deine Beförderung zum Medizinalrat, während ich ... na ja.«

»Der Herr Medizinalrat ist bis auf Weiteres mein Vater. Und das ist möglicherweise auch ein Grund, weshalb ich gerade nicht in Wien sitze«, erwiderte Titus. »Aber es geht jetzt nicht um mich, sondern ich will von dir hören, was Sache ist.«

Franz wand sich. »Da du ja schon einmal hier bist und ich wirklich ... Verdammt! Du willst bloß, dass ich dir noch eine Vorlage liefere, um dich über mich lustig zu machen! Bitte, du hast deine Rache verdient.«

»Wieso denkst du das?« Titus beugte sich zu ihm und sah ihn herausfordernd an.

»Das weißt du genau.«

»Richtig. Und jetzt will ich, dass du es sagst – und dann können wir weiterreden.«

»Titus, komm, könnten wir nicht ... Könntest du die Schulzeit vergessen und alle Blödheiten und ... was eben sonst noch vorgefallen ist? Himmelherrgott ... Ich kann das nicht.«

»Was, dich entschuldigen? Das hast du noch nie können.«

»Ja, aber ich versuche es wenigstens.«

»Noch habe ich nicht viel davon gehört.« Titus grinste. »Komm, probier es.«

Franz knirschte mit den Zähnen. »Bitteentschuldigedassichsoeinkameradenschweinwar«, schoss es dann aus ihm heraus. »Zwinge mich nicht, das noch einmal langsamer zu sagen, du hast mich genau verstanden. Ich meine es ernst, und … ich hätte gerne deine Hilfe.«

Titus zog die Brauen in die Höhe. »Sei wenigstens so ehrlich, dass du nicht genau *meine* Hilfe brauchst, sondern dass ich bloß das Pech hatte, am richtigen Ort zur falschen Zeit zu sein.«

»Ja. Genauso wie ich das Pech hatte, dass ausgerechnet du mich vor diesem Irren vom Dach gerettet hast … Womöglich ist das Schicksal … Jedenfalls würde die Resi das so sagen.«

»Die Resi?«, fragte Titus nach.

Franz machte eine Geste, dass diese Resi gerade nicht im Zentrum ihrer Unterhaltung stand. »Was ich meine … Ich würde … Herrgott! Würdest du mir helfen? Bitte?«

»Ich soll dir also helfen, den Mord an dem Herrn Eisenpaß aufzuklären?«

»Ja! Brauchst du es schriftlich?«

»Ich möchte nur Missverständnisse vermeiden.«

»Du kannst mich einmal mit deinen Missverständnissen …« Franz nahm einen ausgesprochen grantigen Schluck von seinem Bier.

Titus machte sich nicht die Mühe, seine Genugtuung zu verbergen. »Der große Stahlbaum, der sich von nichts und niemandem was sagen lässt und lieber ein ganzes Wochenende im Schulkarzer verbringt, als dass er verrät, wer dem armen Rotschopf wieder einmal Tinte in den Ranzen gegossen hat, bittet ebenjenen um Unterstützung und Beistand … Dass ich das noch einmal erlebe.«

»Gut, wenn du dann fertig bist, dich an meiner Schmach zu ergötzen, lass es mich wissen.«

Titus beobachtete, wie Franz sein Bier leerte, dann fragte er: »Wer ist diese Resi?«

Franz schaute ihn an. »Sag, kann es sein, dass du mich keinen Groschen ernst nimmst?«

Ehe Titus antworten konnte, brachte das Servierfräulein zwei Teller, vollgehäuft mit äußerst appetitlichem Schweinsbraten und garniert mit einem nicht weniger appetitlichen Einblick in ihren Ausschnitt. »Lasst es euch schmecken, meine Herren!«, trällerte sie, ehe sie mit einem gekonnten Hüftschwung wieder verschwand.

Genussvoll führte Titus den ersten Bissen zum Mund, bevor er antwortete: »Ich muss mich erst daran gewöhnen, dass derjenige, der mir ganze acht Schuljahre sauer gemacht hat, mir auf einmal sein Herzeleid beichtet und mich quasi um meine Hilfe bittet.«

Franz schnaubte. »Gib doch zu, dass du nur froh bist, während deiner Kur irgendetwas zu tun zu haben. Sonst hättest du dich ja auch nicht in den letzten Tagen nach dem Eisenpaß erkundigt. Womöglich macht es dir sogar Spaß.« Er winkte dem Fräulein, noch einen Krug Bier zu bringen. »Ich versteh sowieso nicht, was ein junger, gesunder Mensch in einer Kaltwasserheilanstalt macht.«

»Ich … warte auf wen.«

»Ah – auch auf ein Frauenzimmer?«

»Wer ist also diese Resi?«, gab Titus vor, die letzten Worte nicht gehört zu haben.

»Fräulein Theresia Eder ist meine Verlobte«, antwortete Franz. »Und ich habe ihr versprochen, dass sie keinen armen Winkeladvokaten heiraten muss.«

»Deshalb also dein leidenschaftlicher Einsatz als Untersuchungsrichter?«

»Ja. Und weil es mich interessiert … Vor ein paar Jahren habe ich einen Vortrag von Hans Gross gehört. Er hat den allerersten Lehrstuhl für Kriminalistik inne, er hat sozusagen die Art, Täter zu stellen, neu erfunden. Seither bin ich überzeugt, dass Verbrechen aufzuklären und Mörder zu fangen eben mehr ist, als bloß irgendwelchen verdächtigen Leuten hinterherzuhetzen, bis man sie in Eisen legen kann. Das sollen von mir aus weiter die Gendarmen machen. Für die richtigen

Kriminellen braucht es Männer mit Verstand und Willenskraft und Kombinationsgabe.«

»Verstehe. Und wieso machst du das dann?«, stichelte Titus.

»Ich glaube, du hattest jetzt deinen Spaß. Bitte … Können wir das alles einfach gut sein lassen?« Franz schaute ihn an, kein boshaftes Blitzen in den Augen, keine Spöttelei, keine Ironie in den Mundwinkeln. »Hilfst du mir, den Mord aufzuklären?«

»Mach ich das nicht eh schon, seit sie den Eisenpaß aus der Mur gezogen haben?« Kurz zögerte Titus. Jetzt war wohl die letzte Gelegenheit, Nein zu sagen, aber dieses Wörtchen hatte ihm ohnehin schon immer Schwierigkeiten bereitet. »Ja, ich helfe dir.«

Franz atmete hörbar aus. »Danke.«

»Und das Essen geht auf deine Kosten.«

Mittwoch, 21.7.1897, Nachmittag

Von Missverständnissen und Verständnisschwierigkeiten

Wenn man eine Unterscheidung trifft zwischen der Vernehmung von Zeugen und von Beschuldigten, so ist sie nur bis zu einem gewissen Grade zulässig: In beiden Fällen handelt es sich um die Erforschung der Wahrheit.

Dr. Hans Gross

Leider hatten Franz und Titus nicht mehr die Gelegenheit gehabt, mit dem Altwirt zu reden, dafür hatte das Servierfräulein sie nach dem Zahlen mit einem entzückenden Lächeln verabschiedet und die beiden Herren Ermittler eingeladen, recht bald wiederzukommen.

»So schnell wird man vom Doktor zum Herrn Ermittler«, bemerkte Titus, während sie durch das schmale Dienergassl gingen, um dann die Straße zur Weingartensiedlung einzuschlagen, wo sich die Ziegelei befand.

»Gratulation. Jetzt müsste bei der ganzen Ermittlerei nur noch was Brauchbares herauskommen.«

Wie am Tag zuvor war Titus von dem Anblick überrascht, als sie plötzlich vor der Lehmgrube standen. Die saubere Eleganz des Kurhauses schien meilenweit entfernt zu sein – obwohl sie kaum mehr als eine Viertelstunde gegangen waren. Er sah zu Franz, der bloß für einen kurzen Moment innegehalten hatte, ehe er mit forschem Schritt auf zwei Männer in Hemdsärmeln zuging, die einen Karren mit Lehmbrocken schoben.

Franz stellte sich ihnen in den Weg, sodass sie irritiert stoppten. »Wir suchen einen Schorsch Zilli«, sagt er laut, ohne sich weiter vorzustellen, was den einen der beiden unter der Staubschicht, die sein Gesicht bedeckte, merklich erblassen ließ.

»Non capisco. Non so! Non so niente!«, gestikulierte der andere gleich drauflos.

»Zilli Schorsch!«, wiederholte Franz.

»Non so! Weiß – nicht!«

Titus betrachtete die aufgesprungene Haut an den Händen des Arbeiters, mit denen dieser seine Worte unterstrich. Der andere stand daneben und sah so drein, als wäre er weder der deutschen noch der italienischen Sprache mächtig. Eine Frau, deren verhärmtes Gesicht kein Alter verriet, humpelte besorgt näher, ein paar andere hatten die Arbeit unterbrochen und sahen neugierig zu ihnen her.

Franz atmete hörbar durch. »Tu nicht so, als wärst du grad erst übers Meer gekommen.«

Titus sparte sich die Bemerkung, dass die Arbeiter wahrscheinlich eher mit dem Zug gekommen waren und Italien wohl aus mehr als bloß mondänen Badeorten bestand.

Nach und nach wurden immer mehr Arbeiter auf sie aufmerksam. Manche taten zwar so, als wäre ihnen das Erscheinen der beiden Fremden vollkommen gleichgültig, doch man konnte an ihrer veränderten Haltung erahnen, dass sie angespannt zu verstehen suchten, was gerade vor sich ging. Nach einer Weile kam ein Mann, in Rock und Weste gekleidet und mit deutlich weniger Ziegelstaub bedeckt, auf Titus und Franz zu. Abwartend blieb er erst einige Meter von ihnen entfernt stehen.

»Also«, begann Franz abermals auf die zwei Arbeiter einzureden, wobei er so langsam und überdeutlich sprach, als würde er es mindestens mit einem Debilen zu tun haben. »Ich Un-ter-su-chungs-rich-ter. Suche Mörder von Signor Eisenpaß – Ei-sen-paß! Kennst du Zilli Schorsch?«

Die beiden Männer warfen einander beredte Blicke zu. *»Giorgio non è qui.«*

Franz sah frustriert zu Titus, der seinerseits nur die Schultern zuckte. Besonders viel war auf diesem Wege offenbar nicht aus den Männern herauszubekommen.

»Signori, kann ich Ihnen irgendwie helfen?«, ergriff da der

Mann in Rock und Weste das Wort. Sein Tonfall verriet, dass er statt einer Antwort eher ihren sofortigen Abzug erwartete.

Franz richtete sich vor dem breit gebauten Mann auf. »Es geht um den Mord an einem Kurgast. Es heißt, dass er sich wenige Tage vor seinem Tod nach einem Herrn Schorsch Zilli erkundigt habe. Offenbar ein Italiener.«

Der Mann verzog den dunklen Bart über seinen Lippen. »Wenn Sie meinen Giorgio Zilli, der ist dieses Jahr nicht mehr hier. Ist zu Hause geblieben, hat genug verdient, arbeitet nicht mehr.«

Titus sah sich zweifelnd um. Dass man hier jemals genügend Geld verdienen konnte, um in den Ruhestand zu gehen, schien ihm höchst unwahrscheinlich.

»Und was ist mit den anderen Arbeitern, denen Herr Eisenpaß in der letzten Woche ein Essen gezahlt haben soll? Im Gasthaus ›Zur Linde‹?« Franz schaute die Männer und Frauen an, die nun doch interessiert näher kamen, als hoffte er, dass sich wenigstens bei der Erwähnung des Gasthauses jemand freiwillig melden würde. »Könnte ich mit denen einmal reden?«

»Weiß nicht, wo sie essen. Alle bekommen hier zu essen, extra für die Arbeiter gibt es Essen aus Italien. Mit Salami von Famiglia Eustacchio. Wollen Sie kosten?« Der Mann grinste herausfordernd.

Die Arbeiter verfolgten sichtlich angespannt das Gespräch. Lediglich der Mann, der bei ihrem Erscheinen so plötzlich alle Farbe verloren hatte, schien sich vorsorglich außer Sichtweite gebracht zu haben.

Titus war sich nicht sicher, ob die Arbeiter tatsächlich allesamt kein Wort Deutsch verstanden oder bloß im Angesicht der Amtsgewalt – er vermutete nicht, dass sie sich unter einem Untersuchungsrichter etwas Bestimmtes vorstellen konnten – sich entschieden, bei ihrer Muttersprache zu bleiben. Der Mann, den er für so etwas wie den Vorarbeiter oder vielleicht sogar den Leiter der Ziegelgrube hielt, sprach bis auf einen recht deutlichen Akzent ein ganz passables Deutsch.

»Nein, danke«, lehnte Franz ab. Wenn sie brauchbarere Informationen wollten, mussten sie sich wohl etwas Besseres einfallen lassen.

»Schade.«

»Wenn Sie mir nur noch Ihren Namen verraten könnten, Herr ...?«

»Caligaro«, antwortete der Mann. »Giuseppe Caligaro.«

Franz nickte und wandte sich zum Gehen. »So ein Schmarren, ein depperter«, zischte er, als sie endlich außer Hörweite waren, während er wieder sein Heftchen aus der Weste kramte. »Diese elenden Katzelmacher! Wenn man denen nicht gleich mit der Peitsche kommt, reden die kein Wort! Für nichts war das!«

»Immerhin wissen wir, dass dieser Herr Zilli nicht da ist«, wandte Titus ein.

»Ja, wenn's stimmt. Am End ist das der Mörder, und die Italiener halten alle zusammen, um ihn zu schützen, und lassen uns dumm sterben.«

»Aber wieso sollte sich der Eisenpaß nach seinem eigenen Mörder erkundigen? Ich hatte eher den Eindruck, dass dieser Zilli ein alter Bekannter von ihm war.«

»Und warum sollte er mit so einem bekannt sein? Und wozu hat der Eisenpaß überhaupt den Italienern ein Essen gezahlt?«

»Wenn er es wirklich war«, warf Titus ein. »Vielleicht hat sich die Lindenwirtin ja geirrt.«

Franz notierte ein paar Worte mit seinem winzigen Bleistiftstummel. »Offenbar kannte jeder in Frohnleiten den Kurgast. Kein Wunder, wenn der seit zehn Jahren immer herkommt. Da kann man eine Verwechslung wohl ausschließen.«

»Vielleicht hat er über die Jahre einfach ein freundschaftliches Verhältnis zu ein paar von den Arbeitern aufgebaut? Die sind ja auch jedes Jahr zur Saison heraufgekommen. Und offenbar reden die auch nur mit einem, wenn er ihr Freund ist.«

Franz nickte und zupfte an seinem Schnurrbart, ehe er seine Notizen wieder in der Westentasche verschwinden ließ. »Dann musst du wohl ihr Freund werden«, sagte er unvermittelt.

»Wie bitte?«

»Na ja, das ist doch eigentlich ganz einfach. Ich kann nicht mehr verbergen, dass ich einer von den Bösen, quasi von der Polizei, bin, aber du hast nicht viel gesagt. Also wirst du noch einmal hingehen und schauen, dass sie mit dir reden.«

»Ich?« Titus spürte, dass nun einmal wieder die Gelegenheit wäre, seine Kunst im Neinsagen zu üben. Stattdessen jedoch sagte er nur: »Ich kann aber gar kein Italienisch.«

»Du kannst Latein, das ist fast das Gleiche«, machte Franz den Einspruch sogleich zunichte.

»Aber solltest du in deinem Amt nicht ein bisserl mehr Sprachen unseres schönen Vielvölkerstaats sprechen als bloß Deutsch?«

»Ich habe mein Latein auch bestanden … und diese Tortur von Altgriechisch. Und ob du es glaubst oder nicht, ich habe eine Tante in Böhmen, ich kann ein bisschen Tschechisch.«

»Aber das hilft uns nicht bei den Italienern.«

»Außerdem bin ich mir ziemlich sicher, dass die Katzelmacher sicher nicht so blöd sind und überhaupt kein Wort verstehen, wenn sie doch eh jedes Jahr wieder zum Arbeiten herkommen. Ich habe eher den Verdacht, dass der Caligaro sogar einer von denen ist, die hier überwintern und sich nach und nach ein feines Nest bauen.«

»Und was genau soll ich machen?«

»Titus, ich habe dich beobachtet, wie du herumgeschaut hast. Du hast gesehen, wie es dort zugeht, wahrscheinlich sogar mehr als ich. Sei einfach der gute Doktor, der du eigentlich bist – und ich bin mir sicher, dass wir allerhand von denen herauskriegen werden. Bitte.«

Titus verzog das Gesicht, als hätte er Zahnschmerzen. Die Arzttasche, die in seinem Zimmer im Kurhaus stand, schien ihn aus ihrem Winkel höhnisch anzugrinsen. Ja, er war gewiss ein großartiger Arzt, einer, der sich mit einer läppischen Requisite selbst beweisen musste, dass er wirklich war, was er vorgab zu sein. *Bist halt doch noch ein dummer Bub. Man ist nicht gleich Arzt, nur weil man Doktor heißt*, hörte er seinen Vater mit dieser mild-strengen Stimme reden, die er sonst nur für Patienten übrig hatte. *Ich hab es doch immer gesagt, die Mutter hätte dich nicht so lang gängeln sollen, davon wird nur der Wille weich, ein Mann, der muss eben …*

Titus schnaubte, was man schwerlich als ein Nein werten konnte.

Zurück zum Hauptplatz wählten sie den langen Weg die Murpromenade entlang und über den Vormarkt zum Tabor. Während sie gingen, ließ es sich sowohl leichter reden als auch denken.

»Was machen wir jetzt?«, fragte Titus, nachdem sie beim Werfenbauer-Kreuz einer angriffslustigen Horde Enten ausgewichen waren.

Franz schaute sinnend auf die Mur zu seiner Rechten. Nach dem Gewitter des Vortages nahm ihr Wasser wieder langsam seine grüne Farbe an, die man kannte. »Was haben wir denn bisher? Es gibt den Freund, dessen Namen wir nicht kennen, es gibt die Italiener – und da wäre auch noch diese ominöse Geliebte, von der wir auch nichts wissen.« Er deutete eine ratlose Geste an. »Wenn der Eisenpaß denn überhaupt eine Geliebte hatte. Im Grunde ist die ja bloß eine Annahme, weil sich niemand vorstellen kann, weshalb ein gut situierter Mann jahrelang immer wieder genau an diesen Ort kommt – wieso nicht Baden oder Gastein oder von mir aus Abbazia? –, und dann verschwindet er für ein paar Tage, ehe er tot wiederauftaucht.«

»An den kalten Güssen wird es kaum liegen«, murmelte Titus.

»Außerdem muss das Personal noch ausgiebig befragt werden – und mit ein bisschen Glück lässt sich der Ort noch finden, an dem er in die Mur gestürzt ist.«

»Nach dem Gewitter?«, wandte Titus ein. »Was sollen denn da noch für Spuren sein?«

Franz seufzte nur. »Schauen wir einmal, ob bisher sonst irgendwer was herausgefunden hat.«

Im Kurhaus war inzwischen wieder ansatzweise Ruhe eingekehrt, obwohl im Foyer immer noch einige Gäste in Gruppen beisammensaßen oder -standen und gewiss so angeregt nicht über das Wetter redeten. Ehe Titus und Franz sich jedoch entscheiden konnten, ob sie hier oder anderswo in einem ruhigen Winkel einen Kaffee einnehmen und über die weitere Vorgehensweise diskutieren wollten, wogte bereits die mächtige Gestalt der Geheimratswitwe Brandhauer auf sie zu.

»Meine Herren!«, legte sie los, wobei ihre Stimme ein dramatisches Tremolo annahm, sodass einige Gäste irritiert aufblickten. »Es ist so furchtbar!«

»Ja, das ist es wohl«, bestätigte Titus. Ein Entkommen war unmöglich, wenn die gnädige Frau sich einmal ein Konversationsopfer erwählt hatte.

Franz, der die Lage wohl erkannte, gab ein bestätigendes Brummen von sich.

»Und wenn man bedenkt, dass der Tote ein Kurgast wie Sie und ich war! Es hätte quasi jeden von uns treffen können!«

»Nun, das wäre wohl eher unwahrscheinlich …«

»Ich habe doch selbst meine täglichen Spaziergänge an der Mur entlang gemacht – und ist er nicht tot aus der Mur gefischt worden? Man stelle sich nur vor!« Sie gab ein Stöhnen von sich, dass Titus schon befürchtete, sie würde sich einer theatralischen Ohnmacht hingeben. »Ich habe meinem Arzt auf der Stelle mitgeteilt, dass ich keine weiteren Spaziergänge unternehmen werde. Keinen Schritt werde ich mehr vor diese Tür setzen!«

»Aber wäre das Ihrem Kurerfolg nicht eher abträglich?«, wagte Franz einzuwerfen.

»Sie haben ja keine Ahnung, wie sehr ich unter diesem Schrecken leide!«

»Haben Sie denn vielleicht etwas beobachtet, das zur Aufklärung dieser furchtbaren Angelegenheit beitragen könnte?«

»Um Himmels willen – wo denken Sie denn hin? Selbst wenn ich etwas gesehen hätte, hätte ich es auf der Stelle wieder vergessen. In so eine Sache möchte ich nicht verwickelt werden! Eine wehrlose Witwe wie ich!«

Allzu wehrlos sah sie in ihrer walkürenhaften Fülle durchaus nicht aus, aber weder Titus noch Franz wagten, darauf hinzuweisen.

»Man kann die Stärke der gnädigen Frau Eisenpaß nur bewundern«, fuhr die Geheimratswitwe fort, nachdem sie sich eine kurze, dramatische Pause gegönnt hatte. »Wenn mein Mann so bestialisch ermordet worden wäre, hätte ich keinen Augenblick Ruhe gefunden. Was sage ich ... Himmel und Hölle hätte ich in Bewegung gesetzt, wenn –«

»Wie geht es ihr denn?«, fiel ihr Titus etwas zu rasch ins Wort. »Konnte sie den Schock schon verwinden? Braucht sie ...? Sollte jemand ...?«

»Sie sind so ein guter Mensch, Herr Doktor!« Sie faltete die Hände vor ihrem gewaltigen Busen. »Soweit ich weiß, hat sie sich auf ihr Zimmer zurückgezogen, aber es war schon zweimal ein Gendarm bei ihr oben – und einmal dieser fesche Polizeiagent.«

Titus sah fragend zu Franz hin, der nur das Gesicht verzog.

»Nein, nicht der!« Sie machte eine wegwerfende Geste in Franz' Richtung. »Der andere.«

»Der Anton Meisl, nehme ich an«, sagte Franz wenig begeistert.

»Ja, der! Schade, dass Sie alle in Zivil sind. Ich bin mir sicher, in Uniform würde er jeden anderen hier überstrahlen. So ein fescher Mann – und charmant noch dazu.«

Franz verdrehte die Augen. »Bisher hat die Garderobe eines Ermittlers aber selten Auswirkungen auf seinen Erfolg gehabt«, brummte er halblaut.

»Nun, vielen Dank, dass Sie ein ... Auge auf alles hatten«, versuchte Titus, das Gespräch zu beenden. »Es ist mir eine Erleichterung, dass für Frau Eisenpaß gut gesorgt wurde.« Er deutete eine Verbeugung an und wandte sich ab.

Franz beeilte sich, es ihm gleichzutun, als schon der Kurdirektor auf die beiden zueilte.

Der Kaffee musste wohl noch eine Weile warten.

»Bin ich froh, dass Sie hier sind!«, rief er. »Ich habe schon befürchtet, ich müsste jemanden losschicken, um Sie zu finden.« Er wedelte mit einem amtlich wirkenden Schreiben. »Das ist gerade für Sie angekommen. Ein Telegramm, zu Händen Untersuchungsrichter Stahlbaum und Meisl.«

»Der Meisl ist aber kein Untersuchungsrichter«, merkte Titus *sotto voce* an, was seinem Kameraden immerhin einen zustimmenden Laut entlockte.

»Wunderbar.« Franz nahm eilig das Schreiben und ging ein paar Schritte beiseite, um es zu lesen.

»Gibt es bereits Ergebnisse?«, wandte sich derweil der Direktor mit gesenkter Stimme an Titus.

»Nicht viel«, erwiderte er, wobei er demonstrativ der Geheimratswitwe den Rücken zudrehte. Dass sie womöglich auf die Idee kam, sich aktiv an den Ermittlungen zu beteiligen, statt sich ihren täglichen Spaziergängen zu widmen, war sicherlich das Letzte, was ihnen helfen würde. »Wir … Also, der Herr Untersuchungsrichter versucht sich erst einen allgemeinen Überblick zu verschaffen.«

»Natürlich, selbstverständlich.«

»Und, Herr Kollege«, fügte Titus eindringlich hinzu, »ich wäre Ihnen äußerst dankbar, wenn man sich angemessen um die Witwe des Toten kümmert. Es wird sich wohl nicht vermeiden lassen, dass sie sich noch gewissen Befragungen stellen muss, aber darüber hinaus sollte sie möglichst Ruhe haben.«

»Ich verstehe. Wenn es sonst etwas gibt …«

»Wir werden das Zimmer des Toten noch einmal durchsuchen«, trat Franz wieder zu ihnen.

»Aber das haben wir … Das wurde bereits …«

Kurz sah Franz die beiden Doktoren mit erhobenen Brauen an; Titus gab sich alle Mühe, möglichst unschuldig dreinzuschauen.

»Trotzdem«, bestimmte Franz entschieden.

»Ich werde einen Schlüssel für Sie bereitlegen lassen.«

»Danke.« Franz winkte Titus mit dem Telegramm, ihm zu folgen.

Während der Direktor von der Geheimratswitwe Brandhauer in ein offenbar hochdramatisches Gespräch verwickelt wurde, setzten die beiden sich in eine ruhigere Ecke.

»Der vorläufige Autopsiebefund ist telegrafiert worden«, sagte Franz und reichte Titus das Blatt.

Stumpf. Gewalt. Polytr. tot.cp., a.m. & p.m., Tierfraß, 1 Tag i.W.

»Allzu genau kann der Bericht ja noch nicht sein. Die werden in Graz kaum eine Stunde Zeit gehabt haben, bevor das hier losgeschickt wurde – und besonders viel steht da auch nicht drin«, bemerkte Franz und nahm Titus das Schreiben wieder aus der Hand. »Stumpfe Gewalt, er ist tot, das hätten sie nicht extra telegrafieren müssen, und zwar vormittags und nachmittags? Tierfraß und ein Tag … Ich hasse diese Abkürzungen.«

Titus hatte ihm schmunzelnd gelauscht, ehe er Franz die Nachricht erneut aus der Hand nahm und sie nochmals in Ruhe las. »Dass du schon immer recht schnell am Ende mit deinem Latein warst, ist ja nichts Neues, aber ich hätte doch angenommen, dass man an der Universität ein bisserl mehr lernt. Was sagt denn dein Professor Gross dazu?«

»Du Streber«, giftete Franz. »Magst du jetzt bitte deine Weisheit mit mir teilen?«

»Immer gerne«, grinste Titus. »Zuallererst würde ich vermuten, dass dieser Bericht bestenfalls von einem Assistenten verfasst wurde. Ein paar von den Formulierungen scheinen mir ein bisschen unüblich – aber vielleicht macht man das ja so, wenn es um Tote geht.«

»Vielen Dank, das hilft mir genau gar nicht.«

»Bitte, gerne.« Titus gönnte sich für einen Moment die

Freude, Franz gespannt auf seine nächsten Worte warten zu lassen. »Besonders detailliert ist das allerdings wirklich nicht, aber offenbar hat es den Eisenpaß ziemlich heftig erwischt. Stumpfe Gewalt, Polytrauma – also eine Fülle an unterschiedlichen Verletzungen –, *toto corpore*, am ganzen Körper, eine eher unübliche Formulierung, aber schön, da hat uns jemand sogar einen Pleonasmus telegrafiert.«

Franz quittierte die Anmerkung mit einem Schnauben. »Klugscheißer …«

»›A.m.‹ und ›p.m.‹ dürften zudem keine Zeitangaben sein, also nicht *ante* und *post meridiem*, sondern die Verletzungen sind ihm *ante* und *post mortem* zugefügt worden. Es gibt offenbar Spuren von Tierfraß, und er dürfte einen Tag …«, Titus zögerte und betrachtete die letzten beiden Buchstaben, »… im Wasser gelegen haben.«

»Großartig. Das heißt alles und nichts.«

»Ich finde, das heißt eine ganze Menge«, widersprach Titus.

»Ah … Und weißt du jetzt, nach welchem Täter wir suchen? Nach Raubmördern oder Italienern oder italienischen Raubmördern oder einer mörderischen Geliebten? Lass es mich bitte einfach wissen, wenn du den Fall gelöst hast … Wir werden sowieso nach Graz fahren und uns den Toten noch einmal genauer anschauen müssen, aber ich hatte gehofft, dass man da ein bisschen mehr …« Er machte eine unwirsche Geste, von der sich sogleich ein Kellner angesprochen fühlte und nach ihren Wünschen fragte.

»Kaffee, bitte«, sagte Titus.

»Und eine Erleuchtung«, fügte Franz hinzu.

»Kommt sofort«, verkündete der Bursche, der ihm offenbar gar nicht mehr zugehört hatte.

»Also, ich bin ja kein Gendarm oder Polizist und auch kein Untersuchungsrichter«, begann Titus, als sie wieder unter sich waren, »aber bei dieser Beschreibung würde ich nicht unbedingt an eine Frau denken. Auch nicht an einen einzelnen, sondern eher an viele Täter, die gemeinsam auf den Eisenpaß losgegangen sind. Irgendwie, ungeplant, jedenfalls nicht mit ordentlichen Waffen, denn dann wäre es eher kein Polytrauma mit stumpfer Gewalt – oder?«

Franz gab einen zustimmenden Laut von sich.

»Und dann haben sie ihn liegen lassen, irgendwo, wo ein Tier ihn anknabbern konnte. Also wahrscheinlich nicht mitten in der Stadt, sondern schon an der Mur. Und irgendwie ist er dann ins Wasser gefallen – womöglich hat sogar das Tier da ein bisschen nachgeholfen –, und der Fluss hat ihn bis hierher geschwemmt. Das wäre doch möglich.«

»Ja, möglich ist vieles …« Franz unterbrach sich, als der Kellner den Kaffee brachte.

Doch ehe sie sich wieder ihren Überlegungen zuwenden konnten, erklang eine Stimme, und Franz fuhr zusammen, dass er sich fast den Inhalt seiner Tasse über die Weste gegossen hätte.

»Schau einer an, das ist aber eine interessante Form der Ermittlung.« Ein Mann trat zu ihnen, in dessen bemerkenswert gutem Aussehen Titus zu seinem Missfallen sogleich den Ermittler Anton Meisl erkannte.

»Was wollen Sie, Meisl?«, fragte Franz und schob den Kaffee von sich.

»Ein bisschen Unterhaltung«, gab Meisl zurück und sah provokant zwischen Franz und Titus hin und her. »Derweil Sie da im Ort herumspaziert sind, habe ich Informationen beschafft.«

»Das haben wir auch.«

»Ah, ist Kaffeesud-Lesen also die neuste Technik der Ermittlungsarbeit? Steht das auch in dem glorreichen neuen Handbuch über Kriminalistik?«

Titus beobachtete, wie Franz' Kiefer zu mahlen begannen. »Wenn Sie uns was sagen wollen, dann reden S'. Ich wäre Ihnen sehr dankbar.«

Anton Meisl warf Franz einen abschätzigen Blick zu, als müsse er sich erst eingehend überlegen, ob der junge Untersuchungsrichter würdig war, seinen Ausführungen zu lauschen. Dann begann er: »Ich weiß ja nicht, was Sie haben, Herr Stahlbaum, aber meiner Meinung nach ist die Sache so gut wie aufgeklärt. Sein ansehnliches Vermögen hat der tote Herr Theodor Eisenpaß, der übrigens bereits zum zweiten Mal verheiratet ist und aus jeder Ehe je ein Kind hat, im Handel gemacht. Unter anderem Luxusgüter aus Übersee – und, meine Herren, auch durch Geschäfte mit den k.k. Staatsbahnen. Und jetzt raten Sie einmal, wer ebenfalls mit seinen Eisengeschäften ganz groß auf Schiene ist.« Anton Meisl lachte über seinen eigenen Witz, was Franz nur ein verhaltenes Schnauben entlockte.

»Wer denn? Bitte, wir wollen Ihre Enthüllungsrede nicht unterbrechen, fahren Sie fort«, fiel Titus ein, bevor Franz noch eine saftigere Erwiderung parat hatte.

»Na, schau, haben Sie sich so rasch einen Adlatus angelacht, Herr Stahlbaum?«, gab Meisl vor, Titus erst nun zu bemerken. »Und noch dazu einen in Signalfarben, fesch.« Die Geste Richtung seines Scheitels war vollkommen überflüssig.

»*Doktor* Pyrner ist ein Freund«, gab Franz zurück, wobei er den Titel überdeutlich aussprach. »Es ist durchaus üblich, sich Informationen von Sachverständigen einzuholen, wenn es für eine Ermittlung hilfreich sein könnte.«

»Ich nehme an, Sie haben gemeinsam den Autopsiebefund besprochen?«, feixte Meisl, indem er sich das Blatt schnappte und es überflog.

»Wollten Sie uns nicht ganz dringend Ihre Erkenntnisse über einen offenbar Tatverdächtigen mitteilen?«, unterbrach ihn Titus, wobei ihm ein dankbares Aufatmen vonseiten Franz' nicht entging.

»Der Ingenieur Loidl hat sein Geld zu Eisen gemacht. Zu Eisenbahnschienen, um genau zu sein«, verkündete Meisl in ungerührter Hochstimmung. »Und wissen Sie, gegen wen die Herren vom cisleithanischen Finanzministerium gerade ermitteln? Gegen einen Herrn Loidl, der angeblich irgendwelche Zigeuner für sich hackeln lässt. Nicht, dass es jetzt schad um die wäre, aber angeblich behandelt er sie wie Neger – und das darf man ja wirklich keinem Hund antun, nicht?« Er grinste beifallheischend über sein glorreiches Bonmot. »Und auf solchen Schienen soll dann unser Kaiser durch sein Reich fahren.«

»Ich hab den Verdacht, dass die Zigeunerschienen gerade das geringste Problem sind«, murmelte Franz.

»Richtig«, bemerkte Meisl süffisant. »Es wäre doch recht wahrscheinlich, dass der Eisenpaß bei seiner abendlichen Zigarre mit dem Loidl von dessen Machenschaften erfahren hat und als rechtschaffener Bürger etwas dagegen unternehmen wollte. Was wäre also logischer, als den Mann, der ihm gefährlich werden könnte, rasch zu beseitigen, bevor er Gelegenheit hatte, was zu sagen? Und damit niemand allzu bald einen Verdacht schöpft, gibt sich der Loidl als besorgter Zimmernachbar – und verschwindet, noch bevor irgendwer die Leiche aus der Mur zieht.«

»Das klingt sogar irgendwie plausibel«, bemerkte Titus.

»Das klingt irgendwie deppert!«, fuhr Franz auf. »Was ist mit dem Freund, mit dem sich der Eisenpaß immer getroffen hat? Oder mit der Geliebten? Was ist mit den Italienern, mit dem Zilli Schani –«

»Schorsch«, unterbrach ihn Titus.

»Ja, mit dem Schorsch Zilli eben? Wie passt denn das zu Ihrer Geschichte?«

»Gar nicht«, antwortete Meisl ungerührt. »Das ist aber auch nicht notwendig. Was der Tote sonst so in seiner Sommerfrische getrieben hat, hat überhaupt nichts mit dem Mord an ihm zu tun. Der kann so viele Geliebte und Freunde und Italiener haben, wie er nur mag – wichtig ist, dass man den Ingenieur Loidl findet, denn das ist der Mörder. Ich nehme an, Sie werden selbst die entsprechenden Protokolle für den erkennenden Richter verfassen?«

Franz gab einen unwirschen Laut von sich, während Titus sich insgeheim fragte, ob der Polizeiagent Meisl nicht womöglich doch recht hatte.

»Fein. Dann bitte schauen Sie, dass Sie diesen Zigeuner-Loidl bald auftreiben«, sagte Franz nach einigen Sekunden, in denen er offenbar um seine Fassung gerungen hatte. »Ich werde derweil noch gewissen anderen Spuren nachgehen, wenn Sie gestatten.«

»Waidmannsheil, sag ich da nur«, erwiderte Meisl, ehe er mit einer höchst zufriedenen Miene abzog, von der Titus den Verdacht hegte, dass Franz sie ihm gern aus dem Gesicht geprügelt hätte.

»Waidmannsdank«, zischte er zurück.

Eine Weile starrte Franz finster in seine Tasse. Titus, der ihn dabei nicht stören wollte, trank schweigend seinen Kaffee.

»Für den Idioten wird es nichts Schöneres geben, als wenn er die Lorbeeren einheimsen kann und ich wie ein Depp dastehe«, ließ Franz sich schließlich wieder vernehmen.

»Aber du bist der Untersuchungsrichter hier! Wie kann er da überhaupt so mit dir reden?«

»Anton Meisl ist einer der Besten. Man widerspricht ihm nicht. Sobald er zum Inspektor aufsteigt, kann er mit einem feschen *von* für seinen Namen rechnen. Im Übrigen ist er aus bester Familie und hat alle entscheidenden Leute auf seiner Seite. In dieser ganzen Gesellschaft bin ich bloß der proletarische Störfaktor.« Die Bitterkeit in seiner Stimme war nicht zu überhören. »Und außerdem hast du recht. Seine Geschichte klingt irgendwie plausibel. Jedenfalls hat er schon eindeutig mehr beisammen als wir …«

»Das würde ich so nicht sagen«, beeilte sich Titus zu erwidern. »Bei ihm dreht sich alles nur um diese Eisenbahnschienen, aus denen er sich ein Mordmotiv zusammenreimt. Wir haben die Italiener, den gelehrten Freund vom Eisenpaß – und was wir auch nicht vergessen dürfen, sind diese Höhlenexpeditionen, von denen die Alte geredet hat.«

»Wunderbar, wir haben viel, und nichts passt irgendwie zusammen.«

Titus schob seine leere Tasse von sich. »Du kannst natürlich der Spur vom Meisl folgen und auch ein paar Forschungen über den Ingenieur Loidl anstellen«, schlug er vor.

»Aber sicher nicht. Dass ich mir dann obendrein noch sein blödes Grinsen anschauen kann! Lieber renn ich jedem Italiener einzeln nach.«

»Und was wird dein Fräulein Resi dazu sagen?«

Franz stöhnte auf. »Dass ich der größte Trottel auf Gottes Erdboden bin.«

»Schön, dann sind wir uns ja einig«, bemerkte Titus nicht ohne ein ironisches Blinzeln. »Aber irgendwie müssen wir wohl weitermachen. Oder genau genommen musst *du* weitermachen – ich bin ja bloß dein signalfarbiger Adlatus.«

»Das hätte der Meisl nicht sagen dürfen.«

»Schon gut …« Titus fuhr sich mit den Fingern durch die roten Haare. »Ist ja nicht so, dass ich das zum ersten Mal höre.« Unter seinem Blick verzog Franz schuldbewusst das Gesicht, was Titus zufrieden zur Kenntnis nahm.

Ein paar Sekunden schwiegen sie betreten.

»Wir sollten uns jetzt endlich das Zimmer vom Eisenpaß noch einmal vornehmen«, entschloss sich Franz endlich. »Bevor noch der Meisl auf die Idee kommt und da oben alles durchwühlt …«

Der Schlüssel lag wie versprochen beim Portier für die Polizei bereit, und die beiden stiegen ohne weitere Verzögerung in den dritten Stock, wo sich das Zimmer des Toten befand. Titus fragte sich zwar, was sie dort noch zu finden hofften, doch angesichts Franz' angeschlagener Stimmung sagte er lieber nichts.

Als sie am obersten Treppenabsatz ankamen, hielt Franz plötzlich inne. Titus wäre blindlings weitergegangen, wenn sein Freund ihn nicht kurzerhand am Rockzipfel gepackt und zurückgehalten hätte. Er bedeutete ihm hastig, still zu sein, und Titus lauschte.

Neben den gedämpften Geräuschen, die das Kurhaus wie eine ständige Klangwolke umgaben, hörten sie deutlich ein

Knarren und Schleifen, als würde jemand Möbel oder irgendetwas anderes Unhandliches und Schweres hin und her schieben.

Titus wollte etwas fragen, doch Franz wiederholte bloß seine resolute Geste und hieß ihn schweigen. Mit einer raschen Bewegung zog er unter der Weste einen Revolver hervor. »Nur für den Fall …«, murmelte er, was nicht unbedingt beruhigend klang.

»Darfst du denn …?«, flüsterte Titus.

»Nein – aber ich kann.«

Es war ein merkwürdiges Gefühl, den einstigen Klassenkameraden plötzlich bewaffnet zu sehen. Bilder schossen vor Titus' geistigem Auge vorbei, wie Franz sich auf irgendwelche bärengroßen Angreifer stürzte; ein Schusswechsel, Blut und Chaos – und daneben ausgerechnet er. Titus fragte sich, ob nicht nun der Moment gekommen wäre, endlich zu allem hier ein deutliches Nein zu sagen und endgültig zu verschwinden. Aber wahrscheinlich war es dafür längst zu spät.

Leise näherten sie sich dem Zimmer von Herrn Eisenpaß. Es stand nun außer Zweifel, dass die Geräusche von dort kamen, denn die Tür stand einen kleinen Spalt weit offen, gerade so, als hätte sich jemand einen Fluchtweg frei halten wollen. Die meisten anderen Gäste des Kurhauses befanden sich um diese Zeit wohl bei einer Kuranwendung oder in einer der zahlreichen Gaststätten des Ortes, oder sie genossen die hübsche Umgebung, bis es Zeit zum Abendessen war. Jedenfalls war es unwahrscheinlich, dass es Zeugen geben würde für was auch immer jeden Moment passieren musste.

»Sollen wir –«, setzte Titus an, doch Franz fuchtelte nur mit der Linken, was ihn augenblicklich verstummen ließ.

Kurz hielten die beiden inne, dann riss Franz die Tür auf. Ein Schrei – ein Scheppern!

Erschrocken sprang Titus seinem Freund zur Seite und sah gerade noch, wie eine Gestalt besinnungslos neben einem umgestürzten Sessel zu Boden sank. Der erwartete Schusswechsel blieb aus. Eine Sekunde lang bemerkte er nichts außer der weißen Spitze von Unterröcken, unter der ein schwarz bestrumpftes Bein wie hingegossen dalag, das in einem zierlichen Straßenschuh endete. Erst dann erkannte er, dass das Bein samt Strumpf und Schuh niemand anderem als Gisela Eisenpaß gehörte. »Gnädige Frau!«, stieß er hervor, ehe er sich seines Berufs entsann und sich zu ihr beugte.

Während er nach ihrem Handgelenk griff, um den Puls zu fühlen, bemerkte er beschämt, wie seine eigenen Finger zitterten. Für allzu viele Abenteuer dieser Art war er offensichtlich nicht gemacht. Kurz schaute er zu Franz, doch dieser beachtete ihn gar nicht, sondern hatte seine Aufmerksamkeit auf ein Stück Papier gerichtet, das der Ohnmächtigen entglitten sein musste.

»Gnädige Frau«, wiederholte Titus. Der Puls, den er durch die zarte Haut fühlen konnte, war leicht beschleunigt, doch beruhigend kräftig. »Gisela«, fügte er leiser hinzu.

Flatternd hoben sich ihre Lider, ein wirrer Blick erst zu ihm, dann zu Franz, der seine Waffe wieder unter der Weste verschwinden ließ. Sie versuchte sich aufzurichten, doch mit einem Stöhnen sank sie abermals nieder, geradewegs in Titus' Arme, die er vorsorglich ausgebreitet hatte.

Er spürte heiße Röte in seinen Nacken rinnen, doch Franz schien von alledem nichts zu bemerken.

Angespannt starrte dieser auf das Blatt in seinen Händen, das er mittlerweile vom Boden aufgehoben hatte. »Das verändert die Sache allerdings«, meinte er schließlich und wandte sich zu ihnen um. »Unser Toter ist aus einem ganz bestimmten Grund am Samstag nach Bruck gefahren.«

»Großer Gott!«, stieß Gisela hervor und wand sich an Titus' Brust.

»Die gnädige Frau hat ihren Gatten höchstselbst dorthin bestellt«, fuhr Franz ungerührt fort, indem er auf das Papier deutete. »Da muss man sich nur noch fragen, wie er von einem ehelichen Stelldichein so zugerichtet in den Fluss geraten konnte.«

»Ich bitte Sie!«, fuhr sie auf. »Ich habe doch nicht …!« Mühsam versuchte sie aufzustehen, während sie plötzlich von einem krampfhaften Schluchzen geschüttelt wurde.

Titus stützte sie, spürte, wie ihr Arm sich hilfesuchend um seinen Nacken schlang.

»Oh Gott … Oh Gott …«, schluchzte sie.

Etwas überfordert stand Titus mit der Frau in seinen Armen da. Sie in diesem Moment auf Sitte und Anstand hinzuweisen kam ihm weder in den Sinn, noch hätte er es wohl übers Herz gebracht. »Franz, so kannst du nicht reden!«, wies er stattdessen seinen Kameraden zurecht. »Sie ist doch völlig mit den Nerven am Ende!«

»Danke«, seufzte Gisela. »Ich danke Ihnen … Titus.«

Sein Name von ihren Lippen fuhr ihm wie ein siedender Schauer in die Brust, sodass er fast übersehen hätte, wie sie eilig einen eng zusammengefalteten Zettel in ihrem Rock verschwinden ließ. Schon wollte er etwas sagen, doch ihr Blick ließ ihn verstummen. Ungelenk half er ihr, sich auf das Bett zu setzen, in dem vor Tagen noch ihr Gatte geschlafen hatte. Ein paar Sekunden zu lange hielt er sie fest, während sie gegen das Schluchzen ankämpfte.

»Danke«, wiederholte sie leise.

Ungeduldig hatte Franz die Prozedur abgewartet, ehe er abermals begann: »Frau Eisenpaß, jetzt sagen Sie endlich: Was haben Sie in diesem Zimmer gemacht?«

Sie rang um Fassung. »Ich habe …«

»Und was hat es mit diesem Brief hier auf sich?«

»Ich … dieser –«

»Franz, siehst du nicht, dass das eine Zumutung für sie ist?«, unterbrach ihn Titus.

»Lies das«, erwiderte Franz nur und hielt ihm das Papier hin.

Mein lieber Theodor.
Ich weiß, dass Du während Deiner sogenannten Kur nicht mit den Dingen des alltäglichen Lebens behelligt werden

willst, aber das kann so nicht weitergehen. Wir müssen reden.
Denke an unsere Kinder und komm. Am Schlossberg in Bruck stehen wir gemeinsam über den Dingen; und ich weiß ja, dass Du lieber gegen Norden als nach Süden fährst …
Ich werde Dich am Samstag erwarten, dann kann ich am Sonntag wieder in Wien sein, und Du kannst Deine Kur fortsetzen.
Deine Gattin Gisela
Hotel Südbahn, Semmering, am 14. Jul.

Titus starrte auf das Schreiben. Er hatte sich Giselas Handschrift zierlicher vorgestellt, nicht so forsch und fordernd, mit geradezu männlichen Kanten. Fragend drehte er sich zu ihr, doch sie wandte den Blick ab.

»Sie haben Ihren Mann also nach Bruck gelockt. Stimmt das?«, fuhr Franz in seiner Befragung fort. Sein Ton klang hart und amtlich.

Gisela Eisenpaß verzog die schön geschwungenen Lippen und nickte. »Ja, das wollte ich.«

»Und Sie wollten ihn am Samstag auf dem Schlossberg dort treffen?«, fragte Franz weiter. »Ich dachte, dass nur die Grazer einen Schlossberg haben …«, fügte er halblaut hinzu.

Sie hob den Blick zu ihm. »Nein, ich wollte ihn nicht dort treffen«, antwortete sie. »Ich wollte meinen Mann am Bahnhof abholen. Ich habe dort seit dem Acht-Uhr-Zug auf ihn gewartet. Ich wollte ihn überraschen … als Zeichen der Versöhnung.«

Franz runzelte die Brauen. »Das heißt, irgendjemand wird Sie wohl dort bemerkt haben? Eine Dame, die allein am Bahnhof sitzt, dürfte auffallen.«

Gisela atmete durch. »Eben deshalb habe ich mich an einen abgelegeneren Platz gesetzt. Ich wollte kein Aufsehen erregen. Ich wollte nur … auf meinen Mann warten.« Ihre Stimme bebte von einem unterdrückten Schluchzen.

»Und weswegen wollten Sie so dringend mit Ihrem Gatten reden?«

»Franz, ist das denn jetzt notwendig?«, versuchte Titus, Einspruch zu erheben.

»Das hier ist eine offizielle Ermittlung. Natürlich ist es notwendig, alle möglichen Beteiligten zu befragen. Vor allem, wenn man sie gerade im Zimmer des Toten überrascht! Da fällt mir ein«, wandte er sich wieder an Gisela, »Sie haben noch nicht erklärt, was Sie hier in diesem Zimmer eigentlich vorhatten.«

Verletzt und eingeschüchtert blickte sie zu ihm auf. »Ist das denn nicht offensichtlich?«

»Nein, ist es nicht.«

»Mir war bewusst, dass Sie das Zimmer meines Gatten früher oder später durchsuchen würden. Natürlich, es ist Ihre Pflicht, aber … Ich wusste, dass Sie etwas Falsches denken würden, wenn Sie diesen Brief finden! Es war dumm von mir. Ich hatte nur plötzlich so große Angst, dass … Oh, mein Gott!« Sie ließ den Kopf in ihre Hände sinken und gab sich ihren Klagen hin. »Ich weiß … Sie müssen ja jetzt denken, dass ich … Dabei könnte ich doch niemals …!«

Titus legte seinen Arm um ihre zitternden Schultern.

»Ich wollte nichts als diesen Brief! Bitte glauben Sie mir! Ich hatte nichts Böses im Sinn! Ich will doch auch, dass Sie herausfinden, was mit Theo … Es ist so schrecklich!«

Franz sah etwas peinlich berührt drein. »Und was wollten Sie mit Ihrem Mann so dringend besprechen, dass Sie ihn eigens während seiner Kur aufsuchen mussten?«

Es dauerte eine Weile, bis Gisela sich wieder so weit gefangen hatte, dass sie antworten konnte. Mit feuchten Augen sah sie zwischen den beiden jungen Männern hin und her. »Sind Sie denn verheiratet?«, fragte sie.

»Nein«, sagten Franz und Titus zugleich.

Für den Bruchteil einer Sekunde zuckte da der Schatten eines Lächelns über ihre Lippen. »Sehen Sie – deshalb können Sie auch nicht verstehen, dass es manchmal Dinge gibt, die einfach … ausgesprochen werden müssen, auch wenn sie noch so gering erscheinen. Manchmal meint man, dass an einem einzigen Wort das ganze Eheglück hängt, und dann ist es unmöglich, ruhig zu Hause zu sitzen. Dann gibt es keinen anderen Weg als ein Gespräch.«

Titus nickte verständnisvoll.

»Aber was war denn so wichtig?«, fragte Franz.

»Nichts … Nein, das stimmt nicht.« Sie wischte sich mit der Hand über die Augen und strich sich eine Locke aus der Stirn, die sich bei ihrem Sturz aus der Frisur gelöst hatte. »Sehen Sie, ich war schon einmal verheiratet. Aber wahrscheinlich wissen Sie das längst.« Ein Hauch von Widerstandsgeist huschte über ihre Wangen und gab ihnen ein wenig Farbe zurück. »Bitte denken Sie nichts Falsches! Ich wurde viel zu früh zur Witwe und habe einen Sohn aus erster Ehe. Er würde gerne studieren … Medizin.« Kurz sah sie zu Titus hin. »Es ging um seine Ausbildung.«

»Und darüber hatte es einen Streit gegeben?«

»Wir haben nicht … Theo und ich waren nicht einer Meinung.«

»Nun gut.« Franz begann, in dem Zimmer auf und ab zu gehen, wobei er nach jeweils zwei Schritten in dem kleinen Raum schon wieder kehrtmachen musste. »Sie haben Ihren Gatten also am Bahnhof getroffen?«

»Nein, er kam nicht.«

»Er kam am Samstag nicht nach Bruck?«

»Ich habe ihn nicht gesehen. Ich dachte natürlich, dass er noch immer ungehalten wäre nach unserer Auseinandersetzung und er mich deshalb nicht treffen wollte. Verstehen Sie, er hat August nie als seinen Sohn betrachtet.«

»Was haben Sie dann gemacht?«

»Ich war wütend … enttäuscht … Ich wollte nicht gleich wieder zurück nach Wien fahren, daher habe ich mir in der Stadt ein Zimmer genommen. Ich wollte Zeit haben zum Nachdenken, habe lange Spaziergänge unternommen; und gestern habe ich mich entschlossen, meinen Mann selbst in Frohnleiten zu besuchen und zu einem Gespräch zu bewegen. Aber da habe ich nur erfahren …« Sie ließ den Satz unvollendet.

»Genügt das jetzt?« Titus bemerkte, dass er noch immer den Arm um Gisela gelegt hatte, und versuchte, sich unauffällig wieder von ihr zu entfernen. »Sie braucht nun dringend Ruhe.«

Franz taxierte die Frau. »Eines noch: In welchem Hotel haben Sie in Bruck logiert?«

»Ich … war in keinem Hotel«, antwortete sie, wobei sie die Hände rang, als wäre ihr dies peinlich. »Ich habe bei einer Frau Weber gewohnt. Ganz in der Nähe des Bahnhofs. Ich wollte nichts Großes.«

»Gut«, brummte Franz.

»Ich werde Sie in Ihr Zimmer begleiten«, wandte sich Titus an Gisela. »Und dann lasse ich Ihnen eine Suppe bringen, und Sie werden sich ausruhen.«

»Danke«, seufzte sie leise. »Es tut mir so leid …«

»Ihnen muss doch nichts leidtun.«

»Das war so dumm von mir!«

»Allerdings«, murmelte Franz, während er Titus die Tür aufhielt, damit er Gisela in ihr Zimmer bringen konnte.

»Werden Sie später noch einmal nach mir sehen?«, fragte sie dort, als sie sich auf einen Sessel sinken ließ und Titus ihr vorsorglich einen Schemel unter die Füße schob.

Er nickte nur zerstreut, und noch während er den Raum verließ, hatte er den Eindruck, dass ihm etwas Wichtiges soeben entfallen war.

Mittwoch, 21.7.1897, Abend

Herzen werden ausgeschüttet

Aber der Fall, in welchem eine einzelne Aussage sich von selbst als unwahrscheinlich ergibt, ist noch der leichteste, da er selbst zur Vorsicht mahnt. Schwierig und gefährlich ist die Sache dann, wenn der Zeuge falsch appercipiert, etwas Mögliches erzählt und so bona mente die bedenklichste Verwirrung anrichtet.

Dr. Hans Gross

»Das war ja höchst aufschlussreich«, konstatierte Franz.

»Vor allem überraschend«, erwiderte Titus, der ihm treppab ins Foyer folgte, und fuhr sich mit der Hand durchs Haar. Hinter seiner Stirn schienen sich die Gedanken in völligem Chaos zu drehen.

»Glaubst du ihr?«

Titus sah Franz an. »Ja«, erwiderte er dann. »Wenn wir diesen Brief vor ihr gefunden hätten, wären wir doch zu genau der Vermutung gekommen, die Gis… die Frau Eisenpaß angenommen hat. Der Verdacht hätte sich sofort auf sie gerichtet. Ich will sie ja nicht verteidigen, und es war gewiss nicht klug, was sie getan hat, aber in dieser Situation ist es wohl kaum verwunderlich, wenn eine Frau … irrational handelt.«

Franz setzte ein schiefes Grinsen auf. »Meine Resi behauptet das Gegenteil.«

»Was – dass Frauen in Extremsituationen besonders klug handeln?«

»Nein, sondern dass es üblicherweise Männer sind, die dann besonders deppert sind.«

»Aha …« Titus fiel keine passende Erwiderung ein.

»Pass nur auf, dass du nicht auch ein bisserl deppert wirst, wenn du zu lang in ihrer Nähe bist.«

»In der Nähe von deiner Resi?«

»Nein! Von der Frau Eisenpaß!« Franz stapfte die letzten Stufen hinunter. »Ein wenig mehr Distanz wäre vielleicht angebracht. Immerhin ist sie die Witwe von unserem Mordopfer.«

»Ich bin Arzt! Hätte ich sie einfach liegen lassen sollen?«

»Davon rede ich ja nicht«, winkte Franz ab. »Ich meine nur, dass du aufpassen sollst. Immerhin ist das eine Mordermittlung. *Meine* Mordermittlung.«

Titus brummte etwas, von dem er sich nicht sicher war, ob er wollte, dass Franz es allzu genau verstand. »Nun, immerhin wissen wir nun, dass es offenbar einen ganz klaren Grund gab, weshalb Eisenpaß am Samstag nach Bruck gefahren ist«, griff er den Faden wieder auf. »Vielleicht ist es gar nicht mehr notwendig, diesen Freund von ihm ausfindig zu machen, wenn doch offensichtlich seine Frau ihn dorthin gerufen hat.«

»Die Frage ist nur, ob er auch wirklich je in Bruck angekommen ist.« Franz durchquerte das Foyer und trat vor das Kurhaus. Die Schatten auf dem Hauptplatz wurden langsam länger. »Im Grunde könnte er ja überall nördlich von Frohnleiten in die Mur gefallen sein.«

»Hat man schon eine Stelle am Ufer gefunden?«

»Wenn ich noch keine Meldung habe, suchen die Gendarmen wohl noch«, erwiderte Franz. »Oder der Meisl hat die Information schon längst erhalten und hält es nur nicht für nötig, mich davon in Kenntnis zu setzen.«

»Vielleicht ist der Eisenpaß ja aus dem Zug gesprungen?«

»Aus Angst vor seiner Frau?«

»Das wäre immerhin ein Grund mehr, weshalb sein Leichnam so wild ausgeschaut hat«, überging Titus den Einwurf.

Franz legte den Kopf schief. »Das halte ich für einen ziemlichen Blödsinn. Ich werde in jedem Fall noch nachforschen lassen, ob nicht doch irgendwer die gnädige Frau am Bahnhof gesehen hat, und diese Frau Weber wird sich hoffentlich auch auftreiben lassen.«

»Wieso sollte sie das erfunden haben?«

»Ich habe gelernt, dass man absolut alles, was irgendwer sagt, überprüfen muss«, erwiderte Franz. »Und der Besuch im Leichenschauhaus wird uns auch nicht erspart bleiben. Am besten, wir bringen das gleich morgen hinter uns.«

»Ich nehme an, ich soll dich auch dorthin begleiten?«

»Du bist doch Arzt, Titus, du wirst mit den sterblichen Überresten von Eisenpaß in jedem Fall mehr anfangen können als ich.«

Schweigend spazierten sie zur Murpromenade hinunter. Von dem grausigen Fund am Morgen war nun nichts mehr zu sehen. Bloß die zerrupfte Vegetation am Ufer verriet die Stelle, wo man den toten Theodor Eisenpaß an Land gebracht hatte.

»Und dann wirst du dich noch einmal bei den Italienern umhören«, fuhr Franz fort, als hätten sie ihr Gespräch nie unterbrochen.

Titus verzog das Gesicht. »Sag einmal, wie stellst du dir das eigentlich vor?« Heimlich hatte er gehofft, dass sein Freund über den jüngsten Erkenntnissen diesen Plan vergessen hatte. »Soll ich da einfach mit meiner Arzttasche zu den Ziegelarbeitern marschieren und einmal in die Runde fragen, ob irgendwem was wehtut?«

»Ja … So ungefähr habe ich mir das gedacht.«

»Du bist ja völlig deppert.«

»Nein, bin ich nicht«, widersprach Franz schlicht. »Schau, Wohltätigkeit ist ja gerade sehr in Mode. Du bist ein gut situierter Mann, der hier auf Kur ist und nichts Besseres zu tun hat. Du hast beim Spazierengehen gesehen, dass einige von denen vielleicht einen Arzt brauchen, den sie sich aber nicht leisten können. Da trifft es sich doch wunderbar, dass du so eine freundliche Seele bist, und du entschließt dich, etwas Gutes zu tun und ein paar von diesen armen Teufeln zu helfen. Ganz einfach.«

»Aha. Und während ich einem den eitrigen Zehennagel abziehe, soll ich ihn auf Latein – denn wie du dich vielleicht erinnerst, spreche ich kein Italienisch – fragen, ob er zufällig weiß, wer den Eisenpaß ermordet hat?«

»Ich gehe davon aus, dass du das ein bisschen eleganter anstellen wirst.«

Titus stöhnte innerlich auf. »Polizeiarbeit habe ich mir immer etwas … präziser vorgestellt.«

»Harte Zeiten verlangen harte Maßnahmen.«

Viel zu spät fiel Titus ein, dass er wieder einmal die Gelegenheit, klar und deutlich Nein zu sagen, vollkommen verpasst hatte.

Ehe Titus endlich zum kurhäuslichen Abendessen ging, verabschiedete sich Franz von ihm. Auf ihn warteten einige ermüdende Berichte und ein wahrscheinlich wenig erfreuliches Gespräch mit Anton Meisl, dem er wohl nicht entkommen konnte. Sie waren beide in Frohnleiten im Gasthof »Straßburg« einquartiert, doch Titus' Einladung, sich später noch auf eine Zigarre, Pfeife, einen Schluck Wein, Bier oder etwas anderes der Kur Abträgliches zu treffen, lehnte Franz ab.

»Die nächsten Tage werden auch so noch anstrengend genug«, meinte er. »Aber keine Sorge, wenn du morgen deinen Frühstückskaffee trinkst, werde ich dich wieder heimsuchen.«

»Das hört sich nach einer gefährlichen Drohung an«, erwiderte Titus.

Franz grinste verschwörerisch, als er auf den Hauptplatz einbog.

Wie befürchtet, begrüßte ihn der Wirt im »Straßburg« mit einem Packen amtlicher Papiere, die er ihm mit gewichtiger Miene coram publico in der Schankstube überreichte. »Ist vor einer Stunde von einem Gendarmen abgegeben worden.«

Franz dankte ihm. Übermäßige Geheimhaltung war in dieser Angelegenheit somit zu vergessen.

Er zog sich in sein kleines Zimmer zurück, um die Berichte zu sichten, was den Wirt und einige Gäste offenbar recht enttäuschte, die wahrscheinlich so etwas wie eine öffentliche Lesung der bisherigen Ermittlungsergebnisse erwartet hatten.

Die schwüle Sommerluft hatte sich unter der Dachschräge

gefangen, und Franz riss das kleine Fenster auf, um wenigstens ein bisschen Kühlung hereinzulassen, während er zu lesen begann.

Wie angeordnet hatten die Gendarmen das Kurpersonal befragt, aber so gut wie nichts herausgefunden, außer dass Herr Eisenpaß seit seiner Ankunft bereits mehrmals auswärts gegessen hatte, was jedoch üblich und somit wenig verwunderlich war. Ein Hausmädchen gab sich geradezu erstaunt, dass der Gast sie immerzu höflich behandelt und nicht einmal einen einzigen unsittlichen Annäherungsversuch gewagt hatte, obwohl sie ihm zweimal allein auf der Treppe begegnet war. (Ganz im Gegensatz zu Ingenieur Loidl, wie hier ebenfalls angemerkt wurde.) Auch in den vergangenen Jahren hatte Eisenpaß immer anständig gezahlt und war nie in irgendeiner Form aufgefallen, außer durch freundliches Auftreten und gute Trinkgelder.

Franz seufzte und nahm sich den nächsten Bericht vor. Jemand hatte sich die Mühe gemacht, sämtliche Führungszeugnisse der Kurangestellten zu sichten, und dabei allerhand nutzlose Details ausgegraben. Eilig überflog er die Notizen: Da gab es ein Küchenmädel, das unverheiratet zu einem Kind gekommen war und deshalb den Dienst hatte verlassen müssen. Ein Kurarzt, der einen verdächtig jüdischen Namen trug, hatte aus nicht näher erläuterten Gründen die Anstalt verlassen. Zwei Diener waren beim Stehlen erwischt worden, einer hatte seine Stellung verloren, der andere war begnadigt worden. Es gab Vermerke über die Ausbildung der Angestellten, über ihre Konfession und ihren Familienstand, bei einem war angemerkt, dass er kurzsichtig war, und bei einer Wäscherin, dass sie es auf der Lunge hatte.

Was er mit diesen Informationen in Bezug auf den Mord an Herrn Eisenpaß anfangen sollte, war Franz schleierhaft. Aber immerhin hatte der Gendarm, der diesen Bericht angefertigt hatte, sich redliche Mühe gegeben.

Dann gab es eine Zusammenfassung über die Gäste des Kurhauses. Im Grunde logierten gerade vor allem bessergestellte

Bürger in der Kaltwasserheilanstalt. Unter diesen befanden sich laut den Angaben ein Schriftsteller, zwei ältere Frauen, die sich als Künstlerinnen ausgewiesen hatten, eine Mutter, die ihrem blutarmen Sohn Gesellschaft leistete, und zwei erholungsbedürftige Herren, die von ihren angeblichen Nichten begleitet wurden. Daneben gab es einige Herrschaften, die als Tätigkeitsfeld »Handel« eingetragen hatten, und einige, die akademischen Berufen nachgingen. Die Damen, die hier verweilten, hatten größtenteils die Arbeit ihrer jeweiligen Gatten angegeben.

»Na schau«, bemerkte Franz, als er ein weiteres Blatt mit Notizen zu den Kurgästen entdeckte. »Da hat ja einer einmal mitgedacht.«

Jemand hatte den Berichten eine Aufstellung über mögliche Verknüpfungen der Kurgäste mit Herrn Eisenpaß beigelegt. Eine Frau Zepetzauer, die wegen schwacher Knochen hier sei, sowie eine der Künstlerinnen hätten mehrfach versucht, ihn zu einem Tête-à-Tête zu bewegen. Mögliches Mordmotiv: Eifersucht oder gekränkte Eitelkeit. Der blutarme Bursche, der von seiner liebenden Mutter umsorgt wurde, habe mit Herrn Eisenpaß einmal beim Nachmittagstee Suizidphantasien ausgetauscht. Mögliches Mordmotiv: Tötung auf Verlangen statt Selbstmord.

Franz runzelte die Stirn. Er hatte zugegeben etwas Besseres erwartet.

Ein Herr hatte angeblich versucht, Herrn Eisenpaß seine Nichte als Gesellschafterin schmackhaft zu machen, und dafür Geld für ihre »Erziehung« verlangt, was dieser jedoch abgelehnt habe. Stattdessen solle er auffälliges Interesse an einem Laufburschen des Kurhauses gezeigt haben. Mögliches Mordmotiv: Rache.

Vom Ingenieur Loidl stand hier nicht eine Silbe.

Franz schob den Zettel von sich. »Man sollte den Gendarmen verbieten, Romane zu lesen …«, murmelte er.

Auf dem letzten Blatt stand knapp vermerkt, dass man das Murufer beidseitig bereits bis Pernegg hinauf abgesucht habe.

Bis auf Spuren eines möglichen Wilddiebstahls nahe Mixnitz habe man nichts gefunden.

Verspannt lehnte sich Franz in dem Sessel zurück, der dabei unheilverkündend knarrte. Er durfte auf keinen Fall vergessen, jemanden zu beauftragen, sich in Bruck am Bahnhof noch einmal genau umzuhören. Wenn die Witwe Eisenpaß am Wochenende wirklich dort gewesen war, dann musste sie irgendjemandem aufgefallen sein. Wenigstens diese Frau Weber sollte ihre Aussage bestätigen können.

Zur selben Stunde saß Titus im hintersten Winkel des Speisesaals beim Essen. Gut versteckt vor der gnadenlosen Neugier der Geheimratswitwe Brandhauer und den elegischen Blicken der hustenden Briefeschreiberin, fragte er sich, was er denn nun tun sollte. In einem schwachen Moment hatte er Gisela Eisenpaß quasi versprochen, dass er noch einmal nach ihr sehen würde – als Arzt und als Ehrenmann war es demnach seine Pflicht, dies zu tun. Aber sie war nun einmal auch die Gattin des Mordopfers und damit in diese ganze Angelegenheit irgendwie verwickelt.

Titus rührte sinnend in seinem Ragout umher. Das Fräulein Salome, nach dem er sich Jahr und Tag verzehrt hatte, schien ihm nun nicht mehr als eine lächerliche Phantasie, der er sich einmal hingegeben hatte. Welcher vernünftige Mann schwärmte auch für ein Fräulein, von dem er nicht einmal den Nachnamen kannte, geschweige denn irgendetwas anderes wusste, als dass sie eine Engelsgeduld haben musste – denn sonst hätte sie damals seinem Lamento wohl kaum so lange zugehört.

Womöglich hatte sein Vater ja wirklich recht …

Titus schob den Teller von sich und leerte sein Glas. Er war ein unreifer Träumer, ein unfähiger Mediziner und obendrein ein lächerlicher Ja-Sager. Kein Wunder, dass er in seinem Leben noch nichts erreicht hatte, was ihm nicht von allein in den Schoß gefallen war.

»Na dann«, meinte er schließlich und stand auf.

Mit der vagen Ahnung, nun irgendeinen entscheidenden,

wenn auch nicht unbedingt besonders klugen Schritt zu tun, marschierte er die Treppe zu den Zimmern der Kurgäste hinauf. Nur kurz verharrte er vor Giselas Zimmer, dann klopfte er und trat auf ein schwaches »Ja« hin ein.

Sie saß noch immer auf dem Sessel, auf den er sie nach ihrem höchst überraschenden Zusammentreffen platziert hatte. Inzwischen jedoch hatte sie sich eine Decke um die Schultern gelegt. Den Blick starr aus dem Fenster gerichtet, erwartete sie ihn.

»Ich hätte nicht gedacht, dass Sie wirklich kommen.«

»Ich habe versprochen, noch einmal nach Ihnen zu sehen.«

»Ist es Ihnen denn nicht … unangenehm?«, fragte sie mit einem schwachen Lächeln.

»Nein, es …« Erst jetzt wurde Titus so richtig bewusst, was es bedeutete, dass er sich zu so ungebührlicher Stunde allein in dem Zimmer einer Dame befand. Einer Witwe wohlgemerkt, sicherlich mehr als zehn Jahre älter als er – aber dennoch einer Frau, die ihn nun aus dunklen Augen ansah. »Ich betrachte es lediglich als meine Pflicht als Arzt nach all der Aufregung heute …«

»Oder hat Sie der Herr Untersuchungsrichter beauftragt, noch einmal nach seiner Verdächtigen zu sehen?« Ein bitteres Zucken ihrer schönen Lippen untermalte ihre Worte.

»Nein, das hat er nicht!«, beeilte Titus sich zu entgegnen. »Sie sind doch die Leidtragende! Sie … Ich wage mir gar nicht vorzustellen, wie furchtbar die letzten Stunden für Sie gewesen sein müssen. Bitte seien Sie versichert, dass Franz – Herr Stahlbaum, meine ich natürlich – nur seiner Pflicht nachgeht.«

»Sie scheinen viel von ihm zu halten.« Gisela bedeutete ihm, sich zu setzen.

Etwas umständlich zog Titus den Schemel zu sich, der neben dem schmalen Schreibtisch und einer Kommode die Ausstattung des Zimmers komplettierte. »Wir waren gemeinsam im Gymnasium … Schulfreunde sozusagen.«

»Und nun bringt Sie ausgerechnet der Mord an meinem

Gatten wieder zusammen.« Ihre Lippen begannen zu zittern. »Bitte verzeihen Sie. Ich habe schon zu viel geweint …«

Titus wusste nicht, was er darauf erwidern sollte, und begann stattdessen, in seiner Weste nach einem Taschentuch zu kramen. Verwirrt spürte er die Hitze, die seinen Nacken heraufkroch, und hoffte, dass sich die Farbe seiner Haare nicht auf seinem Gesicht ausbreitete.

»Ist er ein guter … Richter, Ihr Freund?«, fragte Gisela unvermittelt.

Titus ließ das Taschentuch, das er ihr gerade reichen wollte, sinken. »Ich denke … Ja, er macht seine Arbeit gut. Er hat sogar …« Gerade noch rechtzeitig konnte er sich bremsen, bevor er die spektakuläre Verfolgungsjagd über die Dächer erwähnte. »Er hat recht rasch studiert und ist gleich zum Untersuchungsrichter aufgestiegen«, fuhr er fort, als könnte er damit sein Zögern wieder wettmachen. »Ich glaube, seine Verlobte muss stolz auf ihn sein.«

Sie seufzte. »Er hat also ein Fräulein Braut …«

»Ja, er will … Bitte verzeihen Sie, darüber zu sprechen muss für Sie vollkommen …«, fiel Titus sich selbst ins Wort, ehe er womöglich noch mehr unpassende Dinge sagte. »Kann ich … Gibt es denn irgendetwas, was ich für Sie tun kann, Gisela?«

»Sie tun schon genug, indem Sie einfach hier sind.«

Titus lächelte, während ihm vage die Absurdität der Situation klar wurde. Er saß hier auf einem Schemel quasi zu Füßen der Witwe eines Ermordeten und plauderte mit ihr über die Fähigkeiten und Familienverhältnisse des jungen Untersuchungsrichters, der mit dem Fall befasst war.

»Da kann man Herrn Stahlbaum wohl nur beglückwünschen …« Sie zog die Decke enger um ihre Schultern, ließ den Blick in die Nacht hinaus schweifen, die sich draußen längst über die Mur gesenkt hatte. »Eine Ehe kann die herrlichste Freude bedeuten – oder in den tiefsten Abgrund führen. Sie sind ja auch nicht verheiratet.«

Die Bemerkung kam so überraschend, dass Titus im ersten

Moment bloß wortlos den Mund aufklappte, ehe er ihre Annahme bestätigen konnte.

»Mein erster Mann – mein Gott, ich war noch so jung, als er mich zur Frau nahm – wusste immer sehr genau, was er begehrte. Ich hatte keine Erfahrung, aber … Ich habe viel von ihm gelernt. Auch, was es heißt zu lieben, zu hoffen, zu hassen und zu fürchten.« Gisela sprach, ohne ihre Augen vom Fenster abzuwenden, als wäre Titus nicht mehr als ein zufälliger Zuhörer. »Er starb sehr bald, nachdem mein Sohn geboren wurde. Ein Unfall. Und alles, was mir blieb, waren mein Kind und das Wissen, dass es nicht so hätte kommen dürfen. Nichts hätte so kommen dürfen.« Sie ließ ihre Hand von ihrem Schoß gleiten.

»Es tut mir leid, dass Sie dies alles erleben mussten.«

»Und nun wiederholt sich alles. Theodor hatte ebenfalls seine Frau verloren, als wir uns kennenlernten. Es schien so, als hätte eine fremde Fortuna bestimmt, dass wir zusammen …« Ihre Stimme wankte, und sie verstummte.

»Gisela!«, fasste Titus nach ihrer Hand. »Auch wenn das Schicksal bisher viel zu gnädig mit mir umgegangen ist und ich deshalb Ihr Leid nur unzureichend nachfühlen kann, will ich Ihnen versprechen, dass ich alles tun werde, um das grausame Unrecht, das Ihrem Mann widerfahren ist, aufzuklären.«

Für einen Moment schien sie von seinen Worten geradezu erschrocken.

»Nein, hören Sie mich an. Franz Stahlbaum hat bereits einen gewissen Verdacht, den er … den wir in den nächsten Tagen weiterverfolgen werden. Es gibt nämlich Hinweise, dass Ihr Gatte womöglich in irgendeine Angelegenheit in Zusammenhang mit den italienischen Ziegelarbeitern verwickelt sein könnte.«

»Mit den Italienern?«

»Nun ja … Jedenfalls soll er sich nach einem Herrn Zilli erkundigt haben und –«

»Zilli?«, wiederholte sie.

»Ja ... Sagt Ihnen der Name etwas?«

Gisela atmete durch, ihre Lippen waren plötzlich blass geworden, und Titus meinte ein Beben in ihren Fingen zu spüren. »Nein. Ja ... vielleicht. Theodor erzählte mir in den letzten Jahren immer wieder von den Italienern, die hier arbeiten. Er schien sich sehr für ihre Lebensumstände zu interessieren, sich um sie zu sorgen ... ach!« Plötzlich wurde sie wieder von Schluchzen geschüttelt, und ehe Titus sich bremsen konnte, legte er seine Arme um ihre zitternde Gestalt.

Er spürte einen warmen Schauer, als ihr Haar seine Wange streifte, ihren Herzschlag an seiner Brust. Er wollte sie trösten, sie beschützen, ihr in dieser furchtbaren Stunde alles sein, was er nur konnte.

»Ich dachte immer, dass er eine Geliebte hatte. Irgendeine Frau, die er hier traf. Agnes ... Einmal fand ich den Namen in seinen Korrespondenzen. Agnes Landmanner. Als ich ihn darauf ansprechen wollte, da ... Nein, eine gute Ehefrau tut so etwas nicht.«

»Agnes Landmanner?«, wiederholte Titus und versuchte sich den Namen einzuprägen.

»Vergessen Sie sie«, wehrte Gisela ab. »Wer auch immer sie sein mag, sie hat mit dieser Sache hier nichts zu tun. Kompromittieren Sie keine unschuldige Frau, die vielleicht selbst nur ...« Sie wischte sich über die Augen und blinzelte, als wollte sie weitere Tränen vertreiben. »Sie sagten, dass Sie eher die Italiener im Verdacht haben? Vielleicht war es auch eine von den Arbeiterfrauen, mit denen er sich die Kur hier versüßte ... und jetzt ...«

Giselas Nähe ließ seine Gedanken zu sehr durcheinanderwirbeln, als dass er zu einem vernünftigen Schluss fähig gewesen wäre. Franz' Warnung, professionelle Distanz zu wahren, hatte sich ohnehin längst verflüchtigt. Immerhin begriff Titus, dass ihre Worte vielleicht der entscheidende Hinweis sein könnten, nach dem sie gesucht hatten. Wenn des Rätsels Lösung irgendwo in der Lehmgrube lag, dann war er womöglich schon ganz nah dran. »Ich werde noch einmal mit den Italienern sprechen«, sagte er. »Obwohl ich, um ehrlich zu sein …«

»Oh, ich danke Ihnen so sehr!«

»… kein Italienisch spreche«, beendete er den Satz.

Gisela sah ihn an, ihr Gesicht so nahe, dass er die hauchzarten Fältchen um ihre Augen und Lippen sehen konnte. Ihr Alter schien ihm unwirklich – genauso wie die ganze Situation, in der er sich gerade befand.

»Ich kann Italienisch«, sagte sie. »Wenn Sie wollen … Wenn es denn sein muss …«

»Sie würden?«

»Ich würde alles tun, um diese Untat aufzuklären.«

Der Blick ihrer noch immer leicht geröteten Augen, der ihn durch ihre tränenfeuchten Wimpern traf, ließ ihn stocken. »Nun … Ich weiß ja nicht. Immerhin sind Sie …«

»Denken Sie also doch, dass ich schuldig bin?« Die plötzliche Bitterkeit traf ihn wie ein Hieb.

»Nein!« Titus war sich nicht sicher, weshalb er auf einmal das Bedürfnis hatte, sie an sich zu drücken. »Nein, das denke ich nicht. Bitte kommen Sie mit und übersetzen Sie für mich.«

»Das werde ich gerne tun.«

Als Titus einige Zeit später das Zimmer von Gisela Eisenpaß verließ, konnte er nicht mehr ganz genau sagen, was in den letzten Minuten geschehen war. Er erinnerte sich noch an ihren Hut, der dunkel auf der Kommode lag, an ihren Schirm, der in einer Ecke lehnte, und an den missbilligenden Blick des elfenbeinernen Pferdekopfs an dessen Griff, während er versucht hatte, sie zu trösten. Vor allem erinnerte er sich an ihre Lippen, die sich auf seine Stirn gedrückt und ihn einen treuen Freund genannt hatten.

Er spürte ein merkwürdiges Klopfen und Ziehen in seiner Brust, wie er es zuletzt vor einem Jahr gespürt hatte, als er dem Fräulein Salome von seinem unfairen Los vorlamentiert hatte. Doch wenn er nun versuchte, sich ihr Gesicht in Erinnerung zu rufen, musste Titus feststellen, dass sich immerzu ein ganz anderes Antlitz dazwischendrängte. Es war ihm nur allzu klar, wessen Abbild ihn in dieser Nacht bis in den Schlaf verfolgen würde.

Missmutig wälzte sich derweil auch Franz auf seinem Bett herum. Die Berichte, die er noch gelesen hatte, geisterten in seinem Kopf umher, und direkt hinter der Wand seines kleinen Zimmers musste sich ein Marder oder irgendein anderes nachtaktives Tier eingenistet haben, denn in einem fort hörte er es rascheln und scharren. Wenigstens musste er sich die Kammer nicht mit Anton Meisl teilen. War diese Unterkunft an sich schon ein Affront gegen sein Amt, wenigstens das war für einen Untersuchungsrichter – und war er noch so ein Emporkömmling – eindeutig nicht angemessen. Schlimm genug, dass der Polizeiermittler bereits einige durchaus plausible Spuren gefunden hatte.

Außerdem hatte Franz seiner Resi versprochen, ihr zu schreiben. Doch mehr als eine lasche Anrede und einen angefangenen Satz hatte er nicht zu Papier gebracht, ehe er sich grantig auf sein Kissen geworfen hatte. Und zu allem Überfluss stand am nächsten Tag auch der Besuch im Gerichtsmedizinischen Institut an, wo es galt, den Leichnam von Eisenpaß noch einmal in Augenschein zu nehmen.

Am liebsten hätte er Titus allein nach Graz geschickt, aber das war natürlich keine Option. Wenn ihnen der Tote wenigstens einen Hinweis auf seinen Mörder liefern könnte!

Es war wohl am besten, sie nahmen gleich den ersten Zug, dann hatte er es mit ein bisschen Glück bis zum Mittag hinter sich.

»In Gottes Namen …«, murmelte er und fuhr beim Klang seiner eigenen Stimme aus dem Halbschlaf.

Brummend drehte Franz sich abermals herum. In der Theorie war diese ganze Ermittlerei immer so klar und logisch – und hier rannte er einen ganzen Tag lang im Kreis herum und hatte noch gar nichts! Lediglich einen sinnlosen Berg an Protokollen, die er für den erkennenden Richter in ein vernünftiges Juristendeutsch übersetzen musste.

Nein, ganz so stimmte das auch wieder nicht. Er hatte ein paar Namen und Hinweise, denen er und Titus noch genauer nachgehen konnten. Außerdem war ja kaum erst ein ganzer Tag seit der Auffindung der Leiche vergangen. Wie komisch die Zeit sich manchmal anfühlte …

Mit einem Stöhnen setzte Franz sich auf. An Schlaf war nicht zu denken, und das ständige Kratzen und Scharren machte ihn nur noch unrunder. »Der Meisl hat ja nur durch die Gegend telegrafiert!«, sagte er zur Wand. »Das ist ja keine Ermittlungsarbeit.« Für einen Moment verstummten die Geräusche, ehe der Marder, oder was auch immer sonst sich im Gebälk einquartiert haben mochte, unverdrossen weiterrumorte.

In Hemd und Unterhosen setzte Franz sich an den winzigen Schreibtisch, der förmlich unter die Dachschräge geklemmt war, und zündete die Lampe an. Die Berichte, die ihm der Wirt so überaus publikumswirksam ausgehändigt hatte, nahmen allein schon die halbe Fläche ein. Er starrte auf den angefangenen Brief an seine Resi. In dem schlechten Licht sah seine Handschrift noch ungelenker aus. Mehr als einmal hatte ihn früher der Lehrer in der Schule mit der Rute traktiert, wenn er wieder einmal an der Schönschrift scheiterte. Man könnte getrost behaupten, dass er die Hälfte der Schläge in seiner Schulkarriere nicht wegen seines Betragens, sondern wegen seiner Schrift einkassiert hatte. Dabei hätte er es mit links mindestens so schön wie die besten Mädchen der Volksschule gekonnt. Aber links stand eben nicht zur Debatte. Im Gymnasium schließlich hatte er fast vergessen, dass er den Griffel ursprünglich lieber in der falschen Hand geführt hatte.

»Meine liebe Theresia«, stand auf dem Blatt. »Es ist ein Toter aus der Mur gezogen worden, und deshalb muss ich nun …«

Weiter war er nicht gekommen. Der Meisl, Titus, die Italiener und der Marder in der Wand hatten ihn jedes Mal wieder aus dem Konzept gebracht, wenn er den Satz endlich halbwegs in seinen Gedanken ausformuliert hatte. Aufs Papier hatte es bis auf einen Tintenklecks nichts mehr geschafft.

Kurz zögerte Franz, dann nahm er die Feder in die linke Hand und schrieb noch einmal: »Meine liebe Theresia«. Im ersten Moment fühlte es sich fremd an, die Feder so über das Blatt zu schieben, ein widerspenstiges Kratzen auf dem Papier, doch die Kurven und Schlingen der Buchstaben schienen sich weniger seiner Hand zu widersetzen.

»Mein allerliebstes Reserl«, schrieb er und schmunzelte heimlich. So nannte er sie meist, wenn er ihr einen Kuss gab und sie ihm dann den Rest, den er auch gern einmal gehabt hätte, wieder einmal verwehrte. So eine war sie eben nicht, seine Resi.

Lieber möcht ich jetzt zu Dir ins Bett kriechen, als dass ich da allein in der engen Kammer im »Straßburg« sitz und nicht schlafen kann. Der Tote, der am Morgen aus der Mur gezogen wurde, ist ein gut bestallter Kaufmann, Luxusgüter und Eisenbahnschienen, und womöglich haben wir auch schon den Mörder. Jedenfalls der Polizeiagent Anton Meisl, der Dir letztes Jahr beim Gendarmerieball diese depperten Seidenroserl geschenkt hat, die Du immer noch in Deiner Kommode aufbewahrst, hat da einen Verdacht, der gar nicht so blöd klingt, wie er ausschaut, der Meisl. Aber ich glaub es nicht. Ich glaube, dass es überhaupt ganz anders ist und der Ingenieur, den der Meisl unbedingt einkassieren will, überhaupt nichts mit irgendwas zu tun hat. Du wirst sagen, dass ich wohl nur nicht will, dass dieser Mensch mit irgendwas recht hat, dass ich eifersüchtig bin, und womöglich wäre ich ohne den Titus überhaupt …

Franz hielt inne und schaute erst auf seine Linke, die fast wie von selbst über das Papier gesaust war, dann auf seine Schrift, die fremd und vertraut zugleich bereits das halbe Blatt bedeckte. Vielleicht hätte er das schon viel öfter tun sollen, einfach schriftlich denken – und zwar mit links.

Hab ich Dir einmal vom Titus erzählt, den wir in der Schule immer »Feuerfuchs« genannt haben, wie in dem Nestroy-Stück, das mit der Perücke? Er war da, wie sie den Toten aus der Mur gezogen haben, und er hat schon vorher im ganzen Ort herumgefragt, wo denn der Herr geblieben sein könne, obwohl der da schon längst im Fluss gelegen haben muss.
Von ihm hab ich auch den Hinweis auf die Italiener, weil er sich in allen Gasthäusern umgehört hat – und da hat ihm wer gesagt, dass der Tote ein paar Italiener zum Essen eingeladen haben soll und nach einem Zilli Schorsch, also Giorgio, suchte. Deshalb glaube ich auch nicht, dass die Idee vom Meisl stimmt, weil was sollen die Katzelmacher dann mit dem allem zu tun haben? Und irgendwas haben die garantiert mit der Sache zu tun! Das weiß ich einfach, da bin ich mir sicher! Genauso sicher, wie ich weiß, dass der Titus eigentlich ein lieber Mensch ist, obwohl er so rote Haare hat, dass es einem angst und bange werden kann, wenn die Sonne draufscheint.
In der Schule waren wir halt alle feste Deppen …
Womöglich hat es ja der Herrgott so bestimmt, dass ich ihn hier wiedersehe – den Feuerfuchs!
Du erinnerst Dich an die Geschichte mit der Toten in der Arbeiterwohnung? Wo ich so blöd war und den Mann, der dann nicht einmal der richtige Mörder war, übers Dach verfolgt habe? Seither haben mich ja die feinen Herren vom Landesgericht und die Wichtigen von der Sicherheitswache – und allen voran natürlich der Meisl – auf ihrer Abschussliste. Und der eine, der mich in der Nacht quasi gerettet hat, das war ausgerechnet der Titus! Ausgerechnet er war der Arzt, der zuerst bei der Leich war,

und nachher … Eigentlich wollte ich diese ganze blamable Geschichte von damals vergessen! Und jetzt?
Jetzt ist der Dr. Titus Pyrner als Kurgast da in Frohnleiten, und ich … Ich hab mich fast geschämt, dass ich mich so gefreut hab, wie ich ihn gesehen hab. Am Kragen hab ich ihn gepackt, weil er da schon in der ganzen Angelegenheit seine Erkundigungen eingezogen hat … Dabei hätt ich ihn umarmen können, wie ich ihn gesehen hab. Wenigstens einer, der vielleicht aus einem anderen Grund was gegen mich hat, und nicht bloß, weil ich aus keiner alteingesessenen Juristenfamilie komme. Und wie mir dann aufgegangen ist, dass er das war damals … Das mit dem Entschuldigen fällt mir nicht leicht, und dass er mir ein Freund sein könnte … Wie denn auch! Was Freunde angeht, bin ich wohl ein bisserl aus der Übung. Seit sie den Max erschossen haben, hab ich ja niemanden mehr. Ja, Dich hab ich, Resi, aber das ist was anderes, auch wenn Du sagst, dass das ein Blödsinn ist und ich eben Dir mehr erzählen soll von den Dingen, die ich sehe und erleb. Alles möcht ich gern sagen, alles, was einen martert und einem so innerlich die Gedanken zerreißt. Aber wenn ich Dir das alles erzählen würd, dann müsste ich Angst haben, dass Du mich einmal nicht mehr anschauen magst. Aber mit dem Titus ist das eben ganz was anderes, und da …

Franz stoppte. Die letzten Zeilen hatte er so rasch aufs Papier geworfen, dass sich die Buchstaben wie im Sturmwind neigten. Er atmete durch, fühlte sich irgendwie erleichtert. Das Kratzen und Scharren hinter der Wand schien nun tatsächlich aufgehört zu haben.

Dann nahm er das Blatt – nur kurz ließ er die Augen über seine Worte gleiten – und zerriss es. Das war kein Brief, den er an seine Verlobte schicken konnte.

Donnerstag, 22.7.1897, Vormittag

Was Tote zu erzählen haben

Von allen Sachverständigen, an welche der Untersuchungsrichter heranzutreten hat, sind die wichtigsten und am häufigsten verwendeten die Gerichtsärzte, weshalb der Untersuchungsrichter gerade mit diesen in die nächste Berührung treten sollte.

Dr. Hans Gross

Ein merkwürdig flaues Gefühl saß in Titus' Brust, während er abwechselnd auf sein weiches Ei und seinen Frühstückskaffee starrte. Normalerweise saß diese komisch schale Leere nach einer allzu kurzen Nacht eher in der Magengegend, doch das hatte stets einen anderen Grund.

Er war extra früh in den Speisesaal heruntergekommen, nicht bloß, weil er ohnehin keine Ruhe mehr gefunden hatte, sondern auch aus dem unergründlichen Wunsch heraus, unbedingt vor Gisela den Tag zu beginnen. Dabei war es ja nicht einmal sicher, ob die trauernde Witwe ihr Zimmer so bald verlassen würde.

Titus stierte immer noch auf sein Ei, als sich von hinten ein Schatten auf seine Serviette legte. In Erwartung des Kurdirektors, der sich nach den Erkenntnissen des letzten Tages erkundigen wollte, oder womöglich der Geheimratswitwe Brandhauer, die sich ebenfalls irgendwelche sensationellen Informationen erhoffte, wandte er sich um.

»Wunderschönen guten Morgen! Du schaust furchtbar aus«, begrüßte ihn Franz.

Titus verzog das Gesicht. »Ich sitze beim Frühstück.«

»Das sehe ich. Aber du wirst nicht mehr lange vor deinem armen Ei hier sitzen. Trink deinen Kaffee aus, der Zug nach Graz geht in dreißig Minuten.«

»Dir auch einen guten Morgen«, murmelte Titus und leerte seine Tasse. Ehe er sich noch besinnen konnte, ob ihn besagter Zug überhaupt tangierte oder was er mit dem Rest seines Frühstücks anstellen wollte, sah er aus dem Augenwinkel den Busen der Geheimratswitwe in den Speisesaal pflügen. Gewiss war sie auf der Suche nach neuen pikanten Details zu dem Mordfall. Kurz entschlossen griff er nach seinem Hut und stand auf. »Gehen wir!«

Grinsend folgte ihm Franz.

Im Foyer nickten die beiden kurz dem Kurdirektor zu, ohne ihm eine Gelegenheit zu irgendwelchen Fragen zu gönnen. Ein paar Herrschaften, die wohl bereits im Morgengrauen einen Spaziergang unternommen hatten, sahen ihnen mehr oder weniger interessiert nach, und am Hauptplatz knicksten zwei kichernde Mädchen vor ihnen, die sie jedoch mit einem raschen Gruß abspeisten. Statt dann durch den Tabor zur Murbrücke hinunterzugehen, wandte sich Franz jedoch in die andere Richtung. Titus folgte ihm verwirrt.

»Wollten wir nicht zum Zug?«, fragte er endlich. »Der Bahnhof ist in Mauritzen drüben, auf der anderen Murseite.«

»Richtig, aber ich muss vorher noch zum Gendarmerieposten.«

Titus fummelte im Gehen seine Taschenuhr aus der Weste. »Der Zug geht in einundzwanzig Minuten.«

»Dann werden wir uns wohl beeilen müssen.«

Beim Posten hielt sich Franz nicht lange mit Formalitäten auf. Er gab Anweisung, sich am Bahnhof Bruck nach Gisela Eisenpaß zu erkundigen, ob sie am Samstag dort gesehen worden sei und ob sie tatsächlich ein Zimmer bei einer Frau Weber genommen habe.

»Und nach einer Agnes … Agnes Landmanner könnten Sie sich auch umhören«, fügte Titus einer plötzlichen Eingebung folgend hinzu.

»Und wer soll das sein?«, fragte Franz irritiert.

»Vielleicht die Geliebte von Herrn Eisenpaß«, erwiderte er.

»Ah – und woher hast du diese neue Information, wenn ich fragen darf?«

Titus fühlte die Blicke der Gendarmen auf sich gerichtet und spürte, wie ihm wieder heiße Röte in den Nacken sickerte. »Ich habe mich umgehört. Im Kurhaus, gestern.«

Franz taxierte ihn für einige Sekunden durchdringend, dann nickte er den Männern zu, dass sie sich ruhig auch nach besagter Frau Landmanner erkundigen sollten. »Und jetzt zum Zug«, sagte er nur und machte sich mit beschleunigtem Schritt auf den Weg.

»Noch … sechs … Minuten«, keuchte Titus, als sie gerade die Murbrücke überquerten.

Statt einer Antwort begann Franz zu laufen, und seinem Freund blieb nichts anderes übrig, als es ihm gleichzutun. Zu ihrem Glück schien der Vorsteher sie schon von Weitem bemerkt zu haben. Er gab dem Zug, der bereits schnaubend am Bahnsteig harrte, das Zeichen zu warten und salutierte mit gewichtiger Miene, als sie außer Atem in den Waggon sprangen.

Nachdem die Ruine Pfannberg zu ihrer Linken und Burg Rabenstein zu ihrer Rechten an ihnen vorbeigezogen waren, hatte Franz wieder genug Luft, um sich an Titus zu wenden: »Jetzt sag einmal, was hast du gestern noch angestellt, dass du dermaßen fertig ausschaust?«

»Das hat nichts mit gestern zu tun, sondern üblicherweise renne ich einfach nicht wie ein Wahnsinniger irgendwelchen Zügen hinterher.«

»Du weißt genau, was ich meine. So wie du im Kurhaus beim Frühstück gesessen bist, ist mir direkt angst und bang um dich geworden.«

»Wirklich so schlimm?«, fragte Titus zurück. Als er sich zuletzt beim morgendlichen Rasieren näher betrachtet hatte, war er vornehmlich auf seine provozierend roten Bartstoppeln konzentriert gewesen.

»Na ja, im Leichenschauhaus werde ich auf dich aufpassen müssen, dass sie dich nicht auch gleich dortbehalten.«

Titus stöhnte auf. »Müssen wir uns heut wirklich den Eisenpaß noch einmal ansehen?«

»Ja. Das nennt sich Polizeiarbeit. Im Übrigen sollte das für dich als Arzt wirklich kein Problem sein. Und das Telegramm gestern war mehr als dürftig. Ich will ganz genau wissen, was mit dem Toten passiert ist, bevor wir da weiterforschen. Und bevor der Meisl uns da auch noch zuvorkommt. Außerdem sitzen wir ohnehin schon im Zug nach Graz.« Franz schaute nach draußen, wo gerade Peggau an ihnen vorbeizog. »Also, was war gestern?«

Titus verzog das Gesicht. »Ich war bei Gisela Eisenpaß.«

Franz wandte sich ruckartig vom Fenster ab und sah ihn an. »Du warst wo?«

»Ich war bei Frau Eisenpaß – als Arzt. Sie hatte einen Nervenzusammenbruch, du warst selbst dabei! Ich habe noch einmal nach ihr gesehen.«

»Und nehmen dich alle deine Arztbesuche so dermaßen mit?«

»Natürlich nicht!«, fuhr Titus vielleicht ein wenig zu heftig auf.

»Ich habe dir gesagt, dass du aufpassen sollst, dass du nicht deppert wirst!«

»Ich bin ja nicht blöd ... Und deppert bin ich auch nicht.«

Franz gab einen undefinierbaren Laut von sich.

»Es war nur ... Sie hat mir einiges über ihr Leben erzählt und ... Das ist mir eben lang nicht aus dem Kopf gegangen.« Er zuckte beschwichtigend mit den Schultern.

Franz atmete durch, als unterhielte er sich gerade mit einem störrischen Kind, das ein wenig zu heftig an seinen Nerven zerrte. »Erzähl mir jetzt ganz genau, was die trauernde Witwe dir alles mitgeteilt hat. Womöglich hat sie dir gestern schon des Rätsels Lösung verraten, und du hast es nicht einmal mitbekommen.«

Titus versuchte, mit schierer Willenskraft die brennende Röte, die einmal mehr seinen Nacken heraufkriechen wollte, zurückzudrängen. Gehorsam berichtete er von seiner Visite und Giselas Zustand, von ihrer ersten Ehe und dass auch ihr jüngst verstorbener Gatte bereits Witwer gewesen war, als sie einander kennenlernten. »Außerdem hat sie dann den Namen Landmanner erwähnt. Sie hat ihn in Eisenpaß' Korrespondenzen gelesen und daraus geschlossen, dass das seine Geliebte hier sein könnte. Agnes Landmanner – das hättest du nicht so leicht herausbekommen.«

»Hm ...«, brummte Franz.

»Sie hat aber selbst darum gebeten, dass man mit der Frau nachsichtig umgehen möge. Die hat mit dem Mord sicher nichts zu tun, und Gis... Frau Eisenpaß wollte nicht, dass man sie womöglich kompromittiert.«

»Sie geht ja überaus zartfühlend mit der Geliebten ihres Gatten um ...«, bemerkte Franz.

»Denke von ihr nicht schlecht! Sie hat ohnedies selbst den Verdacht geäußert, dass er vielleicht auch unter den Italienern eine Geliebte gehabt haben könnte.«

»Die Witwe scheint ja sehr sicher zu sein, dass er sich anderweitig vergnügte.«

»Sie war sehr ... gefasst.«

Franz schaute wieder aus dem Fenster, wo sich der Zug auf der Strecke nach Stübing für ein Stück zwischen der Mur und einem felsigen Berghang entlangwand. »Diese Landmanner und eine Italienerin ... Soll ja nicht das erste Mal sein, dass ein Mann mehr als nur eine Gespielin hat – vor allem, wenn er auf Kur ist und Zeit erübrigen kann. Das würde auch erklären, weshalb Eisenpaß mit den Arbeitern gesehen wurde. Vielleicht war dieser Herr Zilli ja der Ehemann seiner Geliebten? So was soll ja vorkommen«, überlegte er laut. »Ein Grund mehr, weshalb man bei den Katzelmachern unbedingt noch einmal nachforschen muss.«

Titus nickte nur. Zu erwähnen, dass ausgerechnet Gisela

ihm dafür bereits ihre Hilfe angeboten hatte, schien ihm nun nicht gerade der passende Moment zu sein.

»Na gut.« Franz streckte sich und gähnte herzhaft. Offenbar war auch seine Nachtruhe nicht die allerbeste gewesen, wie Titus nicht ohne eine gewisse Genugtuung bemerkte. »Wir werden uns den Eisenpaß ansehen, und dann werden wir hoffentlich wissen, was wir weiter zu tun haben.«

Die Betriebsamkeit der Stadt schien gerade erst richtig begonnen zu haben, als die beiden schließlich Graz erreichten. Vom Bahnhof aus nahmen sie sich einen Wagen, der sie zum Gerichtsmedizinischen Institut brachte. Franz wechselte ein paar Worte mit dem Portier, woraufhin man sie in ein Kellergewölbe führte, wo sie einen Dr. Porod antrafen, der sie bereits erwartet zu haben schien.

Der breit gebaute Mann hätte genauso gut ein Fleischhauer sein können, so groß und kräftig waren seine Hände, und sein breiter Nacken verlieh seiner Statur etwas Grobschlächtiges. Die blutverschmierte Schürze tat ihr Übriges. Allein das goldene Monokel, das er sich ins rechte Auge geklemmt hatte, passte nicht recht ins Bild sowie seine Stimme, die bei dem strammen Händedruck, mit dem er sie begrüßte, so sanft und weich klang, als wollte er ein Kind in den Schlaf säuseln.

»Guten Morgen, meine Herren. Ich nehme an, Sie möchten den Theodor besuchen?« Die Frage klang, als wären sie mit einem alten Bekannten zum Kaffee verabredet.

Franz räusperte sich. »Bitte wen?« Die Luft in dem kühlen Kellergewölbe hatte einen unangenehm metallischen Geschmack.

»Den Herrn, den Sie aus der Mur gezogen haben. Den Kurgast.«

»Ja, genau, es geht um die Leiche von Herrn Theodor Eisenpaß.«

Porod nickte und führte sie zwischen mehreren Tischen hindurch, auf denen man mit Tüchern verhüllte Gestalten erahnen konnte, bis er vor einem stehen blieb. »Dem Armen ist nicht viel erspart geblieben«, sagte er, indem er das Tuch beiseitezog.

Sowohl Titus als auch Franz hatte schon mehr als einen Toten zu Gesicht bekommen. Es gehörte zu ihren beiden Berufen, vor dem Ende eines Lebens die Augen nicht zu verschließen, dennoch erstarrten sie kurz. Auf dem mittlerweile gewaschenen Körper traten die zahllosen Verletzungen nur noch deutlicher hervor.

»Sicherlich haben Sie das Telegramm bereits erhalten?«, unterbrach Porod mit seiner sanften Stimme das Schweigen.

»Ja«, erwiderte Franz. »Mein … Ihr Kollege Dr. Pyrner war so freundlich, mir ein paar Dinge näher zu erläutern.«

»So?« Porod wandte sich Titus zu. »Sie sind also auch Pathologe?«

»Nein, nein, ich bin ein normaler … Allgemeinmediziner.«

»Interessant!« Es klang, als hätte Porod sich noch kaum je mit dem Gedanken näher befasst, dass auch lebende Menschen jemals eines Arztes bedürfen könnten. »Und?«

Titus fühlte sich auf einmal, als stünde er vor einer Prüfungskommission und müsste sein *Ius Practicandi* verteidigen. Etwas stockend begann er zu wiederholen, was er auch am Vortag schon Franz erklärt hatte. Erleichtert stellte er fest, dass Porod zu seinen Ausführungen zustimmend nickte.

»Genau«, ergriff der Pathologe endlich wieder das Wort.

»Ich denke, man hätte ein paar Dinge noch präzisieren können, aber das Essenzielle hat mein Assistent Ihnen offenbar mitgeteilt. Allerdings kann man auf ein paar Feinheiten noch ein genaueres Augenmerk lenken: Da unser Theodor doch mindestens oder ungefähr einen ganzen Tag im Wasser gelegen haben muss und allerlei Getier ihm wohl nicht fern gewesen sein dürfte, sind viele der zahlreichen Verletzungen nur mehr schwer als *ante* oder *post mortem* einzuordnen. Bei einigen Läsionen würde ich allerdings meinen, dass sie erst einige Zeit nach seinem Hinscheiden zugefügt wurden. Wie auch immer … Es ist jedenfalls kaum möglich, den einen Hieb zu finden, der ihn das Leben gekostet hat. Wir hätten da zur Auswahl …«, Porod trat näher an den Tisch heran, auf dem der Leichnam von Eisenpaß lag, und wies auf eine Stelle über der rechten Schläfe, wo der Schädel merkwürdig verformt war, »… diesen Schlag, möglicherweise von hinten, der ihm den Schädel schlicht zerschmettert hat. Hier, wo *os parietale* und *frontale* zusammentreffen, das *os sphenoidale* hat auch etwas abbekommen. Oder hier.« Er zog das Leintuch weiter herab und entblößte die bläulich bleiche Brust des Toten, auf der bereits eine grobe Naht von der eingehenden Untersuchung seines Körpers zeugte.

Titus bemühte sich um einen professionellen Blick, derweil Franz eingehend seine Schuhspitzen inspizierte.

»Da muss ihn irgendetwas dermaßen hart von vorne, vielleicht auch von schräg unten getroffen haben, dass ihm hier und hier und – sehen Sie genau hin – auch hier die Rippen gebrochen wurden. Eine dürfte sich in seine Lunge gebohrt haben, und eine andere hat sogar den Herzbeutel verletzt. Tragisch.« Porod hielt kurz inne, ehe er fortfuhr: »Und schließlich finden sich an der Hüfte und seinen unteren Extremitäten weitere Läsionen, die vielleicht nicht direkt tödlich waren, aber ihn in jedem Fall an einer Flucht – vor wem auch immer – gehindert haben dürften.«

»Ich verstehe.« Franz beendete die Betrachtung seines Schuhwerks. »Haben Sie vielleicht auch eine Ahnung, womit diese vielen Verletzungen zugefügt worden sein könnten?«

»Schwierig. Rudimentäre Waffen? Knüppel aller Art? In manchen Verletzungen konnte ich neben dem zu erwartenden Dreck auch Holzsplitter entdecken.«

»Welches Holz?«

»Das würde wohl eine eingehendere – und zeitaufwendigere – Analyse verlangen. Das kann man ja nicht riechen!«

Franz wurde bei dieser Anmerkung merklich eine Nuance blasser und wandte sich wieder seinen Schuhen zu.

Titus hatte sinnend den Leichnam betrachtet. Wider besseres Wissen hatte er gehofft, ein Muster zu erkennen, einen Hinweis zu entdecken, der ihnen irgendwie weiterhelfen könnte, vielleicht sogar einen Hinweis auf die Täter, aber alles, was er sah, war ein furchtbar zugerichteter Körper. »Es müssen viele gewesen sein«, meinte er schließlich, um wenigstens irgendetwas zu sagen.

»Eine Horde Wilder«, bestätigte Porod. »Die einzelnen Hiebe sind ohne Plan und Ziel geführt worden. Wenn ich mir eine Vermutung erlauben dürfte, würde ich annehmen, dass der arme Theodor bereits irgendwo an der Mur auf seine Mörder getroffen sein dürfte. Vielleicht war er gerade nichts ahnend auf einem Spaziergang unterwegs, da trifft ihn der erste Hieb. Er strauchelt, noch ein Schlag, er rutscht über die Flussböschung hinunter. Das legen die vielen Abschürfungen nahe. Seine Kleidung schaut auch dementsprechend zerrissen aus. Es könnte zu einem Handgemenge gekommen sein, es wird aus allen möglichen Richtungen gedroschen, vielleicht rutscht auch einer seiner Angreifer aus, manche Schläge sind eindeutig von unten oder aus einem Winkel geführt, der nahelegt, dass der Kontrahent kaum vor ihm gestanden haben kann.«

»Können Sie einschätzen, wie viele es gewesen sind?«

Porod schnaubte. »Das ist unmöglich zu sagen – drei, vier? Vielleicht sieben? Mehr als zwei, würde ich in jedem Fall sagen. Und irgendeiner hat dann diesen eventuell fatalen Hieb gegen seine Schläfe geführt. In jedem Fall konnte Theodor sich danach nicht mehr wehren, was seine Angreifer aber nicht davon abgehalten hat, noch weiter auf ihn einzuschlagen.«

Franz murmelte eine zustimmende Antwort. Es war nicht zu übersehen, dass er seinen Besuch an diesem Ort so rasch wie möglich hinter sich bringen wollte.

»Und was ist das?«, fragte Titus unvermittelt. Er deutete auf ein sehr kleines, gelblich weißes Etwas, das in einer metallenen Schale neben dem Toten lag.

»Ah, das hätte ich fast vergessen.« Porod nahm das Stückchen mit einer Pinzette aus der Schale und hielt es Franz vor die Nase, der sich bemühte, es interessiert zu betrachten. »Der arme Theodor ist wohl lange genug irgendwo am Murufer gelegen, dass ihn ein paar Tiere besuchen gekommen sind. Oft gehen sie ja zuerst auf die Augen …«

Franz wandte sich nun seinen Manschettenknöpfen zu.

»Anscheinend hat sich irgendetwas an seinem Schädel ein Stückchen Zahn ausgebissen. Habe ich auch noch nie gesehen … Aber vielleicht war es ja ein altes Tier …«

»Was für ein Tier?«, übernahm es Titus zu fragen, während sein Freund sich tapfer bemühte, professionelle Haltung zu bewahren.

»Das kann ich so natürlich nicht sagen. Da müsste man einen Kollegen von der Zoologie um Rat bitten. Vielleicht ein Marder? Oder ein Fuchs? Eine Ratte?«

Franz' Blässe begann Titus Sorgen zu bereiten. Eigentlich hatte er am Morgen gemeint, selbst nicht in der besten Verfassung für einen Besuch im Gerichtsmedizinischen Institut zu sein, doch offenbar hatte sein Kamerad in dieser Situation den weit schwächeren Kreislauf. »Vielen Dank«, übernahm er es deshalb zu antworten. »Das wird auf jeden Fall in den Bericht aufgenommen. Sie … kümmern sich darum, dass der Zahn untersucht wird?«

»Selbstverständlich.«

»Sehr gut … Nun, vielen Dank. Sie haben uns sehr weitergeholfen.«

»Nur die übliche Vorgehensweise«, erwiderte Porod. »Wenn jemand zu mir geschickt wird, kümmere ich mich um ihn.«

»Ja.« Titus warf einen Seitenblick auf Franz. »Die Polizei wird dann zu gegebener Zeit … alles Weitere eben. Nun, wir haben noch … das Übrige, Übliche. Auf Wiedersehen.« Er deutete eine Verbeugung an.

»Auf Wiedersehen.« Porod rückte sein Monokel zurecht und bedachte sie beide mit einem weiteren markigen Händedruck. »Ich habe noch ein Lieserl, um das ich mich kümmern muss, und der Peter wartet auch schon zu lange auf mich.« Er deckte den Leichnam von Eisenpaß wieder zu und trat an einen anderen Tisch, unter dem eine erschreckend kleine Gestalt zu liegen schien. Geradezu zärtlich beugte er sich über sie. »Das arme Lieserl«, murmelte er, während Titus und Franz sich beeilten, aus der metallisch kühlen Luft zu entkommen.

Die sommerliche Wärme, vermischt mit den Gerüchen und Geräuschen der Stadt, schlug ihnen mit unerwarteter Wucht entgegen, als sie wieder auf die Straße traten. Eine Weile standen sie schweigend da und blinzelten in die Sonne.

»Vor einem Jahr hätte ich dir nun eine Zigarette angeboten«, meinte Franz schließlich, der wieder sein Heftchen hervorgeholt hatte und rasch etwas darin vermerkte.

»Und wieso jetzt nicht?«

»Erstens weil ich keine hab und zweitens weil meine Resi es mir ausgetrieben hat.«

Titus grinste. »Deine Resi möcht ich wirklich einmal kennenlernen.«

Franz verzog die Mundwinkel. »Ja, mir droht sie auch immer wieder an, dass ich sie noch einmal kennenlernen werd. Aber das kommt wahrscheinlich erst, nachdem ich sie geheiratet hab …« Er atmete durch und ließ seine Notizen wieder in der Westentasche verschwinden. »Wenigstens haben wir jetzt die Totenbeschau hinter uns gebracht«, meinte er dann. »Daran werde ich mich wohl nie gewöhnen. Am Tatort schauen die Leichen irgendwie nie so schlimm aus wie nachher, wenn sie so … hergerichtet sind.«

Titus nickte nur vage. In seinem Studium hatte er es fast ausschließlich mit solchen *hergerichteten* Leichen zu tun gehabt.

»Und der Porod – das tut wohl keinem Menschen gut, wenn man allerweil nur mit den Toten zu tun hat. Hast du gemerkt, dass er mit allen seinen Leichen per Du ist?«

Titus sah ihn schief an. »Wieso – bist du mit deinen Mordopfern immer per Sie?«

»Ah, geh!« Franz machte eine wegwerfende Handbewegung. »Wenigstens wissen wir jetzt, dass der Eisenpaß offenbar von irgendeinem wütenden Mob so zugerichtet worden ist. Jetzt müssen wir nur noch herausfinden, wer so einen Hass auf ihn gehabt haben könnte …«

»Denkst du an die Italiener?«

Franz zuckte die Schultern. »Warum nicht? Heißt es nicht, dass diese Südländer schon einmal überreagieren, wenn es um ihre Frauen geht? Wenn der Eisenpaß wirklich eine Geliebte unter den Ziegelarbeitern hatte … vielleicht sogar ein uneheliches Kind … Da lässt sich schon ein Motiv darin finden.«

»Und was ist mit der anderen Frau?«

»Diese Landmännin?«

»Landmanner«, korrigierte Titus.

»Wenn wir sie gefunden haben, können wir sie ja einmal fragen.« Franz rückte seinen Hut gerade. »Im Übrigen finde ich es nach wie vor ein bisschen komisch, dass du da so mir nichts, dir nichts mit einem neuen Namen auftauchst.«

»Gisela Eisenpaß hat –«

»Eben«, unterbrach Franz ihn. »Die trauernde Witwe gibt uns einen Hinweis nach dem anderen … Ich finde, wir sollten uns trotzdem eher an die Italiener halten.«

Titus blieb nicht viel anderes übrig, als ihm zuzustimmen. Vor allem, weil er keine Lust hatte, mit Franz einen Streit zu beginnen. Im Grunde wollte er auch nichts lieber als eine flotte und einfache Lösung, aber irgendwie schien ihm das Ganze nicht recht zusammenzupassen. Irgendetwas fehlte, und er hatte den Eindruck, dass sie die ganze Zeit in die falsche Richtung schauten. Er nickte nur vage zu Franz' Worten, ehe er einen neuen Plan fasste: »Trinken wir noch einen Kaffee?«

Franz' erleichtertes Aufatmen war ihm Antwort genug.

In der Nähe des Hauptplatzes fanden sie bald darauf ein nettes kleines Lokal, wo ein bemerkenswert slawisch aussehender Kellner ihnen sogleich statt des gewünschten Kaffees mit größter Selbstverständlichkeit zwei beachtliche Krüge Bier hinstellte. »Gulasch?«, fragte er darauf und sah sie abwartend an. »Oder Knödel mit Schwein?«

Titus zog seine Taschenuhr hervor. Noch war es nicht einmal Mittag, aber er fühlte sich, als hätte er bereits einen langen Tag hinter sich. »Ein Gulasch«, sagte er dann. »Ein kleines.«

»Gulasch und Bier!«, grinste der Kellner. »Sie auch?«

Franz nickte ergeben.

Eine Weile beobachteten sie eine Gruppe unerschrockener Spatzen, die sich zwischen den Tischen und Stühlen, die am Straßenrand neben dem Lokal standen, tummelten. Ein besonders mutiger wagte es sogar zweimal, direkt auf einen Tisch zu flattern, um ein paar Krümel zu ergattern, wo ein alter Herr eine trockene Semmel in eine Tasse tunkte.

»Was machen wir als Nächstes?«, entschloss sich Titus endlich, die kontemplative Stille zu durchbrechen.

»Die Italiener«, sagte Franz nur und sah dabei gar nicht glücklich drein. »Wir werden uns wohl in der Ziegelgrube dort einmal so richtig umschauen müssen. Mit der ganzen Gendarmerie anrücken. Das kann wieder ein Spektakel werden … Aber wenn die den Eisenpaß wirklich erschlagen haben … Vielleicht finden wir dort wenigstens die Tatwaffen. Irgendwelche Holzprügel, mit denen sie sonst ihren Lehm umrühren.« Er nahm einen Schluck Bier, als könnte er damit seinen Unmut hinunterspülen. »Aber die Katzelmacher, die halten ja immer zusammen! Wenn die nicht wollen, verstehen die allesamt auf einmal kein Wort Deutsch und grinsen nur blöd!«

»Aber worauf fußen denn ursächlich die Vermutungen, dass sie etwas mit dem Mord zu tun haben?«, warf Titus ein. »Bloß weil der Eisenpaß denen ein Essen gezahlt hat und sich nach diesem Zilli erkundigt hat.«

»Indizien. Aber denen muss man eben nachgehen.«

»Na ja, aber meintest du nicht, dass ich …?«

»Ich meine gar nichts mehr.« Franz warf sich frustriert in seinem Sessel zurück. »Warum können wir nicht einfach einen ganz normalen Mörder haben, den man ausforscht und festnimmt – und damit hat sich die Sache? Aber nein, wenn Ausländer dabei sind, dann wird das immer gleich politisch.«

»Aber du hast doch gesagt, dass ich …«, versuchte es Titus abermals. »Und die Gisela kön–«

»Die Frau Eisenpaß schon wieder?«, fiel ihm Franz ins Wort. »Himmelherrgott! Ich weiß ja nicht, was für ein Arztbesuch das gestern genau war, aber –«

»Sie spricht Italienisch«, unterbrach ihn Titus. »Du wolltest doch, dass ich mich noch einmal bei den Ziegelarbeitern umhöre, aber das kann ich nur, wenn jemand für mich übersetzt. Frau Eisenpaß hat sich dazu bereit erklärt. Sie hat nämlich genauso ein Interesse daran herauszufinden, was mit ihrem Mann geschehen ist, wie wir. Und ihr Erscheinen sorgt wahrscheinlich für weit weniger Aufsehen, als wenn du mit einem Trupp Gendarmen anrückst.«

»Das ist aber nicht die korrekte Vorgehensweise!«

Der Kellner, der mit zwei Schüsseln voll Gulasch auftauchte, ließ Franz verstummen. »Noch Bier?«, fragte er, während er ein Körbchen mit porös wirkenden Semmeln auf den Tisch stellte, was vor allem für die Spatzen von größtem Interesse schien. »Schnaps?«

»Eher nicht«, murmelte Titus und rührte in der rotbraunen Soße herum, bis er auf einen Brocken Fleisch stieß.

Nachdem der Kellner ohne weitere Bestellung abgezogen war, ergriff Franz wieder das Wort: »Du kannst doch nicht die Witwe mitnehmen!«

»Glaubst du, es kommt was Gescheiteres heraus, wenn wir den Vorarbeiter, diesen Caligaro, bitten, dass er uns die Angaben von seinen Leuten ausdeutscht?«, gab Titus zurück. »Du hast selber gesagt, dass die immer zusammenhalten.«

»Ich werde dich aber sicher nicht allein mit der Witwe Eisenpaß da ermitteln lassen! Du bist ja wahnsinnig!«

»Dann pass eben auf uns auf. Die gnädige Frau ist zwar nicht mehr in dem Alter, dass sie eine Gouvernante bräuchte, aber …«

»Wahrscheinlich brauchst *du* noch eine«, konstatierte Franz.

Statt einer Antwort widmete Titus sich seinem Gulasch.

Donnerstag, 22.7.1897, Nachmittag

WER EINEM ÜBER DEN WEG LÄUFT

Von großer Bedeutung ist auch das Beobachten,
Verwerten ganzer und größerer Vorgänge
aus dem gemeinen Leben, wenn sich dieselben
als kriminalistisch wichtig denken lassen.

Dr. Hans Gross

Als der Zug Richtung Bruck mit Getöse am Bahnsteig einfuhr, hatte sich Franz offenbar schon so weit mit der Vorstellung angefreundet, ihn zusammen mit Frau Eisenpaß zu den Italienern zu schicken, dass er mit seinen Gedanken bereits ganz woanders schien. Titus war sich noch uneins, ob ihn das beruhigte.

»Ich denke, wir sollten uns heute noch diese Höhlen anschauen«, sagte Franz, während er sich auf den erstbesten freien Platz im Abteil fallen ließ.

Titus, der gerade dem verdächtigen Rumoren von Gulasch und Bier in seinen Eingeweiden nachlauschte, wiederholte irritiert: »Welche Höhlen?«

»Die Peggau … Badlhöhle und die Lurgrotte. Diese alte Frau, die wir gestern getroffen haben, die dem Eisenpaß angeblich immer Marillen verkauft hat …«

»Und die uns morsche Karotten und Rüben andrehen wollte«, ergänzte Titus.

»… die hat doch gemeint, dass er mit seinem Freund öfter irgendwelche Höhlen erforscht hat.«

»Und was wollen wir bei diesen Höhlen finden?« Titus suchte eine bequemere Sitzposition, während der Zug bei Straßengel vorbeirumpelte. Irgendetwas hatte mit diesem Gulasch eindeutig nicht gestimmt. Vielleicht hätte er den Schnaps doch nicht ablehnen sollen …

»Ich habe keine Ahnung, das nennt man eben Ermittlungsarbeit«, erwiderte Franz. »Aber wenn der Tote dort tatsächlich öfters unterwegs war, dann zahlt es sich auf jeden Fall aus, sich diese Gegend auch einmal anzuschauen. Außerdem kann uns dort vielleicht jemand Genaueres über seinen Freund verraten. Hast du nicht gesagt, dass auch der Sonnenwirt einen Bekannten von ihm erwähnt hat? Die Leute merken sich oft die komischsten Dinge. Du – sag einmal, geht es dir nicht gut?«

Titus antwortete erst einmal gar nichts. Ein Blubbern und Stechen in seinem Inneren ließ ihn Düsteres ahnen. »Geht schon«, meinte er dann. »Hat dir das Gulasch geschmeckt?«

Franz zuckte die Schultern. »Ein bisserl einen Stich hat's vielleicht gehabt. Ich hab in meiner Studienzeit schon Schlimmeres gegessen. Das Bier war immerhin gut.«

»Einen Stich …« Titus atmete durch und sah aus dem Fenster. Linker Hand rückte ein steiler Hang immer näher an die Schienen heran, rechts wand sich die Mur neben ihnen her. »Das erklärt so einiges …«

»Hat der Herr Doktor einen zarten Magen?«

»Jedenfalls hab ich keinen Saumagen wie andere Leut. Dafür hab ich in der Gerichtsmedizin wenigstens nicht in einem fort auf den Boden gestarrt.«

»Gott sei Dank, sonst hätten wir diesen komischen Tierzahn, den der Porod gefunden hat, glatt übersehen. Ich möchte wissen, was das für ein Vieh war. Schon grausig, wenn einer so bald nach seinem Tod schon –«

»Geh bitte, können wir über was anderes reden?«

»Ist dir etwa schlecht?«, grinste Franz.

»Nein, da ist meine Verdauung schon einen Schritt weiter.«

Franz sah ihn verständnislos an.

Titus überkreuzte die Beine. »Steigen wir in Peggau dann aus?«

Mit einiger Spannung sah Franz der Bahnstation entgegen. Titus ging es genauso – allerdings aus anderen Gründen.

Das erst im Vorjahr eröffnete Schotterwerk hatte dem kleinen Ort einiges von seiner ländlichen Idylle genommen.

Während Franz sich noch nach jemandem umsah, der ihnen Auskunft über die Höhlen erteilen konnte, eilte Titus von gewissen dringlichen Leibesnöten geplagt auf das Bahnhofsgebäude zu. Hektisch blickte er sich um, bis ihn ein Mann, der gerade in Hemdsärmeln, eine schwere Dechsel über die Schulter gelegt, über die Gleise schritt, mit wissendem Grinsen zu einem Verschlag wies, der sich halb verborgen an das Bahnhofsgebäude lehnte. Diesbezüglich hatte der Tourismus also noch nicht Einzug in Peggau gehalten.

Ohne zu zögern, rannte Titus darauf zu – und übersah dabei eine junge Frau, die gerade aus der entgegengesetzten Richtung zum Zug eilte. In der Hand hielt sie einen Strauß Grünzeug. Überrascht rief sie etwas, das er nicht verstand. Ohne innezuhalten, stieß er irgendeine unartikulierte Entschuldigung hervor, nahm aus dem Augenwinkel gerade noch wahr, wie sich ein älterer Herr zu ihr beugte, ihr offenbar den Arm reichte und dem Kondukteur ein Zeichen gab. Erst im stickigen Dunkel des stillen Örtchens konnte er wieder aufatmen.

Während sich Titus wieder sammelte und in seinen Eingeweiden langsam Ruhe einkehrte, fragte er sich, was die junge Dame wohl von ihm gedacht haben mochte. Immerhin konnte er mit einiger Wahrscheinlichkeit davon ausgehen, dass sie einander nicht bekannt waren und dieser peinliche Zusammenstoß bald in Vergessenheit geraten würde.

»Na, Gott sei Dank tauchst du wieder auf. Ich habe mir schon Sorgen um dich gemacht«, rief ihm Franz entgegen, als sich Titus endlich wieder an die Sonne wagte.

»Und, machen wir jetzt eine Höhlenexpedition?«, fragte er betont unbeschwert zurück, in der Hoffnung, seine vorübergehende Unpässlichkeit vergessen zu machen. In seinem Inneren verspürte er eine beruhigende Leere.

»Wäre das medizinisch denn vertretbar?«

»Gewiss.« Titus verbiss sich jeden weiteren Kommentar.

Die Miene seines Freundes gab ihm bestens zu verstehen, dass dieser sich köstlich amüsierte. »Wie weit ist es denn?«

»Nicht besonders weit. Ich habe mich schon informiert. Mit einem Führer kann man ein Stück in die Lurgrotte hineingehen und sich ein paar tropfende Steine ansehen. Die Knochen, von denen die Marillenfrau erzählt hat, die hat man aber ein Stück weiter oben gefunden.« Franz deutete in die Richtung der Badlwandgalerie, unter der die Züge hindurchrauschten. »Die Badlhöhle ist bei Forschern weit gefragter, seit in den siebziger Jahren dort einer was gefunden hat. Geschnitzte Knochen und dergleichen.«

»Fein. Und weißt du auch den Weg zu dieser gefragten Höhle?«

»Nein«, antwortete Franz. »Aber der Bursche, der dort vor dem Gasthaus sitzt, der hat heute am Vormittag schon einmal Leute hinaufgeführt, der bringt uns auch dorthin.«

Ein schmächtiger, barfüßiger Junge von zwölf oder dreizehn Jahren winkte ihnen zu.

»Ich habe ihm versprochen, dass wir ihn anständig bezahlen.«

»Na dann«, meinte Titus nur. Bewegung und frische Luft würden ihm sicher guttun.

Der Junge, der sich als Hiasi vorstellte und erst nach längerem Überlegen darauf kam, dass er wohl eigentlich Matthias heißen musste, führte sie unter unermüdlichem Geplapper durch den Ort, wobei er nebenbei auch auf zwei empfehlenswerte Gasthäuser hinwies, und schließlich zu einem Forstweg, der sich in weiten Kurven den Wald hinaufwand. »Das mach ich schon seit fünf Jahren«, verkündete er, indem er einen Ast, den er aufgesammelt hatte, martialisch hin und her schwang. »Wie ich in die Volksschule gekommen bin, da hab ich die Höhlen schon gekannt. Und manchmal hab ich Leute da heraufgeführt, obwohl ich hätte beim Lehrer sitzen sollen – aber was soll man machen, wenn man gut bezahlt wird?« Er sah seine beiden Gäste mit der Miene eines altgedienten Geschäftsmanns beifallheischend an. »Ich hab sogar Stammkunden gehabt, kann man sagen. Die haben mich immer mitgenommen, wenn sie im Sommer da waren, obwohl sie selber schon gewusst haben, wie man zu den Höhlen kommt. Die haben mir oft Marillen mitgebracht oder Wurst. Wurst ist mir aber lieber.«

»Marillen?«, wiederholte Franz.

»Ja, weil die Kurgäste in Frohnleiten immer auf Diät sind, müssen sie schauen, dass sie was Gescheites zum Essen kriegen. Die Marillen waren richtig süß.«

»Waren diese Stammkunden denn Kurgäste?«

»Der eine wird wohl einer gewesen sein, der hat nicht geredet wie die Leute von da.«

Titus sah Franz eindringlich an.

»Und weißt du, wie die Herrschaften geheißen haben?«

Matthias machte eine wegwerfende Geste. »Die haben sich ganz komische Namen gegeben. Wisst ihr nämlich …« Er blieb stehen und sah sie gewitzt an. »Ich glaube, das waren gar keine normalen Höhlenforscher.«

Franz zog die Brauen hoch. »So? Was waren sie denn?«

»Weiß ich nicht.« Der Junge hielt ihm demonstrativ die Hand hin.

Seufzend legte Franz eine kleine Münze hinein.

»Ich glaube, die beiden waren Sauhunde«, fuhr der Junge ungerührt fort und ließ das Geld in seinen Hosen verschwinden.

»Wie bitte?« Diese Erklärung hatten weder Titus noch Franz erwartet.

»Sauhunde«, wiederholte Matthias. »Weil normalerweise, da setz ich mich irgendwohin und warte, bis die Herrschaften wiederkommen. In die Höhle geh ich nämlich nicht hinein, ich zeig ihnen nur, wo sie ist. Aber einmal, da wollte ich eben doch schauen, was so Forscher eigentlich machen – und da hab ich gesehen, wie der eine Mann den Kurgast an der Hand genommen hat, und dann hat er ihn zu sich hergezogen, und dann hat er ihm ein …«, er legte eine dramatische Pause ein, »… Bussl gegeben.«

»Er hat ihn geküsst?«

»Ein Sauhund eben«, bestätigte Matthias.

Franz und Titus tauschten einen überraschten Blick.

»Und haben sie dich auch …?«, setzte Titus vorsichtig an.

»Geküsst?« Der Junge sah ihn an, als hätte er ihn gefragt, ob die Mur vielleicht aus Wein bestehe. »Überhaupt nicht! Aber nachher sind sie nimmer hergekommen. Und Wurst hab ich auch keine mehr bekommen … Die Leut heute wollten mir einen Apfel geben, dass ich sie herführe. Pah! Ein Bergführer muss anständig gezahlt werden. Ich hab gehört, dass in den richtigen Bergen die Führer reiche Leute sind.«

Titus nickte nur. »Kannst du uns nun zu den Höhlen bringen, dorthin, wo du deine Stammgäste und die Herrschaften heute hingebracht hast?«

Brummend setzte Matthias sich wieder in Bewegung. »Die heute, da war sogar ein Weiberleut dabei«, erzählte er weiter. »Die hat allerweil irgendwelche Äste vom Baum gepflückt, weil ihr Vater angeblich … Bonatiker ist und Vegationen untersucht.« Er betonte die Wörter, als hätte er regelmäßig mit derlei Banalitäten zu tun. »Höhlenforscher waren das keine.«

Franz unterdrückte ein Schmunzeln. »Ich habe eher den Verdacht, dass ihr Vater ein *Botaniker* war und die *Vegetation* untersucht hat«, merkte er an.

Titus hingegen sah plötzlich wieder die junge Dame vor sich, die er in seiner Not so unschön angerempelt hatte. Hatte die nicht auch irgendeinen Strauß Grünzeug bei sich gehabt?

»So, da vorne oben ist sie jetzt«, verkündete Matthias, ehe Titus sich entschließen konnte, noch einmal nach der jungen Frau zu fragen. »Ich warte da, aber ohne Licht werdet ihr eh nicht weit kommen«, grinste er.

Franz verzog das Gesicht und stapfte gefolgt von Titus den Hang hinauf.

Die Badlhöhle war ein auf den ersten Blick unscheinbares Loch im Felsen, der hier aus dem bewaldeten Hang hervortrat. Bei näherer Betrachtung ließ sich die lichtlose Tiefe erahnen, in der vor Ewigkeiten wohl einmal Menschen Schutz gesucht haben mochten.

»Dieser kleine Satansbraten«, murmelte Franz, während er gebückt in die Dunkelheit starrte. »Der hat genau gewusst, dass man ohne Laterne bestenfalls einen netten Waldspaziergang hierher machen kann, und hat kein Wort gesagt.«

»Zugegeben, daran hätte man auch selbst denken können.«

»Danke, Herr Doktor, für diese erleuchtenden Worte.« Franz richtete sich auf und sah sich um. »Wenigstens wissen wir jetzt, wie es da ausschaut. Jedenfalls würde ich nicht annehmen, dass der Eisenpaß hier erschlagen und dann in die Mur geworfen worden ist. Die Frage ist nur, ob er sich hier womöglich früher schon mit seinem Mörder getroffen hat.«

»Vielleicht war er ja einer dieser … besonderen Stammkunden, von denen unser kleiner Bergführer erzählt hat?«, schlug Titus vor.

»Geh bitte, der Eisenpaß war verheiratet, das war doch kein … so einer.« Franz stapfte noch ein paar Schritte den Hang hinauf.

»Aber die Marillen?«

»Glaubst du, dass diese Herrschaften die Einzigen waren, die der Alten in Frohnleiten Obst abgekauft haben? Außerdem kann man im Sommer überall Marillen haben.« Er schüttelte den Kopf. »Morgen sollen sich noch ein paar Gendarmen hier genauer umsehen, aber für heute, denke ich, reicht das.«

Als sie den Weg wieder hinuntergingen, erwartete sie Matthias bereits, rittlings auf einem Baumstamm sitzend. »Und, hat Ihnen die Höhle gefallen?«

»Ein erhellender Anblick«, gab Franz ironisch zurück.

»Wir können noch einmal herkommen, dann bring ich auch eine Laterne mit.«

»Nein, danke.«

»Oder wollen Sie noch eine andere Höhle sehen? Ich kenne da eine ganz geheime, da führt Sie sonst keiner hin!« Der Junge machte eine verschwörerische Miene und deutete vage in die

Richtung, wo eine Straße durch ein schmales Tal gen Semriach hinaufführte.

»Wir werden uns melden, wenn wir wieder das Bedürfnis nach einer Höhlenerkundung haben.«

Der Rückweg nach Peggau hinunter zog sich länger, als sie erwartet hatten, und Titus konnte sich des Verdachts nicht erwehren, dass ihr junger Bergführer sie absichtlich einen Umweg führte. Als nämlich der Forstweg den Waldrand erreichte, fanden sie sich einem kleinen ländlichen Wirtshaus gegenüber.

»Falls Sie eine Rast einlegen wollen«, meinte Matthias in gekonnt beiläufigem Tonfall, »beim Untersprangler gibt's immer ein gutes Bier und ein Gulasch. Manchmal auch Forellen aus seinem Teich – und einen Selbstgebrannten«, fügte er hinzu, sodass Franz sich fragen musste, ob es sich nicht bloß um einen Selbst-, sondern auch um einen Schwarzgebrannten handeln könnte.

»Nein, danke, vom Gulasch hab ich für heute genug«, erwiderte Titus halblaut, was sein Freund mit einem Grinsen bemerkte.

Erwartungsvoll sah der Junge seine Gäste an.

»Schau lieber, dass du uns zum Bahnhof bringst, bevor der letzte Zug fährt«, verlangte Franz.

Ergeben zuckte Matthias die Schultern und setzte sich wieder in Bewegung.

Bald schon kam das Schotterwerk in Sicht, und wenig später erreichten sie bereits den Bahnhof. Während Franz ihrem jungen Führer den vereinbarten Lohn auszahlte, wobei das Trinkgeld ob des ungewünschten Umwegs zu dessen sichtbarem Bedauern eher gering ausfiel, schielte Titus verstohlen zu dem Ort seiner Rettung, dem Verschlag neben dem Bahnhofsgebäude hin. Nie wieder, schwor er sich, würde er irgendetwas essen, das nur annähernd die Farbe dieses unsäglichen Gulaschs hatte, das ihnen in Graz serviert worden war.

Kaum eine halbe Stunde später fuhr der Zug ein, der sie die kurze Strecke bis nach Frohnleiten bringen würde. Wenn sie sich zwei oder drei Stunden Zeit genommen hätten, wäre der Weg auch zu Fuß zu bewältigen gewesen. Darauf hatten beide nach ihrer Wanderung aber keine Lust mehr.

»Und, sind wir zufrieden mit den Erkenntnissen des heutigen Tages?«, fragte Titus und folgte mit den Augen der sanften Biegung, welche die Mur an dieser Stelle machte. Über dem Fluss konnte man rechts auf einem bewaldeten Hügel wieder die Ruine Pfannberg erkennen, fast genau gegenüber thronte, von Wald umgeben, die Burg Rabenstein auf einem Felsvorsprung.

»Kommt drauf an. Wer den Eisenpaß umgebracht hat, wissen wir immer noch nicht«, erwiderte Franz. »Aber wenn es wirklich mehrere Täter waren, die da wildwütig auf ihn eingedroschen haben, wie Dr. Porod gemeint hat, dann erhärtet sich meiner Meinung nach der Verdacht, dass es welche von den Ziegelarbeitern sein könnten.«

»Es sei denn, der Hinweis auf diese andere Frau ergibt etwas«, warf Titus ein.

Franz seufzte. »Wenn wir ankommen, gehen wir als Erstes zum Gendarmerieposten und lassen uns Bericht erstatten. Irgendwas müssen die ja inzwischen herausgefunden haben.«

»Und die Theorie von deinem Kollegen Meisl ist dann zu vergessen.«

»Ah, geh.« Franz machte eine wegwerfende Geste. »Wie ich den kenne, hat der inzwischen schon eine neue Idee und spielt sich als glorreicher Kriminalexperte auf. Der legt es ja nur darauf an, dass er beizeiten Inspektor wird und dann auf Leuten wie meinereins fröhlich herumtrampeln kann.«

»Warten wir ab, was sich morgen bei den Italienern herausfinden lässt«, meinte Titus zuversichtlich. Der Zug fuhr gerade in Frohnleiten ein. »Kommst du nachher noch mit ins Kurhaus?«

»Zum Abendessen, auf das du mich einladen wirst?«, grinste Franz.

Titus sparte sich die Antwort. Nach ihrer Waldexpedition verspürte er nun wieder ein beruhigendes Gefühl von Hunger; die Kurdiät würde ihm diesmal sicher guttun.

Vom Bahnhof zum Gendarmerieposten schien der Weg viel umständlicher zu sein, als er Titus am Morgen vorgekommen war.

Als er hinter Franz die Amtsstube betrat, waren die beiden Männer, die mit aufgeknöpfter Uniform am Schreibtisch saßen, so dermaßen in ein paar Zettel vertieft, dass er sich des Eindrucks nicht erwehren konnte, dass sie bis zur Sekunde davor etwas ganz anderes gemacht hatten. Ein Körbchen mit Weichseln, das er hinter ihnen am Boden entdeckte, erhärtete seinen Verdacht.

»Nun, können Sie etwas vermelden?«, fragte Franz, nachdem die beiden Gendarmen sich eiligst adjustiert und salutiert hatten.

»Durchaus«, erwiderte der eine, der unter seinem Bart anscheinend eine Hasenscharte verbarg. »Ich denke, das wird Sie interessieren.«

Franz setzte sich und zog wieder sein zerfleddertes Notizbüchlein hervor.

»Wir haben wie gewünscht Frau Genoveva Weber in Bruck ausfindig gemacht«, legte der Hasenschartige sogleich los. »Sie vermietet tatsächlich Zimmer, meist an Durchreisende, daneben nimmt sie auch kleine Arbeiten als Weißnäherin an. Sie war nie verheiratet, hat bis vor zwei Jahren ihre Mutter mitversorgt, ihre Brüder sind beide Pfarrer, und sie hat einen einwandfreien Leumund. Und sie hat bestätigt, dass Frau Eisenpaß bei ihr logiert hat.«

»Das bestätigt ihre Aussage, aber ich nehme nicht an, dass dies schon das Interessante war?«

Der Gendarm nickte. »Sie sagten ja, dass man sich genauer am Bahnhof umhören sollte. Dass die Dame in Bruck war, steht wohl außer Frage. Sie wurde auch von zwei Kindern, die zugaben, sie um ein paar Münzen angebettelt zu haben, am Samstagnachmittag gesehen, wie sie einige Zeit nahe dem Bahnhofsgebäude gewartet und gelesen habe.«

»Genau wie sie es uns erzählt hat«, bestätigte Titus.

Franz sah von seinen Notizen auf. »Haben die Kinder sie wirklich erkannt?«

»Gemäß den Angaben, die wir erhalten haben, gibt es keinen Zweifel«, erwiderte der andere Gendarm, der augenscheinlich um einiges jünger war als sein Kamerad. »Außerdem konnten sie ihren extravaganten Schirm beschreiben. Und die Kinder haben zudem beobachtet, wie sie sich dort schließlich mit einem jungen Mann getroffen habe.«

»Gisela Eisenpaß?«, entfuhr es Titus.

»Die Kinder dürften kaum gelogen haben. Sie waren zunächst sehr besorgt, dass sie wegen der Bettelei verhaftet werden könnten«, bekräftigte der Gendarm mit der Hasenscharte. »Wir können nur annehmen, dass die Frau mit dem Mann vertraut gewesen sein dürfte, denn die Kinder berichteten, dass er ihr anschließend ihre Tasche und den Schirm abnahm und sie in die Stadt begleitete.«

»Wo sie bei Frau Weber ein Zimmer nahm«, setzte der andere hinzu.

»Und dieser Mann?«, fragte Franz weiter.

»Über ihn konnten wir nichts weiter herausfinden. Eines der Kinder meinte, dass er ein Student gewesen sein müsse, weil er so etwas wie einen Schmiss auf der Wange habe, aber das andere hat nichts davon bemerkt, außer dass er zivil, aber gut gekleidet war – also gewiss kein Arbeiter oder Militär. Zigeuner oder Italiener wurden am Bahnhof zu dieser Zeit übrigens auch keine wahrgenommen, jedenfalls konnte man uns darüber keine Auskunft geben.«

»Und wissen Sie, worüber man uns ebenfalls keine Auskunft geben konnte?«, fiel da der jüngere Gendarm wieder ein, wobei sich auf seinem Gesicht eine geradezu knabenhafte Begeisterung zeigte. »Über diese Frau Landmanner!«

Franz und Titus stießen zugleich einen überraschten Laut aus.

»Nicht im Melderegister oder im Dienstbotenregister, nicht in irgendwelchen amtlichen Verzeichnissen und auch nicht in der Kirche. Es gibt in Frohnleiten keine gemeldete Agnes Landmanner.«

»Sind Sie sicher?«

»Selbstverständlich, Herr Untersuchungsrichter«, erwiderte der Mann und verlieh seinen Worten mit dem Titel noch zusätzlichen Nachdruck. »Man ist uns bei unserer Anfrage sehr entgegengekommen, um in allen möglichen Registern nachzusehen. Im Gemeindeamt hat sogar ein Fräulein Sekretärin alles durchgesehen«, betonte er, wobei man erahnen konnte, dass jenes Frauenzimmer durchaus Eindruck hinterlassen hatte, »falls es ein Missverständnis in der Schreibung gab oder so.«

»Nichts?«, wiederholte Franz.

»Nichts«, erwiderte der Gendarm.

»Aber … Ich bin mir sicher …«, sagte Titus verwirrt.

»Nun«, Franz kritzelte erneut etwas in sein Heftchen, ehe er es wieder in seine Weste schob, »dann telegrafieren Sie noch in die umliegenden Gemeinden, ob diese Agnes Landmanner woanders gemeldet ist. Vielen Dank.« Er erhob sich und machte Anstalten zu gehen.

»Außerdem ist die Stelle gefunden worden, wo der Tote wahrscheinlich in die Mur geraten ist«, fügte der Jüngere noch eilig hinzu. »Man hat seinen Schuh am Ufer gefunden.«

»Ja, wo denn?«

»Dort bei Bruck, wo der Fluss ein Knie macht, wo es in den Glanzgraben geht. Aber die übrigen Spuren … Nach dem Gewitter kann man dort außer vielleicht ein paar abgerissenen Ästen nichts mehr finden – und selbst die können noch vom Unwetter herrühren.«

»Ist das weit vom Bahnhof?«, fragte Titus.

»Nicht so, ein Stückerl eben. Ein Spaziergang.«

Franz nickte. »Vielen Dank«, wiederholte er.

Die beiden Gendarmen salutierten, als Franz und Titus die Amtsstube verließen, und Titus war sich recht sicher, dass sie sich bald wieder ihren Weichseln widmen würden, die wirklich verführerisch in dem Körbchen ausgesehen hatten.

Eine Weile schritten sie schweigend nebeneinanderher. Dann blieb Franz abrupt stehen. »Was war denn das bitte schön für ein Blödsinn, diese Frau Landmanner? Die Gendarmen werden sich gedacht haben, dass ich jetzt schon komplett deppert bin, dass ich sie da auf die Suche nach dieser Weibsperson schicke, die es gar nicht gibt!«

»Also, dass es sie gar nicht gibt, ist nicht gesagt«, widersprach Titus.

»Aber dass sie nicht da ist! Himmel! Wieso lass ich mir von dir auch dreinreden? Kann es sein, dass die Eisenpaß einen ganz anderen Namen genannt hat, dass du was falsch verstanden hast?« Er sah Titus scharf an.

»Nein, sie hat … Agnes Landmanner gesagt.« Titus zögerte. »Und dann hat sie gleich abgelenkt und von den Italienern geredet.«

»Und vorgeschlagen, dass sie für dich ein bisschen übersetzen geht. Ich weiß …«

»Sei doch froh, dass sie uns helfen will. Wie viele Frauen hätten in dieser Situation dazu noch die Kraft?«

Franz zupfte an seinem Bart. »Wie auch immer … Jedenfalls haben wir jetzt noch jemanden, über den wir uns Gedanken machen müssen. Diesen jungen Mann, mit dem sie sich in Bruck getroffen hat. Hast du dir eigentlich schon überlegt, dass sie ebenfalls einen Geliebten gehabt haben könnte?«

»Du meinst …?«

»Meiner bescheidenen Erfahrung nach gibt es nur weniges, wozu Frauen nicht auch imstande wären.«

Titus machte ein paar Schritte, nur um sich dann wieder zu seinem Freund umzuwenden. »Und nach deiner Theorie hat sie dann gleich selbst ihren Gatten erschlagen, dort beim Glanzgraben irgendwo, weil er sie einer Affäre überführt hat?«

»Ich habe gelernt, dass man keine Idee einfach ausschließen soll.«

»Aber das ist ein Schwachsinn!«

»Meinetwegen.« Franz schloss zu Titus auf. »Immerhin wissen wir, dass ihre restlichen Angaben stimmen. Und wir wissen, wo der Eisenpaß in die Mur gefallen und wahrscheinlich auch erschlagen worden ist. Und jetzt warten wir ab, was du morgen bei der Lehmgrube herausbekommst, und dann sehen wir weiter. Deine Einladung zum kurhäuslichen Dinner steht doch noch?«, fragte er mit einem schiefen Grinsen.

Titus seufzte theatralisch. »Wir Ärzte sind doch zur Barmherzigkeit verdammt.«

Als sie schließlich beim Kurhaus ankamen, saßen die meisten der Gäste bereits beim Essen, welches recht früh serviert wurde, wohl um den Herrschaften die Möglichkeit zu geben, danach noch in einem der zahlreichen Wirtshäuser des Ortes einen Nachttrunk einzunehmen und dabei die heilsame Wirkung der Kurdiät wieder zunichtezumachen.

Erleichtert, nicht schon im Foyer irgendwem Rede und Antwort stehen zu müssen, ließen die beiden sich an einem Ecktisch nieder, weit genug von der Geheimratswitwe Brandhauer oder einem anderen neugierigen Gast entfernt, um einer ermüdenden Konversation zu entgehen.

Nur die hustende Briefeschreiberin sah bei ihrem Eintreten kurz von einem Buch auf, welches ihr als Tischgesellschaft diente.

Während ihnen eine leichte Bouillon serviert wurde, sah sich Franz um. »Die Witwe von unserem Mordopfer ist nicht hier.«

»Die Gis… Frau Eisenpaß lässt sich sicher im Zimmer servieren«, entgegnete Titus. »Ich würde nach so einem Schicksalsschlag auch nicht in Gesellschaft essen wollen.«

»Ich habe dem Direktor und der Gendarmerie aufgetragen, sie nicht ohne Meldung abreisen zu lassen. Aber da du sie ja ohnehin für deine Italien-Exkursion eingespannt hast …«

»*Du* wolltest, dass ich mich bei den Ziegelarbeitern umhöre.«

»In jedem Fall müssen wir vor morgen noch einmal mit ihr reden.«

Bevor Titus noch etwas erwidern konnte, wurde er plötzlich von einem Ausruf unterbrochen, der für ihn so unerwartet und überraschend kam, dass er sich bei dem Klang der Stimme fast seine Bouillon übers Hemd geschüttet hätte: »Herr Titus! Also waren Sie es doch!«

Wie vom Blitz getroffen riss er Mund und Augen auf.

Franz, der halb mit dem Rücken zum Speisesaal gesessen hatte, drehte sich sichtlich irritiert um.

Vor ihrem Tisch stand eine junge Frau, die Wangen leicht gerötet, als wäre sie den ganzen Tag unterwegs gewesen, das goldblonde Haar zu einem lockeren Gibson-Knoten zusammengerafft, ein funkelndes Lächeln auf den Lippen. »Ich war mir erst nicht sicher, ob Sie es waren, der mich in Peggau fast zu Boden gerannt hätte. Sie müssen es wohl wirklich eilig gehabt haben.« Sie blinzelte verschwörerisch. »Aber ich habe Sie erkannt, an Ihren …« Sie machte eine beredte Geste in Richtung seiner Haare.

Titus klappte nur sprachlos den Mund wieder zu.

Franz sah mit höchst interessiertem Grinsen zwischen den beiden hin und her.

»Fräulein Salome!«, brachte Titus endlich hervor.

»Salome?«, prustete Franz los und konnte nur mit Mühe die Contenance wahren. »Salome … Pockerl womöglich? Mehr Nestroy geht wohl nicht?«, flüsterte er seinem Freund zu.

»Sie kann genauso wenig für ihren Namen wie ich für meine Haare«, erwiderte er halblaut, ohne seine Augen von der unerwarteten Erscheinung zu wenden. »Also reiß dich gefälligst zusammen, wenn du morgen nicht doch allein deinen Ausflug zu den Katzelmachern unternehmen willst.«

»Wie schön, Sie hier zu finden«, fuhr Salome fort, indem sie gekonnt vortäuschte, das kleine Intermezzo zwischen den

Männern nicht bemerkt zu haben. Lediglich ein giftiger Blick in Franz' Richtung ließ vermuten, dass in dieser Angelegenheit irgendwann mit einer Retourkutsche zu rechnen sein dürfte.

»Ah, also ist das wirklich der ominöse Herr, von dem du mir erzählt hast?«, trat da ein älterer Herr zu ihnen. Er deutete eine knappe Verbeugung an. »Fritz Grün. Sie haben meine Tochter im letzten Jahr kennengelernt und offenbar«, er sah Titus vielsagend an, »einen gewissen Eindruck hinterlassen.«

»Ja … nein. Es war ein Zufall, der mich … uns …« Statt weiter zu stottern, machte Titus das Einzige, was ihm einfiel, und stand auf, um sich vor Herrn Grün zu verbeugen. »Titus Pyrner, mein Name. Dr. Pyrner, um genau zu sein«, fügte er vorsichtshalber hinzu. Er hatte die Erfahrung gemacht, dass ein akademischer Titel bisweilen durchaus kalmierend wirken konnte. »Und das ist Franz Stahlbaum.«

»Oh, wie der beim ›Nussknacker‹?«, flötete Salome. »Eine bezaubernde kleine Geschichte.«

Titus konnte ein Grinsen kaum verbergen, während Franz eher verständnislos dreinsah.

»Sie befinden sich auch hier auf Kur?«, wandte Herr Grün sich an Franz, wobei er der Bemerkung seiner Tochter offenbar keine weitere Bedeutung beimaß.

»Eher nicht. Ich ermittle.«

»Sie ermitteln?«, wiederholte Herr Grün und warf einen skeptischen Blick zu seiner Tochter.

Die junge Dame allerdings gab vor, davon nicht das Geringste zu bemerken. Ihre Augen waren ganz auf Titus gerichtet, der keinen Schimmer hatte, wie er nun am besten reagieren sollte. Unter seinem Hemdkragen fühlte er verräterische Hitze aufsteigen und meinte schon, das rote Haar auf seinem Kopf brennen zu spüren. Auch wenn er sich seit einem Jahr das Wiedersehen mit Fräulein Salome immer wieder aufs Neue ausgemalt hatte: Eine Version, in der sowohl Franz als auch ihr Vater dabei waren – ganz zu schweigen von kriminalistischen Ermittlungen –, war ihm dabei nie untergekommen.

»Gestern ist ein Kurgast aus der Mur gezogen worden«, antwortete Franz geradezu provozierend gelassen. »Leider eine höchst unerquickliche Angelegenheit. Es dürfte sich wohl um einen Mord handeln.«

Diesmal war es Herr Grün, der zusammenfuhr und die Augen aufriss.

»Wie aufregend!«, bemerkte Fräulein Salome hingegen.

»Ich bin der Untersuchungsrichter in diesem Fall. Dr. Pyrner unterstützt mich.«

Titus brachte nur ein schwaches Nicken zustande.

Herr Grün starrte ihn durchdringend an.

»Darüber würde ich furchtbar gerne noch mehr hören. Wenn Sie denn darüber sprechen dürfen, Herr Nuss… äh, Stahlbaum.« Salome sah Franz mit einem entzückend boshaften Lächeln an, dem er nichts entgegenzusetzen hatte. Dann wandte sie sich zu Titus. »Oder vielleicht können Sie meine Neugier ein wenig befriedigen? Ich kann mich erinnern, dass Sie im letzten Jahr sehr viel zu erzählen hatten, Herr Doktor.«

»Nun, ich –«

»Wie geht es denn Ihrem Vater?«

Während Titus schon zu fürchten begann, dass die junge Dame im Begriffe war, alle peinlichen Details ihres ersten Kennenlernens aufzurollen, sprang Franz auf einmal auf. Titus folgte seinem Blick und stöhnte innerlich auf. Frau Eisenpaß hatte den Speisesaal betreten.

Ja, er hatte durchaus vorgehabt, an diesem Abend noch einmal mit Gisela zu sprechen, denn ihm lag schon die ganze Zeit eine wichtige Sache auf der Zunge, nach der er sie unbedingt fragen wollte. Doch dass sie ausgerechnet nun auftauchte, wo das Fräulein, vor dem er sich im vergangenen Jahr so vollkommen lächerlich gemacht hatte, an seinem Tisch stand und unter den Argusaugen ihres Vaters Gott weiß was erzählte, war zu viel. Nach dem Besuch im Gerichtsmedizinischen Institut, dem Gulasch, der Höhle und Salome höchstselbst überstieg das seine Kräfte.

»Bitte um Verzeihung«, murmelte er und stand ebenfalls auf, um zu Franz und Gisela zu treten.

Er spürte, wie Herr Grün und seine Tochter ihm verwundert nachsahen.

»... weitere Erkenntnisse«, sagte Franz gerade in ernstem Tonfall zu der Witwe.

Gisela schaute zu Titus, was diesen fast zum Stolpern brachte.

Franz neigte mit höflicher Zustimmung den Kopf. »Wir tun unser Möglichstes.«

»Da bin ich mir sicher«, erwiderte sie. »Und ich werde selbstverständlich alles tun, um Sie zu unterstützen. Auch wenn ... Nun, es gibt wohl viele Fragen zu klären.«

»Wenn Sie gestatten ...« Franz führte die Witwe ein Stück von Herrn und Fräulein Grün weg, Titus folgte ihnen. »Es ist leider notwendig, und jedes Detail –«

»Ich weiß. Die Gendarmen waren durchwegs höflich, auch wenn es ihnen zunächst nicht recht zu sein schien, dass ich heute August, meinem Sohn, telegrafiert habe. Aber Sie verstehen doch gewiss, dass ich in dieser furchtbaren Situation nicht allein ... Das heißt, er muss doch auch erfahren, was mit seinem Stiefvater geschehen ist, und Laura –«

»Verzeihung ... Laura?«, unterbrach sie Franz.

»Meine Stieftochter. Sie ist noch kaum zehn Jahre alt.« Ihre Lippen zuckten, als versuchte sie mit aller Macht einen neuerlichen Gefühlsausbruch zu vermeiden. »Entschuldigen Sie. Ich weiß, das ist gerade nicht wichtig. Herr Meisl war so freundlich, mir zu versichern, dass sich wohl bald alles aufgeklärt haben wird.«

»Der Meisl?«, stieß Franz etwas zu laut hervor.

»Er erwähnte, dass es eine sehr konkrete Spur gebe. Einen gewissen ... Industriellen?«

Franz schnaubte.

»Bitte verzeihen Sie.« Die Witwe zog ein Taschentuch hervor. »Ich weiß immer noch nicht, wie ich damit umgehen soll.

Diese Situation, das alles ist zu unwirklich … Aber Dr. Pyrner meinte, dass ich vielleicht von Nutzen sein könnte?«

»Wegen der italienischen Ziegelarbeiter«, warf Titus ein, ehe es womöglich noch zu einem Missverständnis kam.

»Herr Meisl sagte allerdings, dass das auch nur eine Fehlinterpretation sein könnte.«

»Der Meisl!«, fuhr Franz abermals auf. »Was der Meisl sagt, kann auch ein ganz großer Schmarren sein«, fauchte er, ohne sich an jemanden im Speziellen zu wenden.

Titus, der bemerkte, wie sehr dieser Ausbruch Gisela mitzunehmen schien, bedeutete seinem Freund, sich doch ein wenig zu mäßigen, was dieser allerdings nur sichtlich widerwillig zur Kenntnis nahm.

»Nun, ich dachte nur … Brauchen Sie denn dann meine Unterstützung noch?«

»Liebe Gisela …« Ehe Titus sich bremsen konnte, hatte er nach ihren Händen gefasst. »Ihre Fähigkeiten sind in jedem Fall von großem Wert. Bitte denken Sie nicht, dass wir …«

»Oh … natürlich nicht.« Ihr Blick flackerte wie hilflos zwischen den beiden Männern hin und her, Tränen schimmerten in ihren Augen.

Titus nickte Franz auffordernd zu.

Einen Moment zögerte dieser. »Es wäre gut, wenn Sie uns unterstützen«, sagte er dann.

Ein Klagelaut entrang sich Giselas Lippen, plötzlich gaben ihre Beine nach, und mit einem Schluchzen sank sie nieder, sodass Titus nicht anders konnte, als sie in seinen Armen aufzufangen.

Aus dem Augenwinkel konnte er noch Salome und ihren Vater erahnen, als er Gisela mit der Hilfe von Franz und einem Portier, der sogleich herbeigeeilt war, aus dem Speisesaal trug. Zu dritt brachten sie die Ohnmächtige in ihr Zimmer hinauf. Ein merkwürdiger Druck lastete auf Titus' Brust, als er sie dort auf ihr Bett legte und mit den Fingern nach ihrem Puls tastete. Das kräftige, gleichmäßige Pochen ließ ihn aufatmen.

»Vielleicht ist das alles doch eine Schnapsidee«, murrte Franz und ließ sich auf den Sessel am Fenster sinken.

»Ich … weiß es nicht.« Besorgt beobachtete Titus, wie Gisela langsam wieder die Augen öffnete. Für einen kurzen Moment hatte er das Gefühl eines Déjà-vus gehabt, bei dem er etwas Wichtiges vergessen hatte. Doch der Gedanke war zu flüchtig und verschwunden, ehe er sich noch darauf besinnen konnte.

»Es tut mir so leid«, sagte sie mit schwacher Stimme.

»Geht es Ihnen wieder besser?«

»Vielen Dank, Herr Doktor … Titus.«

»Womöglich sollten Sie sich morgen doch schonen.«

»Nein! Bitte lassen Sie mich mitkommen. Das bin ich meinem Gatten schuldig!« Gisela streckte in einer flehenden Geste die Arme aus. »Ich muss einfach dabei sein.«

Abwartend sah Titus Franz an, der seinen Blick mit gerunzelten Brauen erwiderte, aber schließlich seufzend nickte. Einen besseren Plan konnten sie auf die Schnelle ohnehin nicht aus dem Ärmel zaubern. »In Gottes Namen …«, murmelte er.

Nachdem Titus noch einmal Giselas Puls gefühlt und sie ermahnt hatte zu ruhen, verließen sie das Zimmer der Witwe. Am Treppenabsatz jedoch blieb Franz stehen und wandte sich zu Titus um.

»Sag einmal, was ist zwischen euch beiden wirklich los? Bist du noch bei Sinnen?«, zischte er aufgebracht.

»Gar nichts ist.«

»Gut, ich kann mir schon vorstellen, dass man nach so einem Schicksalsschlag Trost braucht, jemanden zum Reden oder von mir aus auch einen Arzt, aber ich bin weder taub noch blöd. Sie hat dich Titus genannt. Titus! Ist das üblich, dass Patienten ihren Arzt beim Vornamen anreden, oder sind das die Nachwirkungen der gestrigen Privatvisite?«

»Bitte, reg dich ab!« Titus hob abwehrend die Hände.

»Ich reg mich aber auf, weil du die Ermittlungen gefährdest. Du kommst mit irgendwelchen Namen daher, die du angeblich von ihr hast und die dann keiner ausfindig machen kann. Du lässt sie die Dolmetscherin spielen –«

»Du hast selbst zugestimmt, dass sie helfen soll!«, fiel ihm Titus ins Wort.

»Ich werde jedenfalls sicher nicht den Kopf hinhalten, wenn alles danebengeht, nur weil du da mit der Witwe des Mordopfers anbandelst! Ist dir das klar?«

»Ich bandel mit niemandem an!«

»So wie sie dir in die Arme geflossen ist, schaut das aber anders aus.«

»Du redest einen völligen Schwachsinn!«, gab Titus hitzig zurück.

»Wenn dein Gesicht einmal genauso rot ist wie dein Schopf, dann begreifst du hoffentlich selber, dass du dich grad anlügst. Außerdem ist sie viel zu alt für dich.«

»Was hat denn das jetzt damit zu tun?«

»Dass du ein Vollidiot bist – das hat es damit zu tun!«, fuhr Franz auf und stapfte, gefolgt von Titus, die Treppen zum Foyer hinunter. »Beim Abendessen taucht da dieses Fräulein Grün auf und schmachtet dich an, dass sogar mir bei dem Anblick ganz anders wird. Und statt dass du die süße Gelegenheit nutzt …« Er fuchtelte echauffiert mit den Händen.

»Du hast dich über sie lustig gemacht!«

»Das war doch nur ein dummer Scherz.«

»Und was hätte ich denn deiner Meinung nach tun sollen?«

»Mich allein mit der Frau Eisenpaß reden lassen – das ist nämlich meine Aufgabe – und derweil deinem Fräulein den Hof machen. Sie ist es doch, wegen der du eigentlich hierher auf Kur gekommen bist, oder?«

Titus starrte ihn einen Moment sprachlos an. »Woher weißt du das?«

»Ich hab auch Augen im Kopf, und außerdem ist es mein Beruf, solche Sachen zu bemerken.«

»*Das* notierst du dir also immer in dein blödes Heftl?«

»Nein, da versuche ich, ein paar Ermittlungsergebnisse

festzuhalten. Namen, Daten, Uhrzeiten. Stichworte, Details eben … Aber lenk jetzt nicht ab! Dieses Fräulein hat sich wirklich gefreut, dich zu sehen.«

»Hat sie das …?«

Franz gab einen undefinierbaren Laut von sich. »Wenn mich meine Resi einmal so anschaut, müsste ich sie unverzüglich heiraten. Aber gut, jeder nach seiner Fasson. Ich sag dir nur eines.« Er war offenbar kurz davor, seinen Freund wieder einmal am Kragen zu packen. »Wenn deinetwegen meine Ermittlungen gefährdet werden, dann … weiß ich noch nicht ganz genau, was ich tun werde, aber ich werde was tun, das versprech ich dir!« Mit langen Schritten durchquerte er das Foyer und trat auf den Hauptplatz hinaus, der bereits im blauen Abendlicht dalag.

Titus war ihm gefolgt. »Schau, ich will ja nicht … Es war nur … Sie hat gerade ihren Gatten verloren! Hätte ich da …?«

Franz atmete durch, ehe er sich wieder zu seinem Freund umdrehte. »Bitte, mach einfach nichts allzu Blödes.«

Titus verzog die Mundwinkel. »Ich werde mich bemühen.«

»Also morgen?«

»Ich werde mich als guter Doktor verkleiden und mich bei den Italienern umhören.«

»Ich hole dich ab … und die Frau Eisenpaß.« Mit diesen Worten machte Franz kehrt und schlug die Richtung zu seiner Unterkunft im Gasthof »Straßburg« ein.

Titus blieb noch eine Weile vor dem Kurhaus stehen, um seine Gedanken wieder halbwegs zur Ordnung zu rufen. Die Luft schmeckte sommerwarm und irgendwie süß. Zu einer anderen Zeit hätte er nun vielleicht mit einem Glas Wein die Ruhe und den Abend genossen. Doch von Ruhe war weit und breit nichts zu finden. Die Gedanken an Gisela und wie sie in seine Arme gesunken war, ihre Tränen und zugleich ihr Mut, ihnen bei der Suche nach dem Mörder ihres Gatten zu helfen, ließen irgendetwas in ihm erbeben.

Langsam ging er wieder zum Kurhaus zurück. Im Foyer sah er Herrn Grün mit einem anderen Kurgast beisammenstehen.

Salome wandte sich zu ihm um, als er an ihnen vorbeiging. Ihr Blick lud ihn ein, sich zu ihnen zu gesellen, ein Lächeln, ein Hauch Enttäuschung, als er weiterging.

In seinem Zimmer ließ sich Titus auf das Bett fallen und starrte zur Decke.

Jahr und Tag hatte er davon phantasiert, dieses Fräulein Salome wiederzusehen. Aber nun, da das Wunder geschehen und sie wirklich hierhergekommen war, schien ihm alles so dumm und surreal. Allein, wie sie ihn angesehen, ihn angelächelt hatte – wie ein einfältiges Mädchen. Ganz anders als – Gisela.

Freitag, 23.7.1897, Vormittag

Was alles danebengehen kann

Ein wichtiges Moment im Verkehr mit den Polizeiorganen ist ferner die Behandlung begangener Fehler. Es ist selbstverständlich, dass der Untersuchungsrichter, streng gegen sich selbst, auch streng von allen, die mit ihm und unter ihm arbeiten, die äußerste Pflichterfüllung verlangt und unnachsichtig vorgeht, wo er eine Pflichtverletzung wahrnimmt.

Dr. Hans Gross

Es verwunderte Titus durchaus nicht, dass er kaum eine Stunde Schlaf gefunden hatte. Bilder von Gisela und Salome hatten einander gejagt, und als er endlich in einen seichten Dämmer gesunken war, hatte sein Vater ihn im Traum ausgelacht und ihn einen »dummen Buben« genannt. Und womöglich war er das auch …

Stöhnend setzte Titus sich auf. Die Sonne schien gerade erst aufgegangen zu sein, und die Mur glitzerte, als hätte jemand Gold über dem Fluss ausgeschüttet. Da es ebenso sinnlos war, sich noch eine Stunde lang im Bett zu wälzen, wie bereits auf ein Frühstück zu hoffen, entschloss er sich, einen Morgenspaziergang zu unternehmen. Vielleicht klärte das die Gedanken, und er konnte sich überlegen, wie er am besten von den Italienern zu irgendwelchen brauchbaren Informationen kam.

Er folgte mit dem Blick ein paar Enten, die friedlich am Murufer dümpelten.

So einfach hätte alles sein können, wenn er nur vor vier Tagen den Mut aufgebracht hätte abzureisen. Drei Tage! Und nun steckte er zusammen mit Franz Stahlbaum – dem er in der Schulzeit noch die Pest in Kombination mit Cholera und Windpocken an den Hals gewünscht hätte – in waschechten

Mordermittlungen. Von seiner Begegnung mit Gisela Eisenpaß und Fräulein Salome ganz zu schweigen …

Als hätte sein Denken sie hervorgezaubert, hörte er plötzlich Salomes Stimme: »Guten Morgen, Herr Doktor!«

Sie sah aus, als wäre sie direkt seiner Erinnerung entsprungen. Genau so war sie ihm vor einem Jahr auf der Promenade entgegengekommen, als er, vom Unmut über seinen Vater getrieben, Erleichterung im einsamen Brüten gesucht hatte.

»Ich hätte nicht erwartet, Sie schon so früh hier anzutreffen. Haben Sie sich etwa wieder mit Ihrem Vater gestritten?«

Titus starrte sie an. Hatte sie gerade seine Gedanken gelesen? Machte sie sich über ihn lustig?

Sie lachte kurz auf. »Oder mit diesem Nestroy-Kenner, dem Herrn Stahlbaum?«

Er spürte, dass es langsam Zeit wurde, etwas zu erwidern, wenn er sich nicht vollkommen lächerlich machen wollte. »Guten Morgen«, sagte er deshalb. »Nein, ich habe mich heute noch mit niemandem gestritten.«

Salome verzog ein wenig das Gesicht. »Und die gnädige Frau, die Ihnen gestern in die Arme … gestolpert ist?«

»Was soll mit ihr sein?«

»Ach …« Sie zuckte die Schultern. »Ich wollte nur gern wissen, was Sie darauf sagen.« Sie hob den Blick und sah ihn mit ihren blitzenden Augen an. »Letztes Jahr haben Sie so viel zu sagen gehabt und heuer … Wissen Sie, ich habe mir ein ganzes Jahr lang vorgestellt, was ich Ihnen alles erzählen würde, wenn wir uns hier wieder treffen. Ich habe mir überlegt, was ich Ihnen für einen Rat geben könnte, falls Sie noch immer unglücklich wären, weil Ihr Vater Ihnen in jede Entscheidung dreinredet. Oder was ich Ihnen sagen könnte, wenn Sie immer noch meinen, dass Sie in dem, was Sie tun, nicht gut genug sind, weil Sie bisher immer nur getan haben, was andere Ihnen aufgetragen haben. An all das habe ich gedacht und jetzt … Na ja, vielleicht war das auch ein wenig kindisch von mir.«

»Ich … Sie haben sich alles gemerkt, was ich Ihnen damals vorlamentiert habe?«

»Jedes Wort.«

»Das wollte ich nicht.«

»Das hätten Sie sich überlegen müssen, bevor Sie mich stundenlang hier an der Murpromenade an Ihrem Leid teilhaben ließen.« Sie strich sich ein Haar aus der Stirn, das sich aus ihrem Gibson-Knoten gelöst hatte. »Wissen Sie, Sie haben mir damals wirklich leidgetan.«

»Das tut mir furchtbar … leid.«

»Ich wollte Ihnen wirklich helfen.«

»Das war ausgesprochen dumm.«

Sie hob die Brauen.

»Dumm von mir!«

Salome ging weiter, sodass Titus ihr folgen musste, wollte er nicht unhöflich erscheinen. Kurz warf sie ihm aus dem Augenwinkel einen forschenden Blick zu, ehe sie fortfuhr: »Sie haben damals einen gewissen … Eindruck hinterlassen. Ich kenne nicht viele Männer, die in der Lage sind, ihren Gefühlen auf diese Weise Ausdruck zu verleihen. Mein Vater redet meistens mit seinen Pflanzen, wenn ihn etwas bedrückt. Am liebsten mit getrockneten.«

»Ihr Vater ist Botaniker«, sagte Titus, um nicht weiter stumm neben ihr herzugehen.

»Ja. Als Sie und ich uns gestern in Peggau trafen, da kamen wir sozusagen gerade von einer kleinen Expedition. Mein Vater vergleicht für eine Studie derzeit die Beschaffenheit verschiedener Laubbaumarten auf unterschiedlichen Bodenstrukturen. Und bei der Gelegenheit haben wir uns zu einer von diesen Höhlen führen lassen, die es dort in der Gegend gibt. Unser kleiner Bergführer war sehr talentiert und hat uns nebenbei noch bei drei Gasthäusern vorbeigelotst.«

»Ja, ich glaube, den Burschen kenne ich …«

»Haben Ihre Ermittlungen Sie auch zu den Höhlen geführt?«

Titus, der schon gehofft hatte, dass sich das Gespräch nun langsam etwas entspannter gestalten würde, stockte. »Das ... darf ich wahrscheinlich nicht sagen.«

»Ihnen ist schon klar, dass sich das nach einem recht deutlichen ›Ja‹ anhört?«, gab Salome zurück.

»Ja ...«, seufzte Titus.

»Professor Horvath, ein alter Studienfreund von meinem Vater, hat uns empfohlen, einmal zu diesen Höhlen zu gehen. Wenn man bedenkt, dass dort vielleicht vor Jahrtausenden schon Menschen gelebt haben – ich finde das sehr beeindruckend.«

Titus nickte. Langsam wurde es Zeit, dass er sich zum Frühstück begab, wenn er nicht mit leerem Magen zur Lehmgrube gehen wollte. Außerdem schickte es sich wohl nicht, wenn er noch länger ganz allein mit dem Fräulein hier unterwegs war. Was würde sich ein ahnungsloser Beobachter dabei denken? Er zog seine Taschenuhr hervor und betrachtete das Ziffernblatt in der Hoffnung, dass Salome von selbst begreifen würde.

»Sie müssen wieder zu Ihren Ermittlungen?«

Das waren nicht ganz die Worte, die er sich erhofft hatte.

»Ich nehme an, der Herr Stahlbaum und Ihre gnädige Frau warten schon auf Sie?«

»Ja.« Titus biss sich auf die Zunge. So schlicht hatte er das natürlich nicht ausdrücken wollen.

»Oh ...« Die Ernüchterung in ihrer Miene ließ sich nicht verbergen.

»Das heißt, wenn Sie –«

»Lassen Sie nur.« Bloß kurz blitzten ihre Augen in seine Richtung. Ein wenig Enttäuschung, die ihn wie ein Nadelstich durchfuhr. »Es ist ja ein ganzes Jahr her ...« Einen Moment zögerte sie, dann machte sie kehrt und marschierte mit langen Schritten in die andere Richtung davon.

Titus wagte nicht, ihr nachzusehen. Eilig ging er zum Kurhaus zurück. Vor dem Frühstück wollte er noch rasch seine Arzttasche vom Zimmer holen. Wenigstens konnte er sich nun einreden, dass er dieses Requisit nicht vollkommen umsonst mit sich herumgeschleppt hatte.

»Ah, da sind Sie ja endlich«, begrüßte ihn Anton Meisl, als er wieder ins Foyer herunterkam.

»Guten Morgen ...« Etwas Besseres fiel Titus auf die Schnelle nicht ein.

»Der Herr Untersuchungsrichter hatte schon Sorge, dass Sie kneifen.«

»Nein, hatte ich nicht«, widersprach Franz. »Wo warst du?«

»Ich habe einen ... Spaziergang gemacht. Und meine Sachen geholt«, antwortete Titus und hielt etwas ungelenk seine Tasche hoch. »Was macht er hier?«, fragte er, indem er mit einem verhaltenen Kopfnicken auf Meisl deutete.

Franz seufzte, sein Kollege feixte. »Diese Idee, dass du als freundlicher Doktor verkleidet dich ein bisschen bei den Italienern umhörst, die ist ... na ja, keine anerkannte Ermittlungsmethode, und –«

»Das ist überhaupt keine Ermittlung – das ist lächerlich«, fiel ihm Meisl ins Wort.

Franz wand sich. »Jedenfalls hat er darauf bestanden, sich zumindest in der Nähe aufzuhalten, während du mit der Witwe Eisenpaß –«

»Was übrigens noch die viel größere Blödheit ist!«, unterbrach Meisl ihn abermals. »Die Frau des Mordopfers! Wenn diese Aktion danebengeht, dann steht das schwarz auf weiß im Protokoll!«

»Ja, das haben Sie bereits erwähnt«, erwiderte Franz, dem es sichtlich nicht leichtfiel, Meisl nicht stante pede an den Kragen zu gehen. »Im Übrigen bin ja ich derjenige, der das Protokoll schreibt.« Er wandte sich an Titus. »Du wirst zumindest nicht allein sein. Sollte etwas Unerwartetes passieren, sind rund um die Lehmgrube ein paar Gendarmen positioniert – unauffällig selbstverständlich.«

»Dafür, dass die richtige Spur angeblich zum Ingenieur Loidl führt, scheint mir das aber reichlich viel Aufwand«, merkte Titus an.

Meisl lächelte überlegen. »Ich will nur nicht, dass alles in die Binsen geht. Und bei den Katzelmachern muss man immer doppelt aufpassen. Egal, ob sie es waren oder nicht.« Er nickte dem Kurdirektor, der gerade das Foyer betreten hatte, einen höflichen Gruß zu, den dieser sogleich erwiderte.

»Komm, trinken wir noch rasch einen Kaffee«, meinte Franz, während sich Meisl schon in einem Gespräch mit dem offenkundig besorgten Direktor wiederfand. »Solange wir noch die Gelegenheit dazu haben …«

Sie setzten sich, und ein eilfertiger Kellner kam kurz darauf mit dem Gewünschten.

»Ich habe mir noch einmal alles genau durchgedacht«, begann Franz, nachdem er den ersten Schluck getan hatte. »Im Grunde ist doch das Wahrscheinlichste am wahrscheinlichsten – oder?«

Titus nickte skeptisch.

»Theodor Eisenpaß kam immer wieder hierher – und was wäre der wahrscheinlichste Grund dafür? Eine Geliebte.«

»An den kalten Güssen kann es wohl nicht gelegen haben«, bestätigte Titus.

»Eben. Dass er irgendwas mit den Italienern zu tun hatte, ist durch Zeugenaussagen bestätigt. Die Erkenntnis daraus wäre: Er hatte eine italienische Geliebte. Diese Agnes Landmanner mag ein Missverständnis sein oder vielleicht eine weitere Affäre. Die unbekannte Frau, die wir also suchen, ist womöglich die Tochter oder die Schwester oder sogar die Ehefrau von diesem Zilli gewesen.«

»Aber der Vorarbeiter oder Leiter der Lehmgrube hat doch gesagt, dass dieser Zilli nicht mehr gekommen ist«, warf Titus ein.

»Ach was, der wird seine eigenen Leute bloß nicht vor der Polizei verraten wollen«, tat Franz den Einwand ab. »Wie es ausschaut, ist es wohl um irgendeine Ehrensache gegangen.

Die Katzelmacher, die kennen da nichts, da ist immer gleich die ganze Sippe dahinter.«

Titus war sich da allerdings nicht so sicher. »Du meinst also, das Mordopfer hat sich selbst noch kurz vor seinem Tod nach seinem Mörder erkundigt?«

»Möglich. Vielleicht ahnte er schon etwas, vielleicht wollte er Ordnung in diese Angelegenheit bringen.« Franz leerte entschlossen seine Tasse. »Und genau danach musst du dich erkundigen. Unauffällig selbstverständlich.«

Ergeben nickte Titus und trank ebenfalls seinen Kaffee aus. »Während ich einem von den Arbeitern einen eitrigen Zehennagel abziehe …«

Wie von diesem Stichwort gerufen, erschien da die Witwe Brandhauer inmitten einer Wolke aus sommerlich heller Spitze, die ihr abgründiges Dekolleté nur dürftig bedeckte. »Oh, guten Morgen, die Herren!«, grüßte sie so laut, dass auch die übrigen Gäste, die bereits beim Frühstück saßen, nicht umhinkamen, sie zu bemerken. »Haben sich inzwischen bereits neue Erkenntnisse ergeben? Stimmt es, dass es ein paar von diesen Landstreichern gewesen sein könnten?«

Titus und Franz erhoben sich, bevor die Dame noch auf die Idee kommen konnte, sich zu ihnen zu setzen. »Nein, davon ist uns nichts bekannt«, erwiderte Titus.

»Oder sollte doch ein Jagdunfall vertuscht werden? Ich habe gehört, dass es in der Gegend rund um die herrschaftlichen Jagdgründe einen Wilderer geben soll und dass bisweilen auch elegantere Herrschaften an solchen verbotenen Vergnügungen …« Sie ließ den Satz mehrdeutig in der Luft hängen.

»Auch diese Richtung haben die Ermittlungen bislang nicht eingeschlagen.«

»War es dann doch Gift?«

Franz und Titus sahen einander an. »Höchstwahrscheinlich nicht.«

»Also stimmt es«, sagte die Witwe Brandhauer mit verschwörerisch gesenkter Stimme und trat noch einen Schritt näher an sie heran, »dass der Tote über die Liebschaft eines Erzherzogs mit einer italienischen Arbeiterin Bescheid wusste? Angeblich soll einer immer wieder inkognito hierher auf *Kur* gekommen sein. Aber das wäre selbstverständlich ein Skandal gewesen, wenn das an die Presse gegangen wäre ... Jaja, jeder von uns ist käuflich, es kommt nur auf die Gage an«, fügte sie philosophisch hinzu, wobei sie vielsagend blinzelte.

Titus sah entgeistert zu seinem Freund hin.

»Nun«, beugte sich Franz zu ihr, wobei sein Gesicht über ihrem spitzenbesetzten Busen schwebte, »wenn es sich um die Folgen eines Skandals im Kaiserhaus handelte, dann dürfte ich selbstverständlich nicht das Geringste darüber verlauten lassen. Sie verstehen?«

Sie nickte eifrig, was ihre massige Statur in Wallung brachte.

»Vielen Dank.« Franz deutete eine Verbeugung an und trat zu Anton Meisl hin, der inzwischen seine Unterredung mit dem Kurdirektor beendet hatte.

In diesem Moment erschien auch Gisela Eisenpaß. Ihr Gesicht wirkte müde, von Trauer gezeichnet, doch auch entschlossen.

Titus spürte, wie sein Herz einen anderen Takt anschlug, als sie in ihrem schlichten Reisekleid, das sie zu dieser Gelegenheit wieder angezogen hatte, zu ihnen trat.

Franz und Meisl grüßten sie höflich, wechselten ein paar Worte mit ihr, zu denen sie mit ernster Miene nickte.

»Sind Sie bereit, *Dottore*?«, wandte sie sich dann an Titus, wobei das Italienisch samtig über ihre Lippen rollte.

»Ich denke schon.« Er klammerte sich an seine Arzttasche.

Hätte ich nur rechtzeitig Nein gesagt, hämmerte es beharrlich hinter seiner Stirn. Dann befände er sich nun nicht in dieser absurden Situation. Womöglich wäre es ja doch klüger, einfach mit der Gendarmerie bei den Lehmgruben anzurücken und auf diesem Wege Rede und Antwort zu verlangen. Er war schon drauf und dran, Franz zu sagen, dass er die Aktion abblasen könne, da setzte sich Meisl mit forschen Schritten in Bewegung. Es war zu spät, um kehrtzumachen.

Ein paar Minuten gingen sie wortlos den Hauptplatz hinauf, wandten sich beim Dienergassl nach rechts.

»Ich bewundere Sie für das, was Sie tun.« Giselas Stimme holte Titus aus seinen Gedanken. »Ich meine, Sie als Arzt.«

Er sah auf. »Aber es geht doch nur darum, Informationen –«

»Sie wissen, was ich meine. Nicht jeder würde auf diese Weise einem Freund helfen.« Sie schenkte ihm ein merkwürdig ernstes Lächeln. »Sie fällen nicht gleich ein Urteil, Sie schauen hin.«

»Ich …«, setzte er an und schwieg.

»Sie werden auch nicht blindlings auf jene hören, die irgendwen beschuldigen, nur weil es ihnen gerade passend erscheint.«

Titus wurde einer Antwort enthoben, denn hinter der Straßenbiegung kamen nun die Weingartensiedlung und die Lehmgrube in Sicht. Es war noch früh, doch man konnte hören, dass bereits gearbeitet wurde.

Mit einem Gesichtsausdruck, der deutlich sagte, dass er dies nach wie vor keineswegs für eine gute Idee hielt, drehte sich Anton Meisl zu Titus und Gisela. »Die Gendarmerie wird sich zwar im Hintergrund halten, aber Sie werden nicht allein sein. Merken Sie sich das.«

Titus nickte nur. Ein klammes Gefühl saß mit einem Mal in seinem Nacken, obwohl bereits die Andeutung sommerlicher Hitze in der Luft lag. Gisela trat an seine Seite.

»Danke«, formte Franz lautlos mit den Lippen, als sie auf die Arbeitersiedlung zugingen.

Titus zwang sich, nicht weiter über sämtliche Möglichkeiten nachzudenken, wie diese Angelegenheit danebengehen könnte. Stattdessen hielt er sich an seiner Arzttasche fest und stellte sich vor, dass es tatsächlich eine gute Tat wäre, die er hier vollbringen würde. Er erinnerte sich an die Männer mit den aufgesprungenen Händen, die hinkende Frau mit dem abgearbeiteten Gesicht und die barfüßigen Kinder. Gisela ging neben ihm, und er war sich nicht ganz sicher, ob sie ihm oder doch eher er ihr folgte.

Entschlossen näherten sie sich dem Platz vor den Arbeiterhütten. Auch dort schien alles von einer Schicht Lehmstaub bedeckt zu sein. Selbst das magere Unkraut, das sich hier und da aus dem Boden kämpfte, war nicht grün.

Während sich Titus noch umblickte, wohin er sich nun wenden sollte, kam ein hagerer Mann auf sie zu. Ein dunkler Bartschatten ließ vermuten, dass er sich an diesem Tag noch nicht rasiert hatte. »Guten Tag«, begrüßte er sie wenig erfreut. *»Che cosa fate qui?«*

Titus sah hilfesuchend zu Gisela, die mit einem überaus gewinnenden Lächeln und einem *»Buon giorno«* antwortete. Dann ergoss sich ein Schwall italienischer Worte von ihren Lippen, von denen Titus nur *»Dottore«* in Kombination mit seinem Namen heraushören konnte. Sie unterstrich ihre Rede, indem sie mehrmals auf ihn deutete und von *»aiuto«* und *»medicina«* redete. Immerhin unter dem letzten Wort konnte er sich etwas Konkretes vorstellen.

Je länger Gisela sprach, desto mehr glättete sich die Miene des Mannes, bis er endlich nickte – wenn auch mit nach wie vor gerunzelten Brauen – und ihnen bedeutete zu warten, während er in eines der Gebäude verschwand. Nach einer Weile tauchte er mit einem Mann wieder auf, der Titus bekannt vorkam. Er trug eine offene Weste über dem Hemd und wischte sich mit den Fingern über den Bart, als wäre er gerade noch beim Frühstück gesessen. Er grüßte und sah abwartend Gisela an. Offenbar hatte der andere ihm bereits mitgeteilt, dass er gar nicht erst zu versuchen brauchte, mit dem *Dottore* italienisch zu reden.

Gisela antwortete auf seinen Gruß mit einigen samtig rollenden Sätzen, und Titus konnte mit Mühe schließlich einen Namen herausfiltern, der ihm etwas sagte: Caligaro. Der Mann, der nun auf eines der Häuser wies und den Hageren mit ein paar scharfen Worten wegschickte, war der Vorarbeiter oder Besitzer der Lehmgrube, Giuseppe Caligaro. Besonders zuvorkommend war er Titus nicht in Erinnerung geblieben …

»Nun, man weiß Ihr Angebot der christlichen Nächstenliebe zu schätzen«, wandte sich Gisela schließlich an ihn, »aber Signor Caligaro, der hier gewissermaßen der Verwalter ist, möchte betonen, dass seine Arbeiter normalerweise nicht auf Wohltätigkeiten angewiesen sind. Es wird jeder anständig bezahlt, und wem es hier nicht mehr gefällt, der kann auch jederzeit heimfahren.«

Aus ihrem Mund klang das überaus freundlich, doch Titus ahnte, dass es wohl nichts anderes bedeutete, als dass jeder, der sich beschwerte, seine Sachen packen musste. Auch wenn das gewiss nicht besonders viel war.

»Allerdings hat es sich ergeben, dass tatsächlich vor ein paar Tagen ein Unfall passiert ist. Nichts Dramatisches.« Sie warf einen kurzen Blick auf Caligaro, der ihrer Rede aufmerksam folgte.

Titus erinnerte sich, dass der Verwalter sehr wohl des Deutschen mächtig war.

»Eine *pila*, eine Stapel mit Ziegelsteinen, ist umgefallen«, ergriff nun doch Caligaro das Wort, als wollte er sich lieber nicht allein auf die Übersetzung der Frau verlassen. »Kann passieren, wenn man nicht ordentlich arbeitet. Ein paar hat es getroffen, aber nicht schlimm, habe ich gesagt. Keiner braucht einen Arzt, aber Sie können ja selbst sehen, *Dottore*.«

Titus gefiel nicht, wie der Mann das letzte Wort betonte, doch er nickte nur.

»Dort hinten«, fuhr Caligaro fort und wies auf das Gebäude, wohin zuvor der hagere Mann verschwunden war, »dort können Sie sich einrichten, und wer etwas benötigt, soll dann zu Ihnen kommen. Aber das ist kein Feiertag!«, warf er mit erhobenem Zeigefinger ein. »*Ferragosto* haben wir erst in vier Wochen. Es gibt Arbeit zu tun, Aufträge. Hier werden die besten Ziegel produziert, die man in der Gegend haben kann.«

Titus nickte wieder.

»Grazie«, erwiderte Gisela und fügte noch ein paar Sätze hinzu, von denen Titus nicht das Geringste verstand. Er bemerkte lediglich, dass Caligaro zustimmend brummte und seinen Mund zu einem halbherzigen Lächeln verzog.

Dann wandten sie sich dem Gebäude zu, das man ihnen angewiesen hatte.

Anscheinend diente es normalerweise als Kantine oder Versammlungsraum. Es gab leidlich viel Platz, der von einigen Tischen und Stühlen von einfacher Machart eingenommen wurde. Eine Reihe Haken an den Wänden ließ vermuten, dass man hier Rock und Hut deponieren konnte; durch zwei Fenster, die nach hinten gingen, war sogar ein wenig Grün zu sehen.

»Das wird also für heute meine Ordination sein«, stellte Titus fest, indem er den Hut abnahm und seine Tasche auf einem der Tische platzierte.

Er wusste immer noch nicht so recht, was er von dieser ganzen Situation halten sollte, aber immerhin hatte man sie bisher noch nicht hinausgeworfen. Und wenn er auf diesem Wege auch nichts Brauchbares herausfinden sollte, so war es dennoch gut möglich, dass er den Leuten hier wenigstens etwas Gutes tun konnte. Er unterdrückte ein Seufzen und legte ein paar notwendige Dinge bereit, während er sich Giselas Gegenwart geradezu überdeutlich bewusst war. Er spürte jede einzelne seiner Sommersprossen glühen und hoffte nur, dass sich die Röte auf sein Haupthaar beschränken möge.

Es dauerte nicht lange, bis eine Frau mit einem Buben an der Hand hereinkam, der einen wenig begeisterten Eindruck machte. *»Dottore?«*, fragte sie zaghaft und zischte ihrem Sohn etwas zu, der daraufhin unwillig so etwas wie *»Buon giorno«* nuschelte.

Titus lächelte und bedeutete den beiden, sich zu setzen. Eigentlich hätte er sich nun nach ein paar freundlichen Worten erkundigt, was denn fehle und wie er helfen könne. Doch das hatte wenig Sinn, wenn sein Gegenüber ihn nicht verstehen konnte.

Abwartend sah ihn die Frau an, der Junge eher skeptisch.

Titus warf einen hilfesuchenden Blick auf Gisela, die anscheinend nur auf dieses Zeichen gewartet hatte. Wieder ergoss sich ein Schwall samtig rollendes Italienisch, aus dem er nun mehrfach die Worte *»Dottore«* oder *»dolore«* heraushören konnte. In jedem Falle war er mit seinem Latein recht bald am Ende, als die Frau nach einigem Zaudern antwortete, wobei sie immer wieder auf den Buben zeigte.

»Ihr Sohn hat geholfen, die Ziegelsteine zu schlichten«, wandte sich Gisela endlich an Titus. »Und dabei dürfte ihm einer auf den Fuß gefallen sein. Links.«

»Gut.« Titus fühlte sich auf eine irritierende Art beobachtet, geradezu geprüft, als er sich zu dem Jungen beugte und ihm zu verstehen gab, dass er sich die Verletzung einmal ansehen wollte.

Zögernd schob dieser zuerst sein Hosenbein über die Wade, ehe er den linken Schuh abstreifte. Socken trug er keine.

Titus erkannte sofort zweierlei: erstens dass sich der Knabe sicherlich schon längere Zeit nicht mehr die Füße gewaschen hatte, zweitens einen gewaltigen blauvioletten Fleck, wo ihn der Ziegelstein getroffen haben musste. Vorsichtig betastete Titus die Blessur. Der Junge zuckte zusammen und stieß etwas hervor, das gut und gern ein saftiger Fluch gewesen sein mochte, denn seine Mutter fauchte ihn empört an, und Gisela machte sich nicht die Mühe, seine Worte zu übersetzen.

»Os metatarsale«, murmelte Titus.

Der Junge sah ihn entsetzt an.

»Ich meine … Das könnte der Mittelfußknochen sein«, wiederholte Titus. Sein Vater hätte gewiss gesagt, dass ein Arzt sich vor einem Patienten nicht zu erklären habe, schon gar nicht brauche er irgendein medizinisches Vokabular zu erläutern. Nicht jeder müsse alles verstehen, das verschaffe ihm Respekt vor den Leuten.

Gisela sagte etwas auf Italienisch.

»Ich denke, er hat sich womöglich den Knochen angeknackst«, fuhr Titus fort. »Ich frage mich, wie der Junge bisher damit gehen konnte. Er muss unbedingt den Fuß ruhigstellen und –«

Eine Flut unverständlicher Worte der Mutter brachte ihn zum Schweigen.

»Frau Bortolas sagt, dass ihr Sohn arbeiten muss, sonst … Nun, sie brauchen das Geld«, übersetzte Gisela.

In einer anderen Situation hätte Titus jetzt heftig widersprochen, doch er ahnte, dass er hier wenig ausrichten konnte. Außerdem war dies nicht der Hauptgrund, weshalb sie hier waren. Also begnügte er sich mit einer Salbe, die hoffentlich das Hämatom rascher abklingen ließ, und einem festen Verband.

Während er die Bandage um den Fuß des Jungen wickelte, sagte er in Giselas Richtung: »Könnten Sie nun die Signora fragen, ob sie einen Herrn Zilli kennt oder ob sie … Ihren Gatten …« Er unterbrach sich, hob den Blick zu dem Jungen, der mit fest zusammengepressten Lippen vor ihm saß. Es war nicht richtig, was er hier machte. Entweder er war Arzt, oder er spielte Ermittler.

Doch Gisela hatte ihn auch so verstanden und redete auf die Frau ein, die nach und nach ihre angespannte Miene ablegte.

Titus erkannte die Namen Zilli und Eisenpaß zwischen den italienischen Worten, doch er wusste nicht, was die beiden sonst noch miteinander sprachen. Als er fertig war und vorsichtig den lädierten Fuß des Jungen wieder auf den Boden setzte, konnte Gisela ihm nur mitteilen, dass Frau Bortolas Giorgio Zilli kannte, doch dass er heuer nicht aus Italien heraufgekommen sei. Über ihren eigenen verschiedenen Gatten sagte sie nichts.

Kaum dass Mutter und Sohn mit einem »Danke, *Dottore*« wieder verschwunden waren, trat ein Mann ein, der Titus ohne viele Worte seine blutige Hand hinhielt. Er war sehnig, beinahe mager, und es war fast unmöglich, sein Alter zu schätzen. Es war offensichtlich, dass er nur ungern hier war. Als er Gisela sah, wirkte er verwirrt, geradezu erschrocken, sodass es schon schien, als würde er gleich wieder kehrtmachen. Sie verwickelte ihn jedoch sogleich in ein freundliches Gespräch, dem er sich nicht entziehen konnte. Es war beeindruckend, wie rasch sie einen Zugang zu den Arbeitern finden konnte, bemerkte Titus, während er die Wunde mit Wasser und Alkohol wusch.

Er erfuhr aus ihrer Übersetzung, dass jener Herr Zilli viele Jahre lang jeden Sommer mit seiner ganzen Familie aus dem Friaul nach Frohnleiten gekommen war, um hier zu arbeiten. Offenbar war er unter den anderen Arbeitern beliebt gewesen. Er hatte eine sehr große Familie, und jedes Jahr musste ein weiteres Kind mit anpacken, um alle über die Runden zu bringen.

»Und Signor Eisenpaß?«, fragte Titus, während er mit einem raschen Stich den Schnitt in der Handfläche des Mannes schloss, ehe dieser noch auf die Idee kommen konnte, seine Aufmerksamkeit von Gisela auf die Wunde zu richten. Wer wusste, wie er sich diese Verletzung zugezogen haben mochte …

»Ei-sen-passo?«, wiederholte der Mann. Er warf einen irritierten Blick auf Gisela, dann auf seine Hand. Plötzlich wurde er blass und sank vom Stuhl.

»Das … passiert«, sagte Titus und beeilte sich, den Mann in eine halbwegs vernünftige Lage zu bringen, in der er verbleiben konnte, bis seine Sinne wieder zurückkehrten. Nicht jeder konnte den Anblick von Blut, geschweige denn von seinem eigenen, gut ertragen. Gottlob, dass der Mann es wenigstens bis zu ihm geschafft hatte.

Gisela starrte den Mann einige Sekunden an, sodass Titus schon in Sorge geriet, dass sie womöglich auch einen Schwächeanfall erleiden könnte – und wie hätte er sich dann weiter mit den Italienern unterhalten sollen? Er wollte schon vorsorglich die Hand nach ihr ausstrecken, da fing sie sich wieder und schenkte ihm wenigstens ein schmales Lächeln, das ihn innerlich aufatmen ließ.

»È morto?«, betrat da ein weiterer Ziegelarbeiter den Raum und zeigte auf den am Boden Liegenden.

Gisela antwortete gestenreich, was seine entsetzte Miene wieder etwas entspannte, dann sagte er etwas, und sie wies auf Titus. »Er hat einen Husten«, erklärte sie, während der Mann sich setzte.

Titus bedeutete ihm, dass er sein Hemd öffnen sollte, damit er ihm die Brust abhorchen konnte. Erst kürzlich hatte er sich ein hochmodernes binaurales Stethoskop zugelegt, was seinen Vater, der noch immer auf das klassische Hörrohr schwor, lediglich zu einem mitleidigen Lächeln bewegt hatte. Jenes Gerät, das sich Titus nun in die Ohren klemmte, schien den Mann allerdings ebenfalls zu beunruhigen.

»Bitte sagen Sie ihm, dass er tief atmen soll.«

Gisela übersetzte seine Worte.

Konzentriert lauschte Titus, während sein Patient atmete und dabei skeptisch auf seine Brust herabschielte. Ein vages Pfeifen ließ Titus die Stirn runzeln, und ein wenig erfreulicher Verdacht drängte sich ihm auf. »Seit wann arbeiten Sie schon hier?«, fragte er, und Gisela übersetzte.

»Da sempre«, erwiderte er.

Titus nickte. Wenn der Mann hier »schon immer« oder zumindest seit seiner Kindheit arbeitete, jeden Sommer Lehm grub und Ziegel brannte und schleppte, dann konnte das schon seine Spuren hinterlassen haben. Aber gegen eine Lunge voll Ziegelstaub ließ sich nicht viel machen, er konnte ihm ja schwerlich einen Aufenthalt an einem Luftkurort verschreiben, wenn er sich nicht einmal einen richtigen Arztbesuch leisten konnte. »Sagen Sie ihm einfach … dass er gut essen und das Rauchen lassen soll. Falls er raucht. Und«, fügte Titus hinzu, »fragen Sie ihn bitte nach Zilli und … Herrn Eisenpaß.«

Nach ein paar raschen Sätzen erklärte Gisela, dass der Mann einer von denen gewesen sei, die im Gasthaus »Zur Linde« ein Essen spendiert bekommen hätten. Außerdem kenne er

Giorgio Zilli von früher, aber heuer sei dieser ja nicht mehr gekommen.

Titus horchte auf. »Bitte fragen Sie ihn, wieso er zum Essen eingeladen wurde«, forderte er sie auf, während er den Mann sich wieder ankleiden ließ und sich zu seinem anderen Patienten auf dem Boden beugte.

Der Mann, dem beim Anblick seiner genähten Handfläche die Sinne geschwunden waren, rührte sich ein wenig. Allzu schwer war dessen Verwundung ja nicht gewesen. Ein einzelner Schnitt, gerade tief genug, dass es Titus klüger erschienen war, ihn mit einer Naht zu verschließen, zumal er auf der viel beanspruchten Handinnenfläche lag. Vielleicht nutzte der Mann seinen Schwächeanfall auch nur, um sich noch für ein Weilchen vor der Arbeit zu drücken. Nun, er wollte ihm dies nicht missgönnen … Kurz fasste Titus nach dem Handgelenk des Mannes, um den Puls zu fühlen, dann wandte er sich wieder seinem anderen Patienten zu.

Etwas zögernd, wie Titus schien, richtete Gisela die Frage an den Arbeiter, der irgendetwas antwortete, aus dem er den Namen Zilli heraushören konnte.

»Sie haben bei dem Essen über Herrn Zilli gesprochen«, antwortete sie schließlich.

»Und was?«

Sie wechselte einige Worte mit dem Mann, doch dann begann der plötzlich, heftig zu gestikulieren und zu husten, ehe er eilig aufstand und verschwand.

»Er … musste dringend wieder zur Arbeit«, sagte Gisela. »Er fürchtet wohl –«

Weiter kam sie nicht, denn ein Bursche, der anscheinend schon ungeduldig vor dem Eingang gewartet hatte, stürmte in den Raum. Er hatte sich einen riesigen Holzspan eingezogen, den Titus nur mühsam unter dem Daumennagel hervorziehen konnte.

Als Nächstes kam eine Frau mit einem schreienden Kleinkind, das offenbar vor allem Hunger hatte. Ein Mann zeigte Titus einen merkwürdigen Ausschlag auf seiner behaarten Brust, und einen anderen plagte eine schlecht verheilte Brandnarbe auf seinem Arm. Keiner wusste mehr über Giorgio Zilli, und kaum jemand schien den Namen Eisenpaß überhaupt zu kennen.

Titus hatte das irritierende Gefühl, dass er als Arzt wohl das Richtige tat – was hätte er auch anderes tun können, als mit dem wenigen zu helfen, das ihm zur Verfügung stand? –, aber nicht das erreichte, weswegen er eigentlich hier war.

Es musste bereits auf Mittag zugehen, als mit schleppenden Schritten ein weiterer Patient hereinkam. Titus erkannte sofort, dass der sich eine Verletzung am Bein zugezogen haben musste.

Kurz verharrte der Mann, als er den Arbeiter entdeckte, der sich noch immer halb liegend von seinem Schwächeanfall erholte. Dann ließ er sich stöhnend auf einen der Sessel sinken. Es brauchte nicht viele Worte, denn als Titus ihm das Hosenbein hochschob, entdeckte er unter einem mehr als dürftigen Verband aufgeschürfte Haut und eine blutunterlaufene Platzwunde.

»Was ist Ihnen passiert?«

»Ah, *niente*«, versuchte der Mann abzuwinken, doch als Titus begann, die Wunde mit Wasser und Alkohol zu säubern, konnte er ein Ächzen kaum unterdrücken.

Ein paar Ziegel am Trockenstapel seien umgefallen, übersetzte Gisela endlich, und hätten Herrn Pascolo getroffen. Ein dummes Missgeschick, denn er sei nicht schnell genug beiseitegesprungen. Er wollte auch gar kein Aufheben darum machen, doch es habe geheißen, dass ein *Dottore* hier sei, der ohne Bezahlung etwas tun könne, und da habe er die Gelegenheit genutzt. Vor allem aber dürfe er auf keinen Fall seine Arbeit verlieren, er habe ja Kinder und eine Frau.

Titus nickte zu Giselas Worten, wobei er den Mann aufmunternd ansah.

»Musse ich *lavorare*«, wiederholte dieser. »*Onesto* – ehrlich. Verstehe?«

Titus überlegte, ob er die Wunde nähen sollte oder ob es ein ordentlicher Verband auch tun würde. Er wusste ja nicht, wann der Mann wieder die Gelegenheit hätte, einen Arzt zu besuchen …

Während Titus die aufgeschürften Stellen reinigte und mit einer Salbe behandelte, redete Pascolo weiter, als gäbe er einem lang gehegten Bedürfnis nach. »Brauche Geld, *ma qualcuno* gesagt, gehe … *uccidere* …«

Gisela fiel ihm mit einigen raschen Bemerkungen ins Wort, wobei sie ihm beschwichtigend die Hand auf die Schulter legte und lächelte, als wolle sie ihm Mut zusprechen.

»Kennen Sie Signor Zilli oder Herrn Eisenpaß?«, fragte Titus über ihre Worte hinweg, während er eine Wundauflage auf Pascolos Verletzung legte. Die paar Brocken Deutsch, die der Mann verstand, mussten reichen. Außerdem wurde es ihm zunehmend unangenehm, so vollkommen auf Giselas Sprachkenntnisse angewiesen zu sein.

»Eisenpaß?«

Gisela wollte etwas ergänzen, doch Titus wiederholte nur: »Theodor Eisenpaß.«

»Sì«, sagte der Mann und nickte.

Titus stockte. »Was wissen Sie über Herrn Eisenpaß?«

Hastig sagte Gisela etwas, woraufhin der Mann das Gesicht verzog. Fragend sah Titus in ihre Richtung. »Er weiß nichts über … meinen Gatten.«

»Aber er sagte doch eben *›sì‹*, also irgendwas weiß er! Bitte, Signor«, wandte sich Titus abermals selbst an Pascolo, »können Sie mir nicht etwas sagen? Oder über Giorgio Zilli? Bitte.«

»Non posso.« Pascolo warf einen unsicheren, besorgt erscheinenden Blick auf den immer noch daliegenden Arbeiter, dessen Hand Titus versorgt hatte.

Gisela sagte ein paar eindringliche Worte.

»Was ist los? Wieso …?«, versuchte Titus, ihn zum Reden zu bringen.

Gisela machte eine abwehrende Geste, rasche Worte rollten über ihre Lippen.

Im nächsten Moment geschah, was Titus nicht im Geringsten vorhergesehen hatte. Plötzlich sprang der Mann, der zuvor noch scheinbar kraftlos am Boden gelegen hatte, auf, schrie etwas auf Italienisch und rannte in kopfloser Hast hinaus.

Titus war wie erstarrt und kam zunächst gar nicht auf die Idee, ihn zu verfolgen. Pascolo hingegen wollte ihm sogleich hinterher, doch sein verwundetes Bein ließ ihn schon nach wenigen Schritten stöhnend niedersinken.

Völlig perplex sah Titus erst zu Gisela, die bloß mit weit aufgerissenen Augen auf Pascolo blickte, dann zur Tür. Vom Vorplatz drangen nun aufgeregte Stimmen zu ihm, die er zwar nicht verstand, doch immerhin weckten sie ihn aus seiner Starre. Ohne einen weiteren Gedanken zu verschwenden, lief Titus hinaus, konnte gerade noch erahnen, wie der Flüchtige hinter der Lehmgrube einen Haken schlug und in weitem Bogen über die Wiese in Richtung Frohnleiten lief.

»Halt!«, brüllte Titus und setzte ihm nach. Dass er ihn einholte, war höchst unwahrscheinlich, doch so weit dachte er gar nicht. »Stehen bleiben!«

Hinter ihm schrie Caligaro, und eine Frau kreischte einen Namen.

Weiter vorn sprangen plötzlich zwei Gendarmen hinter einer Hecke hervor und nahmen die Verfolgung auf. Einer von ihnen schien nicht allzu gut zu Fuß zu sein und blieb bald hinter seinem Kameraden zurück, der Befehle brüllend dem Arbeiter nachjagte. Kurz verschwand der Flüchtige aus Titus' Sichtfeld, hinter einer leichten Erhebung tauchte er wieder auf, schien über ein Hindernis zu springen, wieder Schreie, Befehle, Flüche.

Von der anderen Seite sah Titus nun Franz auf den Mann zurennen, wobei er mit den Armen fuchtelte und irgendetwas brüllte, doch dieser reagierte nicht. Dann wandte Franz sich zur Seite, wo vielleicht noch andere Gendarmen warteten, und schrie: »Nein!« Titus konnte hören, wie sich seine Stimme überschlug, als er immer wieder »Nein!« schrie und dabei mit den Armen Zeichen gab.

Plötzlich donnerte ein Schuss.

Titus blieb wie angewurzelt stehen, das Rauschen seines Blutes überlaut in seinen Ohren.

Auf der Wiese lag der Italiener und rührte sich nicht.

Mechanisch setzte sich Titus wieder in Bewegung.

Hinter ihm kamen weitere Gendarmen, welche die Ziegelarbeiter daran hinderten, ebenfalls auf die Wiese zu laufen. Caligaros Stimme bellte etwas, eine Frauenstimme begann zu klagen, Kinder schrien. Kurz zögerte Titus, ob er umkehren sollte, immerhin war ja Gisela bei der Lehmgrube geblieben, doch dann sah er Franz, der aus einer anderen Richtung zu dem Italiener eilte und ihm zuwinkte.

Etwas war ganz furchtbar danebengegangen.

Als Titus auf der Wiese ankam und sein Blick auf den Mann fiel, den einige Gendarmen bereits umgedreht hatten, schüttelte er nur den Kopf. Es gab nichts, was er noch tun konnte. Der Schuss musste ihn von hinten getroffen haben, ein blutiger Fleck auf seinem Hemd zeigte an, wo die Kugel wieder ausgetreten war. Es stand außer Frage, dass, wer auch immer geschossen hatte, das Herz kaum verfehlt hatte. Hilflos hob Titus die Hände.

»Titus, kannst du …?« Franz brauchte die Frage gar nicht zu beenden. Die Antwort konnte wohl jeder in Titus' Gesicht lesen. Er sah sich um. Die Gendarmen standen neben dem Toten, ein paar schauten in Richtung der Lehmgrube, wo sich eine Gruppe Italiener gesammelt hatte. »Wer war das? Wer hat geschossen?«

Einer der Gendarmen, der seine Kopfbedeckung abgenommen hatte, zuckte nur die Schultern. »Von uns war das keiner.«

»Wer hat geschossen?«, wiederholte Franz, nun merklich lauter.

Titus betrachtete den Toten, dessen Hand er vor kaum ein

paar Stunden verarztet hatte. »Der Schütze muss ungefähr dort gestanden haben«, sagte er dann und deutete in Richtung eines hübschen Hauses, das sich hinter einer malerischen Hecke scheinbar vor dem Anblick der Lehmgrube duckte. »Vielleicht …« Er unterbrach sich, als er den Mann erkannte, der von dort auf sie zukam.

Franz folgte seinem Blick und erblasste. »Meisl«, stieß er hervor. »Der Depp.«

Geradezu provozierend langsam kam der Ermittler auf sie zu.

»Meisl, Sie haben ihn erschossen!«, schrie ihm Franz entgegen und wollte schon auf ihn zustürzen, doch Titus hielt ihn unauffällig zurück.

Für einen kurzen Moment stockte Meisl, und Titus fragte sich, ob er in den Augen des Polizeiagenten tatsächlich einen Funken von Überraschung, vielleicht sogar Schrecken beobachtet hatte, ehe er mit äußerlich gleichmütiger Gelassenheit zu ihnen trat.

»Was wollen Sie? Der Mann ist geflohen«, erwiderte er, als er bei ihnen angekommen war und einen kühlen Blick auf den Toten geworfen hatte. »Ein deutlicheres Schuldeingeständnis wird es wohl kaum brauchen.«

»Haben Sie vollkommen den Verstand verloren?«

»Ich habe gemäß den Vorschriften gehandelt.«

»Der Mann hat doch kaum ein Wort Deutsch verstanden. Was soll er denn da für eine Schuld eingestehen?«

Für den Bruchteil einer Sekunde war da ein Zucken in Meisls Mundwinkeln. »Sie wissen genau, dass es Aufgabe der ermittelnden Behörden ist, einen Tatverdächtigen an der Flucht zu hindern.« Er schaute Franz herausfordernd an.

»Sie haben ihn erschossen!«

»Das war nicht beabsichtigt.«

Die umstehenden Gendarmen lauschten schweigend dem Wortwechsel und wagten nicht einzugreifen. Sie waren lediglich die ländlichen Handlanger des Gesetzes und hatten offenbar nicht vor, sich auf höherer Ebene die Finger zu verbrennen.

»Und das soll ich ins Protokoll schreiben, Meisl? Dass Sie den Mann an der Flucht hindern wollten und ihn versehentlich … hingerichtet haben?«

Abermals war sich Titus nicht sicher, ob die harschen Worte etwas in Meisl berührten oder ob er tatsächlich dermaßen abgebrüht war, dass er lediglich antwortete: »Protokollieren Sie, was Sie wollen. Ich kann jederzeit erklären, dass ich ganz im Sinne meiner Pflichten gehandelt habe. Das hier«, er deutete auf den Toten, »ist ein Unglück. Ungewollt und vielleicht unangenehm – aber ein Unglück. Sie allerdings«, bei diesen Worten wandte er sich wieder an Franz, »haben Ihre Pflichten und Befugnisse eindeutig etwas zu locker ausgelegt.«

Titus konnte beobachten, wie Franz zu einer reschen Erwiderung ansetzen wollte, doch die Worte, die seine Position als Untersuchungsrichter hätten untermauern sollen, versiegten ungesagt.

»Nun«, Meisl atmete durch, als hätte er bereits einen Sieg davongetragen, »offenbar ist hier ein unschöner Zwischenfall passiert.«

»Das können Sie laut sagen.«

Der Ermittler verzog kurz die Miene, ehe er entgegnete: »Allerdings würde ich schon gerne wissen, was der Herr Doktor nun bei seiner … Erkundigung herausgefunden hat.«

Schlagartig wandten sich alle Blicke Titus zu.

Der spürte, wie er rot wurde, und fuhr sich durch die gleichfarbigen Haare. »Er, also der Tote, hatte einen Schnitt in der Hand, als er zu mir kam, und dann ist er … umgekippt. Das passiert manchmal, aber ich … Es kamen auch noch andere Patienten, also habe ich ihn liegen und sich erholen lassen … Es gab ja keinen Grund, dass ich … Und dann ist er plötzlich aufgesprungen und …«, stotterte er. »Was hätte ich denn …?«

»Ist das alles?«

»Nein, natürlich nicht«, erwiderte Titus, wusste aber nicht, wie er fortfahren sollte, und schwieg.

»Na, da werden wir einen Heidenspaß haben, wenn wir jetzt alle noch einmal von vorne befragen müssen«, meinte Meisl, nun wieder ganz Herr der Lage. »Wie wollen Sie denn daraus ein anständiges Protokoll zimmern, Stahlbaum? Da wird es wohl doch einen offiziellen Übersetzer brauchen für die Katzelmacher. Wenigstens haben wir jetzt den Mörder. Wo ist denn die Witwe?«

»Seine Witwe?«, fragte einer der Gendarmen, der sich während des verbalen Schlagabtauschs der beiden Männer geflissentlich taub gestellt hatte, und zeigte auf den Toten.

»Die Witwe Eisenpaß! Die hat ja bei der ganzen Misere hier die Dolmetscherin gegeben!«, fauchte Meisl den Mann an.

Franz stöhnte auf.

»In der …« Fast hätte Titus »Ordination« gesagt. Stattdessen begnügte er sich mit einem Wink in Richtung der Lehmgrube.

Er wandte sich zu Franz. Seinem Freund war offensichtlich klar, dass er hier und jetzt kaum mehr etwas tun konnte, ohne einen noch viel größeren Eklat heraufzubeschwören. Anton Meisl hatte einen Fehler gemacht, der gewiss Fragen nach sich ziehen würde, aber auch seine eigene Arbeit als Untersuchungsrichter war alles andere als lupenrein gewesen. Franz konnte nur hoffen, dass ein flottes Ergebnis der Ermittlungen die Auswirkungen dieses Zwischenfalls möglichst gering halten würde.

Es blieb ihm nichts anderes übrig, als zu tun, was getan werden musste. Franz wies ein paar Gendarmen an, den Toten wegzubringen, und meinte dann, ohne jemanden Bestimmten anzusprechen: »Die Frau Eisenpaß wird bitte zurück ins Kurhaus begleitet. Irgendwer muss schauen, dass sie vor Ort bleibt, man wird sie nämlich später auch befragen müssen.« Schließlich schaute er zu Titus. »Und wir werden jetzt noch einmal mit dem Herrn Caligaro und den restlichen Italienern reden.«

»Das sollte wohl eher –«, setzte Meisl an, doch Franz fiel ihm ins Wort.

»Sie machen jetzt einmal gar nichts. Sie halten sich am besten überhaupt aus dieser ganzen Angelegenheit«, er unterstrich seine Worte mit einer ausholenden Geste, »ab sofort heraus. Am Ende bin nämlich ich derjenige, der schauen muss, dass wir hier zu einem korrekten Ergebnis kommen.«

Man konnte förmlich sehen, wie es hinter Anton Meisls Stirn arbeitete. »Sie wissen, dass Sie mich nicht so ohne Weiteres von diesem Fall abziehen lassen können.« Er warf Franz einen lauernden Blick zu, der sogar Titus einen unangenehmen Schauer über den Rücken jagte. »Außerdem möchte ich Sie daran erinnern, Herr Stahlbaum, dass Ihre Arbeitsweise seit einem gewissen Vorfall durchaus kritisch beobachtet wird. Sie sehen, im Zweifelsfalle wird man gewiss auch meine Sicht der Dinge hören wollen. Sie haben in dieser Angelegenheit einem Bekannten, dem Sie hier zufällig über den Weg gelaufen sind, erlaubt, in Ihrem Namen Erkundigungen einzuholen. Ich würde sogar behaupten, dass er an Ihrer statt Zeugenbefragungen durchgeführt hat. Und nicht nur das! Er hat sich auch noch einer Frau als Übersetzerin bedient, die als Gattin des Opfers selbst in den Mordfall verwickelt ist. Vielleicht sollte ich das als Nachtrag zu Ihrem sicherlich ganz vorzüglichen Protokoll an den erkennenden Richter weiterleiten?«

Franz presste die Lippen zusammen. Alle Farbe schien aus seinem Gesicht gewichen zu sein.

»Das hier war alles eine ausgesprochen blöde Idee«, setzte Meisl noch eins drauf.

Titus stand daneben und wusste nicht, was er tun sollte.

»Ich sehe nur, dass da jetzt ein Toter liegt«, sagte Franz mühsam beherrscht. »Und der kann uns gar nichts mehr sagen.«

»Wirklich dumm gelaufen. Eine blöde Sache …«

»Hab ich geschossen oder Sie?«

Ehe Meisl darauf noch eine womöglich handgreifliche Antwort geben konnte, hatte Titus seinen Freund gepackt und zog ihn kurzerhand mit sich. Die Gendarmen, die der Szene beigewohnt hatten, sahen betreten beiseite und beeilten sich, ihren Befehlen nachzukommen.

Im ersten Moment machte Franz Anstalten, sich zu wehren, doch dann schienen ihn schlagartig alle Kräfte zu verlassen, und wie willenlos ließ er sich von Titus zurück zur Lehmgrube führen. »Mein Gott, das ist vollkommen danebengegangen …«, murmelte er nur. »Dieser völlig verblödete Idiot, der.«

Titus sagte darauf vorsichtshalber nichts.

Als sie die Lehmgrube wieder erreichten, stand bereits Caligaro auf dem Platz und sah ihnen finster entgegen. »Was ist geschehen?«, fragte er, und sein dunkler Bart bebte bedrohlich.

Franz schaute ihm ernst in die Augen. »Das werden wir herausfinden«, erwiderte er dann. »Es tut mir … uns sehr leid, dass …« Er unterbrach sich, als Gisela Eisenpaß, blass und mit schreckgeweiteten Augen, an ihnen vorbeiging.

Sie stützte sich auf einen der Gendarmen, und kurz nur wandte sie sich in Titus' Richtung, der unter ihrem Blick zusammenzuckte.

Ein Gedanke, dass er etwas ganz Essenzielles übersehen hatte, blitzte ihm durch den Kopf, doch ehe er ihn noch zu fassen bekam, stürzte plötzlich eine Frau auf ihn zu.

»Matteo!«, schrie sie. »*Perché!* Matteo …!«

Freitag, 23.7.1897, Nachmittag

MAN GELANGT ZU ÜBERRASCHENDEN ERKENNTNISSEN

In arge Verwirrung kann der Untersuchungsrichter sich und die Untersuchung bringen, wenn er selbst etwas phantasievoll ist und mit einem gleichbegabten Zeugen zu tun hat.

Dr. Hans Gross

Völlig überfordert stand Titus daneben, während Franz die Frau irgendwie zu beruhigen suchte. In blanker Verzweiflung schrie sie immer wieder den Namen Matteo und reckte wie eine rasende Megäre die Arme. Es dauerte einige Minuten, bis sie verstanden, dass sie die Gattin des Arbeiters war, den Anton Meisl auf der Flucht erschossen hatte.

»Aber warum ist er denn überhaupt weggerannt?«, fragte Franz, worauf er natürlich keine Antwort bekam, denn außer Herrn Caligaro und dem Mann namens Pedro Pascolo schien gerade niemand der Anwesenden des Deutschen auch nur irgendwie mächtig zu sein.

»Matteo!«, klagte die Frau immer weiter, und ihre Schreie steigerten sich zu einem hysterischen Schluchzen, an dem sie fast zu ersticken drohte.

Schließlich brachten sie die Verzweifelte in das Gebäude, in dem Titus zuvor seine Ordination eingerichtet hatte. Mit einigem Zureden schaffte er es dort, ihr etwas zur Beruhigung zu geben. Ein Gendarm blieb vor dem Eingang stehen, während Caligaro, gefolgt von Pascolo, welcher den jungen Mann mit der Ziegelstaublunge mitbrachte, zu ihnen trat.

Unsicher schaute Titus zwischen den Italienern und seinem Freund hin und her.

Franz räusperte sich, dann straffte er sich, hob den Blick, und Titus ahnte, dass er nun versuchte, ganz die Rolle des gestrengen Untersuchungsrichters zu spielen. Bloß an dem flirrenden Schatten in seinen Augen war zu erkennen, dass ihn das in diesem Moment mehr Überwindung kostete, als er sich eingestehen wollte. »Herr Caligaro, ich nehme an, Sie kennen diese Frau?«

»Das ist Anna Grizzo. Ihr habt ihren Mann erschossen.«

»Herr Grizzo ist geflohen. Er hat sich ein paar einfachen Fragen durch Flucht entzogen.«

»Ein paar Fragen?« Caligaro senkte seine Stimme zu einem gefährlichen Tremolo. »Ich dachte, dieser Herr *Dottore*«, er wies mit ausgestrecktem Finger auf Titus, »wollte sich hier in Nächstenliebe üben. Ah, also doch eine Befragung? Macht man das so? Gibt es einen Verdacht gegen mich? Gegen meine Arbeiter? *No?* Reden Sie!«

Bei diesen Worten war der Gendarm, der vor der Tür Schildwache stand, näher gekommen, doch Franz bedeutete ihm, dass er nicht benötigt wurde. Ein wenig zögernd zog er sich wieder zurück.

»Bei den Ermittlungen im Falle Eisenpaß gab es Hinweise«, begann Franz, »dass sich der Tote nach einem Herrn Zilli erkundigt hat und dass er Italiener zum Essen eingeladen hat. Aber leider konnte man auf unsere höflichen Fragen keine befriedigenden Antworten geben. Deshalb –«

»Deshalb kommen Sie und erschießen meine Arbeiter?«, fuhr Caligaro auf.

Anna Grizzo stieß ein Wimmern aus, doch das Beruhigungsmittel tat inzwischen offenbar seine Wirkung.

»Diesem Vorfall wird selbstverständlich nachgegangen werden«, erwiderte Franz. »Aber dennoch muss ich wissen, weshalb der Mann so plötzlich die Flucht ergriffen hat.«

»Vielleicht hatte er Angst vor dem *Dottore*?«

»Seine Hand war längst versorgt«, warf nun Titus ein.

»Wieso war er dann so lange bei Ihnen?«

»Er hatte einen Schwächeanfall, nachdem ich seine Verletzung genäht habe«, versuchte Titus zu erklären. »Daher blieb er zur Beobachtung hier. Er hat wohl mitbekommen, dass ich – das heißt, mit der Hilfe von Frau Eisenpaß – jeden nach Zilli und dem Toten fragte.«

»*Sì*, Eisenpaß«, bestätigte Pascolo.

Caligaro runzelte die dunklen Brauen. Eine Weile sagte er nichts, wobei sein Schweigen die Situation zunehmend bedrückender machte. *»Bene«*, brummte er dann. »Wenn Sie jetzt also alles erfahren, was irgendwer hier über Ihren toten Herrn Eisenpaß weiß, dann wird die Arbeit in der Lehmgrube nicht weiter gestört. Keine Gendarmen, keine Einmischereien.« Er sah erst Titus, dann Franz scharf an. »Verstanden? Es gibt wichtige Aufträge.«

»Nun, wenn –«

»*No*, das war keine Bitte. Ich kenne auch Leute. Jeder braucht gute Ziegel …« Caligaros Miene verfinsterte sich unangenehm, ehe er auf ein Nicken von Franz fortfuhr: »Ich sage es nicht gern, aber es wird wohl einen Grund gegeben haben, weshalb Matteo Grizzo doch lieber das Weite suchen wollte. Er war ein – wie sagt man? – *briccone* … ein Falott, *furfante*. Er hat brav gearbeitet, aber er *war* nicht immer brav. Auch nicht zu seiner Frau.«

Titus warf einen Blick auf Anna Grizzo, doch diese saß nur mit apathischer Miene da, die geröteten Augen auf irgendeinen Punkt an der Wand geheftet, als würde sie gar nichts von alledem mitbekommen. Vielleicht war es auch besser so …

»Er hat sich öfter einmal im Ort herumgetrieben, in den Gasthäusern. Viel von seinem Lohn wird er wohl nicht mehr heimgebracht haben. Wenn es nichts zu arbeiten gab, dann war er gleich weg. Angeblich auf der Suche nach *eigenen* Geschäften.« Caligaro betonte seine Worte so, dass man sich gleich denken konnte, dass nicht alle dieser Geschäfte das Wohlgefallen der Öffentlichkeit gefunden hätten.

»Was für Geschäfte?«, kam Franz daher nicht umhin zu fragen.

Caligaro zuckte nur die Schultern, doch da begann Pascolo,

mit hektischen Gesten auf ihn einzureden. Erst sah es so aus, als wollte der Verwalter seine Worte als unwichtig abtun, doch dann erwachte auf einmal auch Anna aus ihrer Abwesenheit. Mit brüchiger Stimme sagte sie etwas, das sogleich alle ihre anwesenden Landsleute sichtbar aufhorchen ließ. Mehrfach schienen Caligaro und Pascolo mit geradezu beschwörendem Ton nachzufragen, bis Anna abermals zu schluchzen begann.

Franz und Titus hatten die Szene beobachtet, ohne viel mehr als den Namen Matteo und hier und da ein *»Sì«* oder *»No«* zu verstehen. Titus hatte den Verdacht, dass die Arbeiter untereinander auch nicht immer reines Italienisch sprachen, sondern irgendeinen Dialekt, vielleicht Furlan, das man mit den üblichen Lateinkenntnissen kaum entschlüsseln konnte, selbst wenn man sich noch so sehr bemühte.

Diesmal schien es Herrn Caligaro recht unangenehm zu sein, wieder das Wort zu ergreifen. »Es waren keine guten Geschäfte, die Grizzo unternahm. Ich weiß nicht, was, ich habe auch nicht gefragt, aber es war nicht gescheit. Pedro sagt, dass Grizzo manchmal auch für andere … Landsleute Sachen erledigt hat, aber davon weiß ich nichts. Er wollte immer Geld haben, mehr Geld, als er hier verdienen konnte. Viel mehr, deshalb hat er auch solche Sachen gemacht. Seine Frau wollte das nicht, aber … *Non si può fare niente.*« Er warf einen verständnisheischenden Blick zu Franz, der darauf nur vage nicken konnte, da er keine Ahnung hatte, was die letzten Worte bedeutet haben mochten. »Sie sagt, dass er einmal zu ihr gekommen ist und erzählt hat, dass er weiß, wie er zu Geld kommen kann. Jemand möchte, dass er in die Stadt fährt, nach Bruck, und dort einen Herrn am Bahnhof …«, es bereitete Caligaro sichtlich Unbehagen, den Satz zu vollenden, »… tötet.«

»Wie bitte?« Franz starrte ihn an.

Titus hatte derweil ein Auge auf Anna, die nun wieder stumm vor sich hin weinte. Die ganze Situation schien ihm so surreal, dass er sich lieber auf das konzentrierte, was er verstand – und das war im Moment, sich um seine Patientin zu kümmern.

Pascolo warf etwas ein, das Caligaro übersetzen musste. »Er hat auch vor anderen Arbeitern diese Andeutungen gemacht, dass er einen besonderen Auftrag erhalten habe.«

»Aber von wem?«

Vorsichtig wandte sich Pascolo an Anna, die ihn erst wie aus einem Traum erwachend ansah. Dann fuhr sie plötzlich auf: *»Non è un assassino! Non è! Matteo!«*

Eindringlich redete er auf sie ein, wovon Titus und Franz abermals nicht das Geringste verstanden. Es dauerte eine Weile, bis sie in der Lage war, ein paar zusammenhängende Sätze zu sagen.

»Sie meint, dass er nach Bruck gefahren, aber mit leeren Händen zurückgekommen sei«, übersetzte Caligaro schließlich. »Sie schwört, dass ihr Mann nicht getan hat, wozu man ihm den Auftrag gegeben habe.«

Titus warf einen zweifelnden Blick auf Franz, der seinerseits nur hilflos die Arme hob. »Wissen Sie denn wenigstens irgendetwas, wenigstens einen Namen?«, fragte er dann.

Anna sah ihn an. »Eisenpaß«, sagte sie. *»Il nome era E-isenpaß.«*

»Sind Sie sicher?«

»Senz'altro.« Mehr war nicht aus ihr herauszubekommen.

Franz stöhnte auf. »Wunderbar. Jetzt hätten wir zwar einen Mörder, aber der war's angeblich nicht. Und Grizzo ist tot und kann uns nicht mehr sagen, wer ihn da zu seinem Handlanger machen wollte.«

»Wem genau hat Grizzo von diesem ominösen Auftrag erzählt?«, ergriff Titus nun wieder das Wort. »Vielleicht könnten diejenigen etwas …«

Caligaro wechselte ein paar rasche Worte mit Pascolo, wobei auch der junge Mann mit der Ziegelstaublunge eifrig nickte. Es schien so, als wäre der Verwalter der Lehmgrube nun tatsächlich gewillt, die Ermittlungen zu unterstützen oder ihnen zumindest keine weiteren Steine in den Weg zu legen, solange die Angelegenheit nur bald erledigt war. »Allen und niemandem«, antwortete er schließlich. »Er hat viel schwadroniert und angegeben, aber es wird wohl niemand viel mehr wissen als das hier.«

»Und Zilli, Giorgio Zilli? Können Sie uns zu ihm noch etwas sagen?«

»Ich habe Ihnen schon erklärt, und die anderen sicherlich auch, dass er nicht mehr hier arbeitet«, antwortete Caligaro, dem zunehmend anzusehen war, dass er nicht mehr lange Rede und Antwort stehen wollte.

»*Era un vero amico*«, meinte plötzlich der junge Mann leise.

Titus, der diesmal die Bedeutung des Satzes erahnen konnte, fragte sogleich nach: »Er war Ihr Freund?«

Pascolo seufzte, der junge Mann unterdrückte ein Husten und begann, auf seiner Unterlippe zu kauen.

Endlich antwortete Caligaro: »Er ist tatsächlich zu Geld gekommen. Schon vor ein paar Jahren. Trotzdem hat Zilli hier noch gearbeitet, ist immer wieder nach Frohnleiten gekommen. Er wollte nur hier arbeiten.«

»Aber wieso?«

Titus war klar, dass in Franz langsam eine nagende Ungeduld schwelen musste. Am liebsten hätte er wohl die Antwort aus dem Italiener mit brachialer Gewalt herausgebeutelt, doch er wusste, dass das die ganze Angelegenheit kaum einfacher machen würde.

Caligaro gab ein Grollen von sich, ehe er hervorstieß: »Er hat hier ein Kind verkauft.«

»Er hat sein Kind verkauft?«, wiederholte Franz.

»*No!* Er hat *ein* Kind verkauft. Ein Mädchen. Der Familie war damit schon geholfen, dass sie ein Maul weniger zu stopfen hatten, und Giorgio Zilli konnte sich und seine Sippe versorgen. Wahrscheinlich hat er sich in Raten bezahlen lassen und unauffällig jedes Jahr … etwas bekommen.«

»*Non ha avuto il braccino corto …*«, fügte der Arbeiter mit der Ziegelstaublunge ein, doch keiner der anderen reagierte auf seine Worte.

Franz schien ein paar Atemzüge zu brauchen, bis er die Information halbwegs erfasst hatte. »Mein Gott …«, murmelte er, als ihm aufging, was das womöglich bedeutete. »Mädchenhandel.«

»Und Eisenpaß –«, wollte Titus hinzufügen, doch sein Freund unterbrach ihn mit einer raschen Handbewegung.

»Das ändert natürlich alles.« Franz schluckte und wandte sich erneut Caligaro zu. Wieder war da ein dunkles Flirren in seinen Augen zu erkennen, als müsste er sich mit Gewalt zwingen, nicht aus der Rolle zu fallen. »Sie haben uns sehr geholfen. Ich … Wir müssen vielleicht doch noch einmal kommen, um ein paar Dinge zu klären, aber soweit es in meiner Macht steht, werden wir die Arbeit hier nicht mehr behindern. Und ich werde nach Kräften dafür sorgen, dass es wegen des tragischen Vorfalls …« Er beendete den Satz mit einer vagen Geste.

»Und falls Sie noch etwas benötigen …« Titus sah zu Anna Grizzo und dann zu dem jungen Mann hin, der verhalten hustete. »Ich werde selbstverständlich …« Er wusste nicht, was er noch hinzufügen sollte, und lächelte hilflos.

Caligaro nickte.

Franz versuchte nun augenscheinlich, sich wieder hinter der Rolle des Untersuchungsrichters zu verschanzen. Er gab dem Gendarmen, der an der Tür gewartet hatte, ein paar knappe Anweisungen, blickte sich noch einmal um, dann verließ er, gefolgt von Titus, der sich etwas linkisch an seine Arzttasche klammerte, den Ort des Geschehens.

Statt den direkten Weg in Richtung Hauptplatz zu nehmen, gingen die beiden wortlos in einem weiten Bogen zur Mur hinunter, wo sie vor zwei Tagen jener Truppe angriffslustiger Enten begegnet waren. Schweigend ließen sie sich schließlich im Schatten einer Trauerweide an der Murböschung nieder.

Titus stellte seine unförmige Tasche neben sich und schloss

für ein paar Minuten die Augen. Vieles hatte er erwartet, bloß dass es noch einen Toten und dazu Gerüchte um Menschenhandel an diesem beschaulichen Ort geben würde, hatte er sich nicht in seinen kühnsten Phantasien ausgemalt.

Franz ließ den Kopf auf die Knie sinken.

Peinlich berührt beobachtete Titus, wie jene professionelle, kühle Haltung, die für einen Arzt ebenso unverzichtbar war wie für einen Untersuchungsrichter, Stück für Stück von seinem Freund abfiel.

»Verflucht!«, presste Franz zwischen zusammengebissenen Zähnen hervor, als er das Brennen in den Augen nicht länger unterdrücken konnte. Ein Zucken ging durch seinen Körper.

Titus bemerkte, wie die Schultern seines Freundes zitterten, und zögerte, ob er ihn ansprechen sollte. »Franz?«, fragte er dann zaghaft.

»Schon gut …« Es dauerte einige Augenblicke, bis Franz sich wieder gefangen hatte. Er wischte sich mit dem Ärmel über die Augen, blinzelte in die Sonne. »Schon gut«, wiederholte er.

Titus sah seinen einstigen Klassenkameraden an. Der Bart unter dessen Nase schimmerte feucht. »Nein, gar nichts ist gut«, stellte er fest.

»Ich meine nur …«, Franz wischte sich abermals übers Gesicht, »… wir … *ich* habe einen Mord aufzuklären. Da kann ich nicht herumheulen wie ein Mädchen. Verdammt!« Er hieb die Faust auf den Boden. »Der Meisl, der putzt sich ab und droht mir noch! Und ich –«

»Der Meisl ist ein Depp.«

»Ja, aber einer, den alle für den ganz großen Helden halten. Der hat schon mehr Verbrecher eingefangen, als ich Jahre auf dem Buckel hab. Dabei ist er selbst nicht so alt, der schafft es noch vor dem ersten grauen Haar zum Oberinspektor, und ehe er sich's versieht, kann er sich mit Ruhm und Ehre Herr *von* Meisl nennen.«

»So einfach geht das auch wieder nicht«, warf Titus ein.

»Verstehst du – der kann manchmal wie auf Kommando

ein kalter Hund sein, das glaubst du nicht. Wie es den Max erwischt hat, da ist er am nächsten Tag wieder aufgetaucht, als wäre nichts geschehen.« Franz schüttelte den Kopf.

Titus wartete, ehe er schließlich fragte: »Was ist mit Max passiert?«

»Er war mein Freund. Wie ich meinen allerersten Fall als Untersuchungsrichter hatte, war er gerade erst in die Sicherheitswache eingetreten. Wir waren also beide neu auf unserem Posten, haben uns gegenseitig unterstützt und weitergeholfen. Beide kamen wir nicht aus einer der sogenannten *guten* Familien.« Er sah Titus an, als erwartete er, von ihm ausgelacht zu werden. »Und dann war da diese Geschichte, wo so ein Hund Mädchen aus Ungarn und Galizien und aus der Gegend dort als Dienstmädel hergebracht und sie dann gewinnbringend an Bordelle verschachert hat«, fuhr er fort. »Im Grunde ist man erst draufgekommen, weil murabwärts mehrfach Leichen aufgetaucht sind, und wie man dann endlich den Mann und seine Handlanger ausforschen konnte, da kam es zu einer Schießerei und … Der Max wollte unbedingt alles richtig machen, er hat sich auf einen von denen gestürzt und nicht gesehen, dass der auch eine Waffe hatte. Der Schuss hat ihn gut getroffen. Er dürfte gleich tot gewesen sein … Aber einen Mann so zu erschießen wie der Meisl den Italiener, das ist so sinnlos, so …« Franz' Stimme schwankte, und er schaute wieder auf den Fluss hinunter. »Womöglich bin ich doch nicht zum Untersuchungsrichter gemacht, wenn mich das so mitnimmt …«

»Ich glaube, das bedeutet, menschlich zu sein, wenn einen das nicht kaltlässt«, entgegnete Titus.

»Irgendein armer Winkeladvokat, das würde wohl eher zu mir passen …«

»So ein Blödsinn.«

»Wenn du meinst …« Franz starrte noch eine Weile auf die Mur. »Vielleicht hast du recht.« Dann atmete er durch, wischte sich noch einmal resolut übers Gesicht, fischte sein Heftchen aus der Weste und futzelte mit seinem Bleistiftstummel etwas auf die vorletzte zerfledderte Seite. »Wenn man nur sicher wüsste, dass das alles hier auch einen Sinn ergibt.«

»Meinst du, dass der Eisenpaß dran hat glauben müssen, weil er herausgefunden hat, dass dieser Zilli Arbeiterkinder verkauft?«, fragte Titus nach einer Weile. »Oder jedenfalls eines, von dem wir nun wissen.«

Franz ließ sein Notizheftchen sinken. »Vielleicht hat er sich an dem Tag nach ihm erkundigt, weil er ihm irgendwie auf der Spur war. Vielleicht hat er in den vielen Jahren, die er hier immer wieder auf Kur war, Dinge herausgefunden ...«

»Und die Italiener hat er deshalb zum Essen eingeladen, damit sie ihm noch mehr über ihn erzählen?«, setzte Titus den Gedanken fort.

»Schon möglich.«

»Und irgendjemand hat mitbekommen, dass der Eisenpaß etwas von dem verkauften Kind weiß, und wollte ihn beseitigen lassen. Der Matteo Grizzo war offenbar empfänglich für derartige Aufträge, hat aber im letzten Moment – wenn man seiner Frau und den anderen glauben kann – kalte Füße bekommen, und stattdessen hat jemand anderes den Eisenpaß umgebracht.«

»Wahrscheinlich sogar mehrere andere, wie wir von Dr. Porod erfahren haben«, fügte Franz hinzu. »Und bei deiner Fragerei nach dem Zilli und dem Eisenpaß, die er ja mitbekommen haben muss, ist ihm schließlich angst und bange geworden, und er wollte das Weite suchen.«

»Und der Meisl hat ihn erschossen ...«

»Der Idiot«, stöhnte Franz. »Egal, wie die Geschichte ausgeht, das wird in den Akten landen. Aber was auch immer er verbockt hat, ich war derjenige, der die ganze Aktion in Auftrag gegeben hat! Auf so etwas haben die alle doch nur gewartet!«

»Jetzt wart einmal ab, was noch passiert«, versuchte Titus ihn zu beschwichtigen. »Ganz unschuldig war der Grizzo ja offenbar nicht, und wenn einer in so einer Situation wegrennt, da ... Ich weiß auch nicht, was ich da gemacht hätte.«

»Du hättest jedenfalls nicht geschossen.«

»Womit auch?«

Franz stieß ein Schnauben aus, in dem vielleicht so etwas wie ein verhaltenes Lachen klang. »Ja, ihr Ärzte habt andere Waffen, um Dinge zu Ende zu bringen … Vielleicht hast du ja was Passendes für mich, wenn endgültig alles den Bach runtergeht.«

Titus sah seinen Freund von der Seite an. »Darüber macht man keine Witze.«

»Ich mein ja nur … Ach was!« Er ballte die Hände zu Fäusten. »Warum haben der Caligaro und seine Katzelmacher uns nicht gleich sagen können, was der Zilli da angestellt hat? Da hätten wir uns einiges erspart. Die Idee mit der italienischen Geliebten können wir uns jedenfalls in die Haare schmieren. Und die Witwe Eisenpaß – das war so eine blödistische Idee! Wenn sie eh so gut Italienisch kann und so charmant tut, dann frag ich mich, wieso haben sie ihr nicht von vornherein vom Zilli und von dem verkauften Kind erzählt?«

»Haben sie vielleicht eh. Ich hab ja keine Ahnung, was sie mit den Leuten geredet hat …«

Franz fuhr auf und starrte Titus an.

»Ja, woher soll ich denn wissen, was sie genau gesagt hat? Italienisch ist kein Latein! Ich habe ihr einfach geglaubt. Womöglich hat sie –«

»Genau! Womöglich hat sie alles gewusst und sich bloß nicht die Mühe gemacht, es für uns, für dich zu übersetzen! Vielleicht hat sie den Arbeitern sogar gesagt, dass sie nicht antworten sollen, dass sie am besten von nichts eine Ahnung haben sollen!«

Titus hatte sich bei diesen Worten aufgerichtet. »Und wieso soll sie das gemacht haben?«

»Weil … weil sie nicht wollte, dass herauskommt, dass ihr Gatte sich in Dinge eingemischt hat, die ihn nichts angingen. Vielleicht hatte sie Angst, dass sie sonst auch Schwierigkeiten bekommt.«

»Du meinst, sie ahnte schon von Anfang an, worum es ging, und hat …« Plötzlich stockte Titus. Wie ein eisiger Blitz durchfuhr es ihn, und er wusste schlagartig wieder, was ihm schon die längste Zeit im Hinterkopf rumorte. »Mein Gott!«, stieß er hervor.

»Was ist denn?«

»Der Zettel, der Brief! Ich Depp!«

»Ja, schon. Aber von welchem Zettel redest du?«

»Wie wir vorgestern in ihrem Zimmer waren … nein, in seinem, in dem vom Eisenpaß, und wir sie dort gefunden haben, da hatte sie einen Brief.«

»Ja, den sie an ihren Mann geschrieben hat, um ihn in Bruck zu treffen. Sie wollte nicht, dass wir das Schreiben finden und womöglich falsche Schlüsse ziehen.«

»Aber da war noch ein Zettel, ein Brief, ein Papier … was weiß ich! Sie hat ihn eingesteckt, und ich wollte noch … Aber sie war so verstört, und ich hatte Sorge, dass sie …« Titus verhaspelte sich und schwieg.

Franz starrte ihn einige Sekunden mit offenem Mund an. »Du hast mitbekommen, dass sie ein Schreiben verschwinden lässt, und kümmerst dich eher um ihre Gesundheit als um die Ermittlungen?«

»Ich bin Arzt!«

»Ein Wappler bist du!«

»Sei froh, dass es mir noch eingefallen ist.«

»Na, Gott sei Dank, dass ich hier der Untersuchungsrichter bin und nicht du …« Ein Zucken unter Franz' Bart verriet den Ansatz eines Schmunzelns. »Dann werden wir sie jetzt wohl schleunigst nach diesem mysteriösen Schreiben fragen müssen.«

Eiligen Schrittes marschierten sie nun die Murpromenade entlang, bis sie vom Fuße des Kurhauses aus den schnellsten Weg zum Hauptplatz hinauf einschlugen. Die Schatten hatten bereits begonnen, sich wieder in die Länge zu ziehen, und Titus fragte sich, wohin die Stunden des Tages allesamt verflogen sein mochten.

Als sie das Kurhaus betraten, segelte ihnen bereits die Geheimratswitwe Brandhauer mit wehenden Schals entgegen. »Da sind Sie ja endlich!«, begrüßte sie die beiden, als hätte sie den lieben langen Tag nichts anderes getan, als ihrer zu harren. »Die arme gnädige Frau Eisenpaß ist hergebracht worden – von zwei Gendarmen! Das müssen Sie sich vorstellen! Sie war vollkommen aufgelöst! Was ist denn geschehen?«

»Genau. Das ist zutreffend«, erwiderte Franz etwas zusammenhanglos. »Das haben wir … ich angeordnet.«

»Sie!« Die Witwe sah ihn mit großen Augen an. »Weshalb denn? Oh, die Ärmste!«

»Eine Vorsichtsmaßnahme«, versuchte Franz sich an Frau Brandhauers ausladender Gestalt vorbeizuschieben. Titus folgte ihm auf den Fersen, um nicht versehentlich selbst ins Fahrwasser der Walküre zu geraten.

»Sie hat gewiss den ganzen Nachmittag in ihrem Zimmer verbracht. Ganz alleine! Und diese Gendarmen …«

»Ausgezeichnet«, antwortete Franz nur und ließ die Geheimratswitwe stehen, die ihm und Titus gewiss reichlich irritiert hinterherschaute, als sie das Foyer betraten.

»Ah, gut, dass Sie hier sind!«, kam dort der Kurdirektor auf sie zugeeilt. »Ein Telegramm ist für Sie gekommen, das –«

»Vielen Dank«, unterbrach ihn Franz. »Ich werde mich sogleich darum kümmern, allerdings müssen wir zuvor noch …« Er stockte, und seine Augen blieben an einer Nische des Foyers hängen, wo Titus, als er dem Blick des Freundes folgte, das überaus zufriedene Grinsen von Anton Meisl gewahrte, der mit einer Tasse Kaffee auf einem gemütlichen Fauteuil saß und scheinbar in irgendwelchen Akten blätterte.

Titus stöhnte innerlich auf. Jeden Moment würden zwischen den beiden wieder die Funken sprühen, das konnte er an ihrer Haltung schon erahnen.

»Da sind Sie ja wieder«, bemerkte Meisl, indem er die Tasse abstellte und auf sie zukam. »Ich nehme an, der Einsatz bei den Ziegelarbeitern ist ordentlich beendet worden? Hat er die gewünschten Ergebnisse gebracht?«

»Wir haben Dinge erfahren«, antwortete Franz.

»Sehr gut. Ich habe auch *Dinge* erfahren. Ja, so ein Telegramm ist schon was Feines«, fuhr Meisl fort. »Man bekommt so angenehm flott eine Rückmeldung auf wichtige Anfragen und Meldungen.«

»Aha. Und was haben Sie erfahren?« Man konnte zwischen den Worten förmlich Franz' Zähne knirschen hören.

»Erfahren habe ich gar nichts«, gab Meisl in provozierendem Tonfall zurück, und Titus machte sich innerlich schon bereit, im Notfall zwischen die beiden Männer zu springen, sollten sie vor dem Kurdirektor plötzlich aufeinander losgehen. »Ich habe lediglich den unglücklichen Vorfall von heute Vormittag gemeldet, ganz ordnungsgemäß, und die Bestätigung erhalten, dass von meiner bescheidenen Seite aus vollkommen korrekt gehandelt wurde. Inwieweit Ihr Vorgehen allerdings *lege artis* war, kann ich nicht sagen …«

»Sie haben einen Mann erschossen!«, zischte Franz. »Da hat niemand korrekt gehandelt!«

»Nun ja … niemand … Ich bin jedenfalls nicht auf die Idee gekommen, die Gattin des Mordopfers sozusagen als Sachverständige einzusetzen, Stahlbaum.«

»Ich versuche wenigstens, wirklich an Informationen zu kommen!«

»Sie machen mit Ihrem Vorgehen die ganze Justiz lächerlich!«

Franz holte Luft, als wollte er jeden Moment losbrüllen.

»Verzeihung, aber das Telegramm …«, mischte sich der Kurdirektor wieder ein.

Bemüht langsam atmete Franz wieder aus. »Später«, sagte er nur.

»Sollte in diesem Fall vielleicht ich«, trat Meisl auf den Kurdirektor zu, »der Einfachheit halber das Telegramm lesen?«

»Ja, nun …« Der Direktor sah etwas unsicher zwischen den Männern hin und her. »Es ist eindeutig an den Untersuchungsrichter Stahlbaum adressiert.«

Meisl verzog die Miene. »Dann eben nicht.«

»Sehr gut, und ich werde mich vorerst in Geduld üben, denn wir müssen …« Franz gab Titus ein unauffälliges Zeichen, ihm zu folgen. »Vielen Dank.« Er deutete eine Verbeugung in Richtung des Direktors an.

Sie waren noch nicht einmal im Treppenhaus, als Meisls Stimme sie abermals aufhielt: »Wollen Sie jetzt wirklich noch einmal die Eisenpaß verhören?«

»Wäre das denn ein Problem?«, entschied sich Titus zu antworten, bevor Franz endgültig seine Nerven verlor.

Meisl grinste nur. »Wahrscheinlich nicht. Sie werden nur aus dem Frauenzimmer nicht mehr viel herausbekommen, die heult ja in einem fort, seit die Gendarmen sie in ihre Kammer gesteckt haben. Man kann nur hoffen, dass sich ihr Herr Sohn endlich erbarmt und sich seiner Mutter annimmt. Telegrafiert hat sie ja schon längst an ihn. Aber vielleicht lässt sie sich ja von Ihnen trösten. Angeblich hat sie eine Schwäche für rote Haare …«

»Gehen wir«, sagte Titus nur, ehe ihm oder Franz womöglich noch die passende Erwiderung einfiel.

Sie hatten gerade den zweiten Treppenabsatz erreicht, als sich ihnen abermals jemand in den Weg stellte. »Herr Titus! Sind Sie endlich von Ihrer Mission zurück?« Salome Grün sah ihn mit freudig blitzenden Augen an.

»Ja. Nein … Ich kann gerade nicht«, stotterte Titus. Franz war bereits weitergegangen, und er fühlte sich irritierend verloren, wie er da allein vor dem Fräulein stand.

»Oh, schade. Ich hatte gehofft, Sie würden mir vielleicht etwas erzählen …«

»Ja. Nein … Nicht jetzt.« Er versuchte, möglichst höflich an ihr vorbeizukommen. »Verzeihung.« Er spürte ihren Blick im Nacken, während er Franz hinterhereilte, und hätte sich am liebsten noch einmal zu ihr umgedreht, um ihr zu erklären, was an diesem Tag schon alles passiert war, doch natürlich konnte er das nicht.

Vor dem Zimmer von Gisela Eisenpaß stand noch immer ein gelangweilter Gendarm, der sichtbar erleichtert salutierte, als Franz und Titus auf ihn zukamen. Ordnungsgemäß vermeldete er, es gebe nichts zu vermelden. Dann bedeutete ihm Franz, dass er sich zurückziehen könne, und sah zu Titus hin. Ganz offensichtlich war es nun dessen Aufgabe, den ominösen Zettel wieder aufzutreiben.

Titus atmete durch. Selbst eine Unterredung mit seinem Vater wäre ihm in diesem Moment lieber gewesen, als Gisela gegenüberzutreten. Er hob die Hand, um zu klopfen, zögerte.

»Worauf wartest du?«

»Auf eine Eingebung …«, murmelte er, dann straffte er sich und öffnete nach einem raschen Klopfen die Tür.

Gisela, die offenbar müßig am Fenster gesessen hatte, fuhr erschrocken auf. Ihr Gesicht war blass, müde, angespannt, hilflos wie das eines waidwunden Tieres, doch Titus spürte, wie ihre Aufmerksamkeit ihm sogleich wieder dieses irritierende Prickeln über den Rücken jagte, das ihn mehr verwirrte, als er sich eingestehen mochte. Er wollte zu einer höflichen Begrüßung ansetzen, die ihm aber, noch ehe er sie ausgesprochen hatte, schon lächerlich vorkam.

Franz schaute nur abwartend zwischen den beiden hin und her.

»Ich sehe, dass Ihnen etwas auf dem Herzen liegt«, ergriff Gisela endlich das Wort. »Es … tut mir so furchtbar leid, was am Vormittag geschehen ist. Wenn ich nur irgendwie geahnt hätte, dass …« Sie senkte die Augen. »Womöglich denken Sie nun, dass ich mitverantwortlich bin für das Missverständnis, das zu dieser Tragödie geführt hat?«

»Ein Missverständnis?«, wiederholte Franz.

»Ich bitte Sie.« Gisela ließ sich wieder auf den Stuhl am Fenster sinken, wo das erste goldene Abendlicht dramatisch auf ihr Antlitz fiel. »Sie müssen nicht so reden, als verhörten Sie mich. Fragen Sie mich einfach. Fragen Sie mich, ob ich womöglich den Italienern etwas anders übersetzt habe, als«, sie warf einen eindringlichen Blick zu Titus, »Dr. Pyrner mir aufgetragen hat. Fragen Sie mich doch, ob ich mehr erfahren habe, als ich Ihnen gesagt habe! So fragen Sie mich doch, ob ich etwas zu verbergen habe! Ob ich mich einer anderen Sache schuldig gemacht habe, als Ihnen mit all meinen Möglichkeiten zu helfen, diese … schreckliche Tat an meinem Gatten aufzuklären!« Immer erregter hatte sie gesprochen, und nun hob sich ihr Busen unter dem schlichten Kleid und ließ ein kleines silbernes Kreuz darauf blitzen.

»Ja, ich befürchte, alle diese Fragen werden wir noch zu stellen haben, Frau Eisenpaß.« Franz redete nun wieder mit der Stimme eines Juristen. »Aber zuvor müssen wir etwas anderes wissen. Was ist mit dem Zettel passiert, den Sie an dem Tag, als wir Sie im Zimmer Ihres Gatten überrascht haben, verschwinden ließen?«

»Welcher Zettel?«

»Gnädige Frau, Sie wissen, wovon ich rede.«

»Der einzige Zettel, von dem Sie reden können, ist das Schreiben, das ich selbst an meinen Gatten geschickt hatte, um ihn in Bruck zu treffen. Ich weiß, es war nicht klug, dies zu verheimlichen, aber ich dachte wirklich … Ich habe in bestem Wissen und Gewissen gehandelt! Sie können doch nun mir nicht zum Vorwurf machen, dass … Titus!« Sie streckte mit einer hilfesuchenden Geste die Hände nach ihm aus. »Das muss doch ein Missverständnis sein!«

Titus schluckte. Die Situation war ihm so unangenehm, dass er am liebsten auf der Stelle kehrtgemacht hätte. »Ich … Es tut mir leid, aber ich habe gesehen, wie Sie ein kleines Briefchen oder ein Schreiben in Ihren Rock steckten, als ich Sie stützte.«

»Darauf haben Sie geachtet?«

»Ich gebe zu, dass es mir in dem Moment nicht wichtig erschien. Ich wollte Sie schon längst darauf ansprechen und habe es immer wieder vergessen, aber angesichts der jüngsten Entwicklungen …«

Franz gab einen unwilligen Laut von sich. »Frau Eisenpaß, händigen Sie mir einfach dieses Schreiben aus.«

Giselas Lippen zitterten, als sie zu Titus gewandt sagte: »Ich hätte Sie anders eingeschätzt, Herr Doktor.« Dann stand sie auf, langsam, als müsste sie gegen einen inneren Widerstand ankämpfen, und öffnete die oberste Lade der Kommode, sodass die Männer einen Blick auf ein paar Strümpfe und spitzenbesetzte Leibwäsche erhaschen konnten. Eilig, als wäre es ihr peinlich, fuhr sie mit der Hand unter das Weißzeug, tastete einen Moment umher, bis sie einen eng zusammengefalteten Zettel hervorzog.

Fordernd hielt Franz seine Hand auf.

»Bitte denken Sie nichts Falsches!« Ihre Stimme bebte.

Franz nickte knapp und faltete das Papier auseinander. Titus trat näher, um das Schreiben ebenfalls zu lesen. Der Inhalt war höchst irritierend.

Liebster Theo!
Es freut mich, dass es Dir nach wie vor gut geht und es Dich endlich wieder an die Mur verschlagen hat. Deine letzte Lektüreempfehlung hat mich sehr erheitert, doch lieber wäre es mir, wenn ich Arm in Arm mit Dir lachen dürfte. Wenn Du Dich von Deinem Kuraufenthalt erholen musst, weißt Du ja, wo Du mich findest.
In Liebe, Dein immer treuer Armin Horvath

Franz runzelte die Brauen und begann an seinem Bart zu zupfen.

Auch Titus stutzte und las die Zeilen noch einmal. Und dann noch einmal.

»›In Liebe‹ …?«, murmelte Franz. »Armin? War er etwa …?«

»Ja«, antwortete Gisela schlicht. »Verstehen Sie nun, weshalb ich Ihnen dieses Briefchen vorenthalten wollte?«

»Nicht ganz …«

»Ach! Soll ich Ihnen glauben, dass die Gendarmerie und

die werten Herren Kriminalisten genauso intensiv nach den Mördern meines Gatten gesucht hätten, wenn sie von Anfang an gewusst hätten, dass er ein … *Perverser* ist?« Sie spie das letzte Wort förmlich aus, sodass Titus bei dem Klang zusammenzuckte.

»Sie meinen …?«

»Tun Sie doch nicht so unschuldig, Herr Stahlbaum! Sie haben genau gelesen, was hier steht. Muss ich es Ihnen auch noch übersetzen? Dieser Horvath ist … war der Geliebte meines Mannes.«

»Sie wussten davon?«

»Offensichtlich.«

»Und Sie konnten damit … leben?«

Titus waren diese Fragen, die Franz an Gisela stellte, geradezu schmerzhaft unangenehm, doch er konnte nichts anderes tun, als danebenzustehen und ihren bitteren Antworten zu lauschen.

»Hatte ich denn eine Wahl?«, erwiderte sie starr. »Ich war verwitwet. Haben Sie eine Ahnung, was das für eine Frau in meiner Position bedeuten kann? Und das mit einem Knaben, der einen Vater braucht? Ich musste froh sein, dass es für mich und meinen Sohn noch eine Chance gab. Selbst um diesen Preis …«

Franz drehte das Schreiben in seinen Händen hin und her.

»Werden Sie nun die Suche nach dem Mörder aufgeben? Genügt es Ihnen, dass er tot und bald vergessen ist? Ist so ein Mann es in Ihren Augen denn überhaupt noch wert, dass man ihm Gerechtigkeit widerfahren lässt?«

»Es gibt Gesetze, Frau Eisenpaß …«

»Ich weiß. Und mein Gatte hat sie alle gebrochen.« Die Bitterkeit in ihrer Stimme bereitete Titus fast körperliche Qualen.

»Aber der Mörder hat ebenso Gesetze gebrochen«, gab Franz zurück.

»Bitte!«, rief Gisela aus und hob die Arme, als wollte sie jeden Moment einem der beiden Männer in die Arme stürzen.

»Lassen Sie Gerechtigkeit widerfahren … Und denken Sie nicht schlecht von mir.« Kraftlos ließ sie die Arme wieder sinken und sah Titus und Franz mit schimmernden Augen an. Ihre Lippen erblassten, als wehrte sie sich mit aller Kraft dagegen, wieder in Tränen auszubrechen.

Franz nickte.

Titus war für einige Augenblicke versucht, Gisela tröstend die Hand auf die Schulter zu legen, doch er bezwang sich. »Wir werden unser Bestes tun«, sagte er nur und lächelte sie an, woraufhin sie dankbar aufseufzte. Der Klang ging ihm durch Mark und Bein.

»Komm«, meinte Franz nur, als sie wieder auf dem Gang vor dem Zimmer standen. Der Gendarm, der in der Zwischenzeit offenbar müßig auf dem Treppenabsatz gesessen hatte, sprang eilig auf und salutierte, als die beiden an ihm vorübergingen. »Wir haben den ganzen Tag lang nichts gegessen, und ich brauche jetzt etwas Vernünftiges, bevor mir dieser Wisch da zu sehr auf den Magen schlägt.«

Freitag, 23.7.1897, Abend

Worüber man nachdenken muss

Besonders wichtig ist das Notieren für »Einfälle«, die überraschend kommen, nicht sofort zu erledigen sind, aber doch wichtig sein können. Man hält es für unmöglich, etwas so »Wichtiges« zu vergessen, und doch geschieht es, wenn es nicht sofort notiert wurde.

Dr. Hans Gross

Mit langen Schritten marschierten die beiden aus dem Kurhaus. Anton Meisl hatte sich Gott sei Dank bereits verflüchtigt, sodass sie unbehelligt ins Freie traten. Der Hauptplatz lag schon größtenteils im Schatten, doch die sommerliche Wärme hing noch zwischen den Häusern. Hier und da flanierten ein paar Menschen vorüber.

Ohne viele Worte zu wechseln, wandten sie sich in Richtung der Kirche und blieben erst vor dem Gasthaus »Goldene Sonne« stehen.

Franz und Titus tauschten einen raschen Blick, dann betraten sie die Gaststube, die mäßig gefüllt war. An einem Tisch im Eck, auf dem in einer kleinen Vase ein paar Wiesenblumen vor sich hin welkten, ließen sie sich nieder.

Ein Bursche brachte ihnen ungefragt einen Krug sauren Rotwein, der sie immerhin ein wenig erfrischte, ehe der Wirt höchstselbst erschien, sich die Hände an seiner Schürze wischte und sich nach ihren Wünschen erkundigte.

»Was gibt es denn?«, fragte Franz.

»Wir hätten da ein ganz feines Gulasch –«

»Bloß nicht!«, unterbrach ihn Titus, was seinem Freund ein Grinsen und dem Wirt ein irritiertes Stirnrunzeln entlockte. »Das hatte ich erst kürzlich …«, fügte er erklärend hinzu.

Der Hausherr sah ihn kurz etwas skeptisch an, dann erhellte

sich seine Miene. »Ah, Sie sind es! Ohne die roten Haare hätte ich Sie bald nimmer wiedererkannt!«

Titus verzog bei dieser Anmerkung unglücklich das Gesicht.

»Sie haben sich letztens erst nach dem Toten aus der Mur erkundigt und einen Schweinsbraten gegessen. Inzwischen haben die Gendarmen ja auch schon ein paarmal bei uns nachgefragt. Wegen dem Mord, nicht wegen dem Braten.« Der Wirt lachte auf. »Also, was soll es sein? Der Schweinsbraten ist bei uns immer gut, Flecksuppe haben wir auch oder Brot mit Fleisch und Käse. Und was vom Lamm, aber das ist von gestern.«

Die Erwähnung der Flecksuppe erweckte in Titus irgendeine Assoziation, die er nicht gleich einordnen konnte. Er schüttelte sich innerlich. Wer wollte schon einen Eintopf aus Rinder- oder Schweinsmagen essen? Ein Blick zu Franz verriet ihm, dass dieser anscheinend auch keine besondere Liebe für diesen Eintopf hegte.

Nachdem sie bestellt hatten und der Wirt eifrig abgezogen war, holte Franz das Schreiben von Eisenpaß' Geliebtem wieder hervor. Die wenigen Gäste in der Stube beachteten sie ohnehin nicht. Schweigend lasen die beiden noch einmal die Zeilen.

»Der war also einer von … denen …«, murmelte Franz sinnend. »Die Idee mit der italienischen Geliebten können wir nun jedenfalls endgültig ad acta legen.«

»Was wäre, wenn er einfach deswegen umgebracht worden ist? Wenn das alles, was wir da zusammengetragen haben – die Italiener und das verkaufte Kind und dieser Höhlenforscher –, wenn das alles gar nichts mit dem Mord zu tun hat und irgendwer einfach einen Hass auf … auf solche Leute wie ihn hatte?« Titus gefiel dieser Gedanke durchaus nicht, aber es wäre immerhin eine einfache Lösung für alles.

»Dann bliebe immer noch die Frage, weshalb er sich kurz vor seinem Tod nach Giorgio Zilli erkundigt hat.«

»Vielleicht war das auch ein … Gefährte von ihm?«, schlug Titus vor.

»Und dass der Zilli irgendjemandem hier ein Mädchen verkauft hat, wäre dann vollkommen irrelevant.« Franz zupfte nachdenklich an seinem Bart. »Man sagt ja, dass ein Verbrechen oft weitere nach sich zieht – aber so was?«

Ein Bursche brachte das Essen, und für eine Weile widmeten die beiden sich schweigend dem Schweinsbraten, der hier tatsächlich immer wieder ausgezeichnet schmeckte. Der saure Wein wurde mit jedem Schluck erfrischender, und langsam fiel die Anspannung des Tages von ihnen ab.

»Wir könnten zumindest versuchen herauszufinden, an wen Zilli das Kind verschachert hat«, kam Titus nach dem letzten Bissen wieder auf ihren Fall zurück.

»Das wird eine Heidenarbeit«, brummte Franz.

»Und wir könnten diesen Armin Horvath ausfindig machen. Ganz abgesehen davon, dass diese … Beziehung gesetzeswidrig ist, könnte er uns vielleicht irgendeinen Hinweis liefern, wo man weiter nach den Mördern von Eisenpaß suchen kann.«

»Womöglich war es dieser Horvath selbst.«

»Aber er nannte ihn doch seinen ›liebsten Theodor‹. Wieso sollte er ihn da umbringen?«, widersprach Titus.

»Hast du eine Ahnung, wie viele Männer ihre Frauen umbringen und nachher beteuern, dass sie die Liebe ihres Lebens war? Manchmal hat man den Eindruck, dass Liebe sowieso die gefährlichste Geisteskrankheit von allen ist. Das wird unter Männern wohl kaum anders sein.«

Titus wusste nicht recht, was er darauf sagen sollte. »Manchmal macht man recht komische Sachen, wenn man verliebt ist …«

Franz sah ihn an. »Zum Beispiel den ganzen Sommer in einer Kuranstalt verbringen und hoffen, dass ein bestimmtes Fräulein wiederauftaucht?«

»So ein Blödsinn.« Titus betrachtete die hellroten Schlieren, die der Wein in seinem Glas hinterlassen hatte. »Außerdem habe ich es mir ohnehin ganz anders vorgestellt.«

»Mein Gott, manchmal macht man sich wirklich selbst das

Leben schwer«, seufzte Franz philosophisch und bedeutete dem Burschen, noch mehr Wein zu bringen.

»Ja, du hast leicht reden, mit deiner Resi.«

»Hast du eine Ahnung …«

Eine Weile saßen die beiden da und starrten vor sich hin, jeder mit seinen eigenen Gedanken beschäftigt. Natürlich war ihnen bewusst, dass sich allein vom Sinnen der Fall schwerlich auflösen würde, doch im Moment reichte es ihnen beiden vollkommen, mit einem Freund vor einem Glas Wein zu sitzen.

»Ah, da sind sie, die jungen Herren!«, riss sie da eine Stimme aus ihrem Brüten. Mit einem gefüllten Krug Rotwein in der einen und einem Brett mit ein paar verdächtigen Gläschen in der anderen Hand schlurfte langsamen Schrittes der Altwirt auf sie zu und grinste zahnlos.

Titus stand vorsorglich auf, um dem Greis die Getränke abzunehmen, während Franz das Schreiben rasch wieder in seine Weste steckte.

»Haben Sie den Theo inzwischen gefunden?«, fragte der Alte, nachdem er sich umständlich zu ihnen gesetzt hatte. »Die Herren Gendarmen, die laufen ja schon seit Tagen da am Hauptplatz hin und her. Aber ich hab den Verdacht, dass sie noch nicht viel herausgefunden haben – sonst würden sie ja nicht so ratlos dreinschauen.« Er lachte auf und schob jedem von ihnen ein Gläschen mit einer klaren Flüssigkeit zu. »Und telegrafiert wird in einem fort, sagt man, aber wohl nichts Gescheites, weil sonst hätten Sie den armen Theo ja schon längst gefunden – nicht?«

Franz und Titus warfen einander einen Blick zu.

»Na ja«, ergriff schließlich Titus das Wort. »Den Herrn Theodor Eisenpaß, den haben wir inzwischen schon gefunden. Aber er ist leider tot.«

»Tot?« Der Altwirt starrte sie ein paar Sekunden lang an. »Noch ein Toter?«

»Was? Ist denn noch einer gestorben?«, fragte Franz verwirrt.

»Ja, ein Kurgast soll ja auch ertrunken sein – in der Mur!«

»Nun, der Kurgast, das war der Herr Eisenpaß. Ihr Freund, der Theo«, versuchte Titus so behutsam wie möglich, den Alten aufzuklären. »Er ist nur nicht ertrunken, sondern …«, er schaute kurz fragend zu Franz, der daraufhin ergeben nickte, »… ermordet worden.«

»Der Theo? Ja, Sakrament! Aber von uns war das keiner!«

»Natürlich nicht!«, erwiderte Titus. »Aber deshalb müssen nun wir – also vor allem der Herr Stahlbaum – herausfinden, was mit ihm passiert ist.«

»Die Franzosen …«, murmelte der Altwirt.

»Nein, die waren es gewiss nicht«, erwiderte Franz und schob das noch immer volle Schnapsgläschen vor sich hin und her. »Eher schon die Italiener.«

»Nein«, sagte der Alte resolut. »Der Theo, der hat sich immer gut mit denen verstanden. Er und sein Freund … Ja, eh.« Er seufzte, dann nahm er das Stamperl. »Himmel auffi«, verkündete er mit einem Blick in den Herrgottswinkel und leerte es in einem Zug. »Zwetschke.«

Der Schnaps brannte und vermischte sich mit der Säure des Weins, sodass Titus für ein paar Sekunden eine recht gute Vorstellung von den Leiden einer ausgewachsenen Pyrosis hatte.

»Dieser Freund«, wandte sich Franz an den Altwirt, nachdem auch er sein Gläschen geleert hatte, »wissen Sie noch, wie der heißt?«

»Wessen Freund?«

Titus kannte die altersbedingte Vergesslichkeit des Greises schon, aber Franz schien im ersten Moment mehr als verwirrt. »Sie sagten doch gerade, dass Herr Eisenpaß und sein Freund sich immer gut mit den Italienern verstanden hätten.«

»Ah, der Theo. Nein, ob der einmal in Italien war, weiß ich nicht.«

Hilfesuchend sah Franz zu seinem Freund, doch Titus zuckte nur die Schultern. Da konnte selbst der beste Arzt nichts ausrichten.

»Nein, das ist mir gleich, ob der einmal in Italien war oder sonst wo, aber seinen Freund würde ich gerne finden.«

»Ist der auch ermordet worden?«

»Nicht, dass ich wüsste.« Franz schüttelte nur den Kopf.

»Ein gescheiter Mann war das«, merkte der Alte an.

»Na geh, Vater, tust du mir schon wieder die Gäste vertreiben!«, kam da der Sonnenwirt an ihren Tisch. »Bitte entschuldigen Sie.«

»Nein, nein«, winkte Franz ab. »Ihr Herr Vater hat uns geholfen. Er kannte offenbar den Herrn Eisenpaß, dessen Tod wir hier untersuchen«, fügte er mit gesenkter Stimme hinzu, doch offenbar war der ermordete Kurgast längst eine bekannte Tatsache.

»Ja, wir rätseln eh auch schon, wer es war«, erwiderte der Wirt. »Wissen Sie es bereits?«

»Darüber darf ich nicht reden«, entschuldigte sich Franz. »Aber kennen Sie vielleicht diesen Freund des Herrn Eisenpaß – er dürfte hier auch Stammgast gewesen sein –, von dem Ihr Vater gesprochen hat?«

»Stammgäste haben wir viele. Aber da war so ein gelehrter Herr, ein ganz ein gescheiter … Geh, Vater, wie hat denn der geheißen, der damals von den Urmenschen geredet hat, die da rundherum gewohnt haben sollen, und dass wir eigentlich alle Affen sind?«

Der Altwirt sah seinen Sohn an. »Das war eine Frechheit, was der Horvath gesagt hat! Ich war nie ein Affe, und der Pfarrer kann ihm das bestätigen.«

Titus war bei dem Namen zusammengefahren. »Horvath?«, wiederholte er. »Armin Horvath?«

»Das kann schon sein«, bestätigte der Wirt.

»Was wissen Sie denn noch über diesen Herrn Horvath?«, erkundigte sich Franz.

»Bitte, wen meinen Sie?«, fragte der Alte freundlich, und sein Sohn hob nur entschuldigend die Schultern.

»Der Herr Horvath, Armin Horvath.«

»Ja, glauben Sie, ich kenne alle Gäste da in meinem Wirtshaus?«

»Vater, das Gasthaus gehört schon lange mir«, widersprach der junge Sonnenwirt. Dann wandte er sich an Titus und Franz. »Entschuldigen Sie, aber mein Vater … na ja, in dem Alter.« Dann fiel sein Blick auf die leeren Schnapsgläser. »Wollen Sie noch was?«

Nachdem sie noch eine zweite und anschließend noch eine dritte Runde getrunken hatten, entschieden sie, dass es genug war. Auch wenn *in vino* sicherlich ganz viel *veritas* liegen mochte, im Zwetschkenschnaps war die Wahrheit nicht zu finden; und weder der Wirt noch sein greiser Vater konnten ihnen noch etwas Brauchbares über den Toten oder dessen Freund verraten.

»Immerhin haben wir jetzt die Bestätigung, dass dieser gelehrte Freund vom Eisenpaß wirklich der Horvath ist, der ihm diesen Brief geschrieben hat«, meinte Franz, als sie auf den Hauptplatz hinaustraten. Inzwischen war es dunkel geworden, es roch nach Sommernacht.

»Der Altwirt scheint ohnehin eine Menge zu wissen«, bestätigte Titus.

»Aber das nutzt uns wenig. Kaum hat er was Hilfreiches gesagt, hat er es selbst schon wieder vergessen. Ein furchtbarer Zeuge wäre das. Alles ohne Zusammenhang, ohne Chronologie.«

Sie spazierten gemütlich um die Pestsäule herum. »Weißt du, was ich mich schon die ganze Zeit frage?«, wandte sich Titus an seinen Freund.

»Ob du es glaubst oder nicht – ich habe keine Ahnung«, erwiderte Franz.

»Wo ich den Namen Horvath schon einmal gehört habe.«

»Du, der steht in so einem Briefchen, das die lustige Witwe Eisenpaß verschwinden lassen wollte«, antwortete Franz grinsend. Anscheinend zeigten Wein und Schnaps nun in der lauen Abendluft doch recht deutlich ihre Wirkung.

»Nein, woanders.«

»Ich befürchte, darüber müssen wir morgen noch einmal nachdenken.«

»Es war ein langer Tag …«

»Es war ein furchtbarer Tag, wenn man es genau bedenkt«, erwiderte Franz.

»Morgen ist wieder einer.«

Sie verabschiedeten sich vor dem »Straßburg«, wo Franz dann mit leicht wankenden Schritten die Treppen zu seinem Zimmer erklomm. Titus marschierte derweil zum Kurhaus zurück. Zu dieser Stunde erschien ihm der moderne Bau gar nicht mehr so einladend.

Kurz ertappte er sich dabei, wie seine Gedanken zu Gisela flogen. Wie es ihr wohl gehen mochte? Am Treppenabsatz zögerte Titus einen Moment. Doch dann wandte er sich um und verschwand in seinem eigenen Zimmer. Er hatte wohl ein bisschen zu viel getrunken, um zu dieser Stunde zu einer Frau zu gehen – selbst wenn er sich allein um ihr Wohlergehen sorgte.

In seinem Hinterkopf hörte er noch seinen Vater lachen, als er sich auf sein Bett fallen ließ.

In Franz' Zimmer war es stickig und heiß. Er riss das Fenster auf und goss sich einen Schwall lauwarmes Wasser aus seiner Waschschüssel über den Nacken. Dann ging es ihm besser.

Er hatte das Gefühl, dass sein Kopf kurz vor dem Bersten stand vor lauter Gedanken, die darin hin und her flogen. Wenn er die Augen schloss, sah er immer wieder Anton Meisl, wie er mit gezogener Waffe vor dem Italiener stand, er sah Matteo Grizzo auf der Wiese liegen, das verzerrte Gesicht von dessen Frau, als sie seinen Namen rief.

Franz schmeckte, wie ihm der saure Wein wieder in der Kehle hochsteigen wollte, und atmete durch. Nein, wenn er sich nun in Schuldgefühlen badete, würde das den Mann nicht wieder lebendig machen – und besser würde davon ebenfalls nichts werden. So oder so ähnlich hätte ihm das sicherlich auch seine Resi gesagt. Und im Grunde hatten sie ja doch einiges herausgefunden: Dass dieser Zilli ein armes Italienerkind verkauft hatte und Eisenpaß offenbar sein eigenes Geschlecht bevorzugte, das waren doch Erkenntnisse, die sie weiterbringen mussten.

Stöhnend ließ Franz die Stirn in die Hand sinken. Morgen mussten sie unbedingt diesen Armin Horvath ausfindig machen. Das versprach eine mühselige Arbeit zu werden.

Er betrachtete das schmale Bett. Hinter der Wand meinte er schon wieder die Marder rascheln zu hören. Sein Kopf fühlte sich übervoll, aber nicht müde an.

Franz setzte sich an den Tisch unter der Dachschräge, griff mit der Rechten nach Tinte und Feder. Dann lächelte er, nahm die Feder in die Linke und begann zu schreiben:

Mein liebes Reserl.
Ich weiß, ich hab Dir versprochen, dass ich eher schreib, aber es ist so viel passiert, dass ich keinen rechten Gedanken hab fassen können. Ich verspreche Dir, ich werd Dir alles erzählen – wenn Du es denn hören magst. Gerade jetzt wäre es schön, wenn ich nicht allein da im Zimmer sitzen müsste, unter dem Dach, wo die Sommerhitze noch hängt. Dann wär es vielleicht leichter, an ganz andere Dinge zu denken. So wie ich immer ein bisserl an andere Sachen denk, wenn Du da bist. Das heißt, ich denk dann schon an Dich – aber eben anders.

Franz las die letzten Zeilen noch einmal durch. Eindeutig, es kam etwas ganz anderes dabei heraus, wenn er mit der linken Hand schrieb, so wie es ihm der Lehrer nie erlaubt hätte. Vielleicht stimmte es ja, dass die Linke näher am Herzen war. Jedenfalls hatte er nun das Gefühl, als könnte er auf diese Weise immerhin sein Gemüt ein wenig erleichtern.

Vor allem an eine Sache will ich gerade gar nicht denken. Resi! Heute ist einer erschossen worden. Der Anton Meisl

hat abgedrückt. Der Depp. Und das Schlimme ist, dass er damit nicht einmal wirklich etwas falsch gemacht hat. Einen Tatverdächtigen muss man an der Flucht hindern. Den Fehler hab wohl eher ich gemacht, weil ich eine Befragung zugelassen hab, die man so nicht macht.
Aber falsch war es trotzdem! Jedenfalls war der Italiener, den wir – den der Meisl! – erschossen hat, nicht der Mörder von dem Mann, den wir aus der Mur gezogen haben. Ich für meinen Teil wenigstens glaube seiner Frau, die beschwört, dass er zwar wollte, aber am End doch nichts gemacht hat. Der Meisl, der redet sich natürlich ein, dass er schon den Richtigen erwischt hat …
Ich weiß, ich schreibe schon wieder einen Schmarren. Den letzten Brief, den ich so geschrieben habe, den hab ich zerrissen, bevor ich ihn abgeschickt habe. Mit der Linken habe ich ihn geschrieben, so wie diesen hier. Es geht leichter, wenn man die falsche Hand nimmt, dann kommen die richtigen Worte eher aus dem Hirnkasten aufs Papier. Außerdem haben wir erfahren, dass der Italiener, nach dem sich unser Toter im Gasthaus »Straßburg« (ja, genau in dem Haus, in dem ich jetzt wohne) noch erkundigt hat …

Franz stockte. Theodor Eisenpaß hatte sich ein paar Tage vor seinem Tod genau in diesem Gasthaus nach Giorgio Zilli erkundigt. Am Donnerstag! Ja, Titus hatte ihm berichtet, dass es am Donnerstag gewesen sei. Und irgendwas hatte es mit einer Flecksuppe zu tun. Franz begann wieder an seinem Bart zu zupfen. Wieso kam er jetzt ausgerechnet auf diesen Eintopf?

Und warum hatte Eisenpaß nach Zilli genau in diesem Gasthaus gefragt?

Hastig schob er den angefangenen Brief beiseite und kramte das Notizbüchlein aus seiner Weste, die er inzwischen achtlos aufs Bett geworfen hatte, um sich diese Frage zu notieren. Wenn man jemanden suchte, dann fragte man doch nicht vollkommen planlos irgendwo nach dieser Person, sondern am wahrscheinlichsten Ort. Also wieso sollte der Ziegelarbeiter Zilli ausgerechnet in diesem Haus anzutreffen gewesen sein?

Franz schüttelte den Kopf, zog den Brief noch einmal zu sich und setzte neu an:

Liebe Resi, ich hab mir geschworen, was ich heute schreib, das schicke ich Dir auch.
Bitte schön, da hast Du es. Das geht mir heut zu dieser Stunde durch den Kopf. Und so wird es mir wohl noch öfter gehen, weil ich eben kein Bäcker und kein Schuster geworden bin, sondern ein Jurist. Aber wenn Du lieber einen hättest, der Brot und Semmeln und Schnürsenkel im Kopf hat, dann musst Du Dir einen anderen suchen. Aber lieber wär mir wohl, dass Du mich nimmst … und dass ich Dir einmal das alles so richtig erzählen kann, was ich mir denk.
Dein Franz (Untersuchungsrichter Stahlbaum)
Freitag, 23.7.1897, Gasthof »Straßburg«, Frohnleiten

Kurz entschlossen faltete er den Brief zusammen und versiegelte ihn. Wenn er noch länger nachdachte, dann würde er sich wieder nicht getrauen, das alles so, wie es war, abzuschicken.

Aber wenn er einmal mit seiner Braut wirklich Ernst machen wollte, dann war es wohl ein vernünftiger Anfang, ihr schonungslos offenzulegen, mit welchem Mann sie sich da eingelassen hatte. Sie hatte ja auch nie einen Hehl daraus gemacht, dass er in ihr kein zahmes Weibchen bekam, sondern eine Frau, die gewiss der Herr im Haus sein würde. Nur gut, dass er als Untersuchungsrichter auch viel unterwegs sein musste …

Samstag, 24.7.1897, Vormittag

Wo die Liebe hinfällt

Über die Bedeutung der Homosexualität muss man heute unbedingt klar sein und in der Frage Stellung nehmen. Richtig dürfte die Auffassung sein, welche in ihr weder eine Geisteskrankheit noch ein Laster, sondern eine angeborene Eigentümlichkeit sieht. […] so sehr müssen wir zugeben, dass ein Bestrafen dieser Unglücklichen ungerechtfertigt erscheint.

Dr. Hans Gross

Franz wurde vom ersten Morgenlicht geweckt, das zielgenau durch das kleine Fenster auf sein Bett fiel. Schon früh war es überaus warm, und er meinte in der Luft bereits die Ankündigung eines Sommergewitters zu schmecken, auch wenn die Wolken, die sich bisher über dem Hauptplatz zeigten, wollig und blitzend weiß waren.

Als er seine Weste anzog, fiel ihm sein Notizbüchlein wieder ein, das neben dem Brief an seine Verlobte auf dem Tisch lag. Rasch steckte er beides ein. Bevor er seinen Freund im Kurhaus abholte, musste er noch etwas klären.

Im Gastraum hing noch der Rauch des Vorabends, und ein Servierfräulein, dessen Rundungen ihm durchaus nicht entgangen waren, war gerade damit beschäftigt, sämtliche Fenster aufzureißen.

»Ah, guten Morgen!«, drehte sie sich zu ihm um, als er sich mit einem dezenten Räuspern bemerkbar machte. »So früh schon auf? Ihr Kollege ist noch nicht heruntergekommen.«

»Der Herr Meisl ist nicht mein Kollege«, stellte Franz klar und setzte sich unter ein geöffnetes Fenster. »Kann ich einen Kaffee haben?«

»Da muss ich schauen, ob die Anni schon in der Küche ist«, erwiderte das Fräulein. »Sonst noch was?«

»Eine Auskunft, wenn Sie die hätten«, erwiderte Franz, indem er sie mit dem gewinnendsten Lächeln ansah, das er zu dieser Stunde zuwege brachte. »Erinnern Sie sich, dass Herr Eisenpaß –«

»Der Ermordete?«, unterbrach sie ihn.

»Ja. Erinnern Sie sich, dass er sich in der letzten Woche nach einem Giorgio Zilli erkundigt hat?«

»Das hat Ihr anderer Kollege, der Rothaarige, auch schon gefragt.«

»Der Dr. Pyrner«, präzisierte Franz, ohne näher zu erläutern, dass der genau genommen auch nicht sein Kollege war.

»Der hat aber mit dem Wirt geredet.«

»Das mag sein, aber was mich eher interessiert, ist, dass sich niemand gewundert hat, weshalb ein Kurgast sich ausgerechnet hier nach einem Italiener erkundigt.«

Das Fräulein lachte abermals. »Das war ja am Donnerstag – da hat es Flecksuppe gegeben.«

Schon wieder diese Flecksuppe. »Aha. Und was hat dieser Eintopf mit dem Herrn Zilli zu tun?«

Einen Moment sah sie ihn an, als hätte er sich gerade danach erkundigt, ob die Mur tatsächlich aus Wasser bestünde. »Na ja, das war vor ein paar Jahren, da hab ich gerade erst angefangen, hier zu arbeiten, weil die Mutter mich zu Haus nimmer gebraucht hat und der Vater ohnehin allerweil nur besoffen war. Da hab ich mir eben gedacht, dass ich genauso gut im Ort in Dienst gehen kann. Der Wirt hat eh gerade ein Mädl gesucht«, begann sie etwas umständlich. »Ins ›Straßburg‹ sind ja immer auch gern die Kurgäste zum Essen gekommen.« Kurz hielt sie inne, als müsste sie sich erst wieder auf das Wesentliche besinnen. »Irgendwas Schlimmes ist damals in der Lehmgrube passiert, ein Unfall. Es ist dort ja immer wieder etwas vorgefallen, aber solange sie genug Ziegel geliefert haben, hat das kaum einen interessiert. Es sind eh fast nur Italiener dort, die kommen jeden Sommer und verschwinden wieder. Die meisten von denen haben mit uns im Ort kaum was zu tun. Ein Arbeiter ist da plötzlich im Gastraum gestanden und hat um Hilfe gerufen, ganz aufgelöst war der. Die meisten hat das kaum gekümmert – was will man denn schon machen?«, fügte sie erklärend hinzu. »Aber einer von den Herrschaften, der ist gleich aufgestanden und mitgegangen. Später hat der dann einen ganzen Kessel mit Flecksuppe bei uns gezahlt, weil wir das eben gerade fertig hatten, und hat das zu den Ziegelarbeitern bringen lassen.«

»Dieser Herr …?«, unterbrach sie Franz.

»Ich kann nicht sagen, ob das der Eisenpaß war. Schon möglich. Jedenfalls hat der in diesem Sommer einige von den Italienern sehr unterstützt, heißt es. Angeblich hat er sogar eines von den Arbeiterkindern aufgenommen. Und jedes Jahr, wenn er wieder hier auf Kur war, hat er sich mit diesem Arbeiter, dem Zilli Schorsch, getroffen und ihm ein bisserl Geld gegeben. Und der Zilli, der ist immer hergekommen, wenn es bei uns frische Flecksuppe gegeben hat. So als Erinnerung vielleicht. Sonst isst ja kaum einer von den Italienern bei uns. Er hat aber auch immer zahlen können, sonst würden wir die Katzelmacher nicht herlassen«, fügte sie noch hinzu.

Franz nickte und ärgerte sich, warum er nicht früher auf die Idee gekommen war, das Servierfräulein eingehender zu befragen. Immerhin hatte er nun die Bestätigung, was die Verbindung zwischen Eisenpaß und Zilli betraf. Außerdem sollte sich einmal jemand näher mit den häufigen Unfällen in der Lehmgrube befassen …

»Wunderbar«, sagte er dann und stand auf. »Sie haben mir sehr geholfen.«

»Und Ihr Kaffee?«

Franz war schon im Gehen begriffen. »Auf den werde ich heute verzichten«, erwiderte er. »Aber vielleicht können Sie ja meinem Kollegen Meisl eine Freude damit machen.«

Beschwingt marschierte er den Hauptplatz zum Kurhaus hinunter. Wenn ein Tag schon so erkenntnisreich begann, konnte er nur gut werden.

Titus war sich nicht ganz sicher, was ihn schon wieder zu so früher Stunde auf die Murpromenade hinuntertrieb. Ganz leicht spürte er hinter seiner Stirn noch die Reste vom Wein und Schnaps des Vorabends, doch die warme Morgenluft ließ den Schleier bald verschwinden.

Vielleicht war es auch das Bedürfnis nach Ruhe, das er hier zwischen ein paar Enten, die es sich mitten auf dem Weg gemütlich gemacht hatten, zu stillen suchte. Und noch ein anderer Gedanke drängte aus seinem Unterbewusstsein an die Oberfläche, den er jedoch resolut wieder beiseiteschob. Nein, er hoffte ganz gewiss nicht, hier jemanden zu treffen, mit dem er über die jüngsten Ereignisse reden konnte.

Titus wollte sich gerade wieder umwenden, um sich einen frühen Morgenkaffee im Kurhaus zu gönnen, da kam ihm just – als hätte er es nicht heimlich doch erwartet – Salome entgegen. Im sportlichen, hellen Sommerkleid schritt sie auf ihn zu, den Blick geradezu herausfordernd auf ihn gerichtet. »Ich wusste, dass Sie hier sein würden«, begrüßte sie ihn. »Gestern waren Sie ja sehr in Eile …«

»Ja, ich … Bitte verzeihen Sie.« Titus fühlte sich mit einem Mal unwohl in ihrer Gegenwart.

Salome trat auf ihn zu, als wollte sie ihm die Hand reichen. Doch stattdessen stellte sie sich vor ihn hin und sah ihm geradewegs in die Augen. An einem anderen Ort wäre dies wohl ein höchst ungebührliches Verhalten gewesen, doch nun blieb Titus wie festgewurzelt stehen. »Schade«, stellte sie nach einiger Weile fest. »Ich hatte wirklich gehofft, dass ich noch etwas davon finde.«

»Dass Sie etwas wovon finden?«, fragte er verwirrt zurück.

»Von diesem jungen Mann, der mir vor einem Jahr hier so vieles erzählt hat. Einfach, wie es ihm in den Sinn kam, ohne erst die Worte umständlich abzuwägen und abzuklopfen.« Salome schaute einer Ente nach, die flügelschlagend aus der Mur aufstieg.

Titus stand da und wusste nicht, was er darauf erwidern

sollte. So schlicht, so geradeheraus hatte wohl noch nie jemand so etwas zu ihm gesagt – und schon gar kein Fräulein, das noch dazu wie der junge Morgen selbst plötzlich vor ihm aufgetaucht war. So funktionierte das nicht. So führte man doch keine höfliche Konversation. Überhaupt benahm man sich nicht so – frei!

Salome sah ihn an, als könnte sie seine Gedanken lesen, eine kleine Enttäuschung kauerte in ihren Mundwinkeln. »Wissen Sie, jetzt, da dieser junge Mann offenbar weg ist, kann ich es ja sagen: Genau in diesen Mann habe ich mich damals wohl ein wenig verliebt.«

Er starrte sie mit offenem Mund an, doch sie schien das nicht im Geringsten zu bemerken.

»Ich hätte es schön gefunden, so offen mit jemandem zu reden. Als gäbe es nichts, dessen man sich schämen oder das man verschweigen müsste«, fuhr sie fort, während sie weiter den Enten nachsah, als wäre er gar nicht anwesend. »Damals gab es ja auch nichts, was dieser junge Mann vor mir verbarg. Selbst dass er sich heimlich vor seinem eigenen Vater fürchtete, dass er sich scheute, vor ihm über Medizin zu reden, weil er immer meinte, dass er ihn prüfe und beurteile, erzählte er mir. Dass er sich die Notizen zu seinen Patienten lieber mit Bleistift mache, um sie jederzeit wieder ausradieren zu können, wenn sein Vater etwas zu beanstanden habe. Dabei war er doch gewiss ein ebenso guter Arzt.«

»Fräulein Salome …«

»Und wissen Sie«, sprach sie weiter, ohne auf seinen Einwurf zu reagieren, »ich hätte ihm erzählen können, wovor ich mich fürchte. Dass ich eine furchtbare Angst habe, für immer nur die Assistentin meines Vaters zu sein. Dass ich ihn wie seine Sekretärin auf seinen botanischen Exkursionen begleiten müsse, bis ich zu alt sei, um selbst etwas Eigenes anzufangen. Ich finde seine Studien ja durchaus interessant, aber ich bin mir sicher, ich könnte noch mehr. Und wenn ich ihm das sage, dann … Meinem Vater bedeutet es viel, wenn ich mit ihm unterwegs bin.

Dass ich auch eigene Wege gehen könnte, ist ihm womöglich noch gar nicht in den Sinn gekommen.« Sie seufzte kurz, dann wandte sie sich wieder zu ihm, und das schelmische Blitzen stahl sich erneut in ihre Augen. »Das hätte ich diesem jungen Mann gesagt, wenn er noch da wäre.«

»Fräulein Grün, Salome ...«

»Ich weiß, dass Ihnen nun ganz andere Dinge durch den Kopf gehen. Sie ermitteln in diesem Mordfall ... Gibt es denn schon neue Spuren?«

»Ja, aber ...«

»Ich weiß. Sie dürfen nicht darüber reden.« Ein Funke beißender Ironie traf ihn. »Und schon gar nicht mit einem Frauenzimmer, nehme ich an.«

»Das ist nicht so einfach.«

»Mit einer Frau zu reden?«

»Ja ... Nein. Das auch.«

Sie schaute ihn unverwandt an. »Also, was jetzt?«

Ganz offensichtlich bereitete es Salome Freude, ihn dermaßen in Verlegenheit zu bringen, dass ihm jeder Satz auf den Lippen zerfiel, noch ehe er ihn überhaupt ausgesprochen hatte. Und das vor den Augen einer versammelten Entenfamilie, die gerade zu ihrem morgendlichen Bad die Uferböschung hinabwatschelte. Vielleicht war dies ja ihre Vorstellung von Rache für sein abweisendes Verhalten der letzten Tage. Dabei hatte er doch nur versucht, den Mord an einem Kurgast aufzuklären.

Titus versuchte, eine gelassene Haltung einzunehmen. Vielleicht ein wenig wie sein Vater, wenn der sein überlegenes Wissen mit jemandem zu teilen bereit war. »Es haben sich vollkommen neue Ansätze ergeben, ein neues Motiv sozusagen«, erklärte er. »Es ist ein Brief aufgetaucht, der wohl wenige Tage vor dem Verschwinden des Mordopfers an dieses geschickt wurde.«

Salome sah ihn an, dann spazierte sie weiter, sodass er ihr folgen musste, wenn er ihr weiter von den letzten Erkenntnissen berichten wollte.

»Und deshalb«, fuhr er fort, »werden der Herr Stahlbaum und ich heute wohl den Tag damit verbringen, diesen Herrn Horvath ausfindig zu machen.«

Die junge Dame blieb bei diesen Worten abrupt stehen, sodass Titus fast in ihre Seite gestolpert wäre. »Horvath?«, wiederholte sie.

»Sie brauchen sich über den Namen keine Gedanken zu machen.«

»Bitte überlassen Sie es mir, über welche Namen ich mir Gedanken zu machen beliebe«, gab sie spitz zurück. »Armin Horvath?«

Diesmal war es Titus, der stutzte. »Kennen Sie ihn etwa?«

»Himmel! Wir haben uns erst gestern früh so lange unterhalten, und Sie haben sich nicht einmal die Mühe gemacht, sich ein bisschen von dem zu merken, was ich Ihnen alles erzählt habe?« Salome gab einen recht undamenhaften Laut der Verachtung von sich. »Haben Sie sich also auch inzwischen angewöhnt, einfach grundsätzlich für unwichtig zu halten, was eine Frau sagt? Gratulation, dann haben Sie sich ja erfolgreich der Mehrheit der Männer angeschlossen. Sehr schade.«

»Nein. Ich bitte um Verzeihung.«

»Ich habe Ihnen erzählt, dass Professor Horvath ein alter Studienfreund von meinem Vater ist. Er war es, der uns empfohlen hat, einmal zu diesen Höhlen rund um Peggau zu gehen, wo man diese außergewöhnlichen Funde gemacht hat.«

»Ihr Vater kennt also Armin Horvath?«

»Ich kenne Herrn Horvath auch. Ein sehr netter Herr. Wenn wir bei ihm zu Besuch waren, durfte ich als Kind mit seinen Büchern spielen.« Die Erinnerung streifte wie ein Sonnenstrahl über ihr Gesicht. »Er hat immer gesagt, dass jeder, der klug genug ist, werden kann, was immer er will.«

»Sie waren bei ihm zu Besuch?«

»Ja. Mit meinem Vater«, gab sie unbekümmert zurück. »Jetzt schauen Sie nicht so entsetzt. Denken Sie etwa, dass er der Mörder …?«

»Haben Sie denn eine Ahnung, wer … *was* dieser Horvath ist?«

»Ich denke, er ist Geologe, und er beschäftigt sich auch mit Paläontologie.«

»Er ist ein … *Perverser*!«

Nun veränderte sich Salomes Blick, doch nicht so, wie Titus es erwartet hatte. »Sie meinen, dass er nichts für die Ehe – das heißt, nichts für die Ehe mit einer Frau – übrighat? Ja, das ist mir bekannt.«

Titus öffnete den Mund zu einer Erwiderung, doch Salome ließ ihn gar nicht erst zu Wort kommen.

»Vielleicht entgeht einem ja manches an Erziehung, wenn man ohne Mutter aufwächst, aber ich kann Ihnen versichern, dass es mein Vater mir nicht an Bildung hat ermangeln lassen. Unter anderem hat er mir beigebracht, dass Vorurteile nicht einmal einer Wäscherin würdig sind – und schon gar nicht passen sie zu einem studierten Mann wie Ihnen!«

»Er ist eindeutig in den Mord an Herrn Eisenpaß verstrickt.«

»Ach … und wie?« Sie sah ihn herausfordernd an, ehe sie ihre Worte mit einer Geste wegwischte. »Oder nein, Sie dürfen mit einem Frauenzimmer ja nicht darüber reden.«

»Horvath ist anscheinend …«, Titus suchte nach dem passenden Wort, »… der Geliebte des Opfers gewesen.«

»Und deshalb halten Sie ihn nun für den Mörder?«

»Nein! Aber deshalb müssen wir mit ihm reden.«

Salome trat auf Titus zu, wobei sie die Stimme senkte: »Sie wissen, was es für jemanden wie ihn bedeutet, wenn die Polizei mit ihm reden will?«

»Es geht um einen Mord!«

»Natürlich. Meinem bescheidenen Wissen nach wird das Verbrechen seines sogenannten Lebenswandels aber kaum geringer geahndet als Mord.«

»Wissen Sie, wo er wohnt?«

»Selbstverständlich weiß ich das.«

»Dann bitte sagen Sie es mir. Sie würden der Ermittlung damit sehr helfen.«

»Ich werde den Freund meines Vaters sicher nicht auf diese Weise ausliefern«, gab sie zurück. »Ich ahne schon, worauf das hinauslaufen wird. Wenn Sie den Mörder nicht erwischen, dann haben Sie zum Schluss immerhin einen Sittenverbrecher gefunden.«

»Nein.« Unwillkürlich fasste Titus nach Salomes Hand, um seinen Worten Nachdruck zu verliehen. »Es geht einzig und allein um diejenigen, die Herrn Eisenpaß auf dem Gewissen haben. Ich habe Franz Stahlbaum versprochen, dass ich ihm helfen werde, und das werde ich auch halten. Aber wenn es Ihnen so wichtig ist, werde ich tun, was ich kann, um Herrn Horvath aus allem Weiteren herauszuhalten.«

Sie sah ihn prüfend an.

»Bitte. Ich kann nicht mehr, als Ihnen mein Ehrenwort zu geben, aber glauben Sie mir, dass es besser wäre, wenn wir Herrn Horvath aufsuchen, ehe Anton Meisl oder sonst irgendwer auf seine Spur kommt.«

Salome setzte zu einer Erwiderung an, als plötzlich einer Schiffssirene gleich die Stimme der Geheimratswitwe Brandhauer ertönte, die in morgendlicher Frische die Murpromenade entlang auf sie zupflügte, wobei eine Ente mit empörtem Quaken vor ihren Schritten Reißaus nahm.

»Entzückend! Da nehme ich mir einmal die Empfehlung meines Kurarztes zu Herzen und gehe ein paar Schritte vor dem Frühstück spazieren und werde auch sogleich belohnt! Ich wusste es. Darf man schon gratulieren?«

Titus und Salome starrten die walkürenhafte Erscheinung gleichermaßen entgeistert an.

»Ah, ich verstehe schon, darüber soll noch nicht geredet werden. Die Verlobung wird erst später bekannt gegeben?«

»Verlobung?«, echote Titus, woraufhin die gnädige Frau mit wogendem Busen auflachte. Erst da wurde ihm bewusst, dass er noch immer Salomes Hand in der seinen hielt und ihre eindringliche Unterredung aus der Ferne womöglich einen höchst missverständlichen Eindruck hinterlassen hatte.

»Wir sind –«, setzte Salome an, doch die Geheimratswitwe ließ sie gar nicht erst weiterreden.

»Natürlich, natürlich. Mir war von Anfang an klar, dass die arme Frau Eisenpaß nur Ihre tröstende Unterstützung suchte, Herr Doktor. In dieser schwierigen Situation … Man darf gar nicht daran denken! Natürlich kann es da passieren, dass ein junger Mann wie Sie ein bisschen aus der Fassung gerät, aber das ist ja nur menschlich. Immerhin hat jeder von uns warmes Blut.« Sie lachte abermals auf, ehe sie sich mit einem theatralischen Blinzeln abwandte und überaus beschwingten Schrittes zum Kurhaus zurückkehrte.

Salome und Titus blieben eine Weile noch wie erstarrt stehen, als hofften beide, lediglich das Opfer einer morgendlichen Fata Morgana geworden zu sein. Wie auf ein gemeinsames Zeichen traten sie dann einen Schritt auseinander, sahen einander peinlich berührt an.

»Das tut mir unfassbar leid«, murmelte Titus.

»Schon gut. Das … kann passieren«, erwiderte Salome und wollte sich offenbar schon zur Flucht wenden, als sie noch einmal innehielt. »Bruck«, sagte sie nur, dann rannte sie in Richtung Tabor davon.

Er schaute ihr nach, spürte noch das Kribbeln ihrer Finger in seiner Hand.

Und dann schlug wie ein Blitz die Erkenntnis ein: Die Geheimratswitwe Brandhauer würde neben ihren kalten Güssen nun den ganzen Tag nichts anderes zu tun haben, als allen und jedem ihre morgendliche Begegnung zu verkünden. Titus stöhnte auf. Das Einzige, was er noch tun konnte, war, möglichst rasch mit Franz zu weiteren Ermittlungen aufzubrechen, bevor er womöglich noch Herrn Grün gegenüber Rede und Antwort stehen musste. Ein Anflug von Panik überkam ihn bei dem Gedanken.

Vor dem Kurhaus wartete bereits Franz auf ihn, doch bevor Titus ihn grüßen konnte, fiel sein Blick auf eine Gestalt, die vom oberen Hauptplatz her mit langen Schritten auf sie zukam. Es war Anton Meisl, der ihnen mit breitem Grinsen einen guten Morgen wünschte.

»Herr Untersuchungsrichter, haben Sie die Erkenntnisse des gestrigen Tages bereits alle in den Akten vermerkt?«, fragte er scheinbar interessiert, nachdem er bei ihnen angekommen war.

»Wir fahren nach Bruck«, erwiderte Titus, ehe Franz noch etwas antworten konnte. Die fragende Miene seines Freundes ignorierte er geflissentlich.

»Ah, nach Bruck«, wiederholte Meisl. »Da haben Sie also noch eine spannende Spur gefunden? Schon wieder eine neue Idee, wer den Eisenpaß in die Mur geworfen hat?«

Franz presste die Lippen aufeinander, und Titus versuchte, mit einem freundlichen Lächeln die Situation zu entspannen.

»Dann wünsche ich Ihnen einen netten Ausflug«, fuhr Meisl fort. »Auch wenn ich sehr bezweifle, dass Sie noch etwas Brauchbares herausfinden werden. Nach dem Vorfall gestern habe ich nämlich noch ein paar Nachforschungen angestellt. Keine Sorge, Stahlbaum, ich werde Ihnen rechtzeitig alles Notwendige zukommen lassen, damit Sie alles ordnungsgemäß zusammenstellen können«, unterbrach er sich mit einer lässigen Geste. »Es ist immer hilfreich, wenn man ein paar gute Kameraden im Polizeikommando hat – nicht? Und wissen Sie, welche beiden Namen zusammen in den Akten auftauchen, wenn man anständig recherchieren lässt?«

Franz schnaubte nur.

»Der Ingenieur Loidl und ein Italiener namens Grizzo. Der feine Herr Loidl, der ja seine Eisenbahnschienen überaus kostensparend von irgendwelchen Zigeunern und dergleichen Gesindel produzieren lässt, der hatte vor ein paar Jahren einen Vorarbeiter namens Grizzo, der bei irgendeinem ungünstigen Vorfall ausgesagt hat, dass die Schuld allein bei dem verletzten Arbeiter liege.«

»Und das ist derselbe Grizzo wie der Mann, den Sie erschossen haben?«

Meisl setzte eine überhebliche Miene auf, die sogar in Titus Lust aufkommen ließ, ihm selbige aus dem Gesicht zu schlagen. »Es gibt wohl viele Katzelmacher, die so heißen, das muss man noch überprüfen, aber das ist doch ein eindeutiger Hinweis. Der Eisenpaß bekommt irgendwie von diesen Machenschaften etwas mit, und der Loidl und der Grizzo versuchen, ihn zu beseitigen. Als wir ihm auf die Spur kommen, will der feige Italiener flüchten, ehe ihn die Gerechtigkeit einholt.«

»Das war gewiss keine Gerechtigkeit«, zischte Franz, doch Titus legte ihm nur schweigend die Hand auf die Schulter, bevor er noch mehr sagen konnte.

»Ich denke, ich werde meine Erkenntnisse schon einmal an das Landesgericht weiterleiten. Ich befürchte nämlich, dass Sie nicht mehr lange der Untersuchungsrichter in dieser Angelegenheit sein werden, Herr Stahlbaum.«

»Unterstehen Sie sich«, knurrte Franz.

»Und Sie wollen weiterhin diesen Ausflug nach Bruck unternehmen?«

»Ja«, erwiderte Titus und zog seinen Freund kurzerhand mit sich. »Komm, du musst ja noch das Telegramm an die Gendarmerie nach Bruck schicken, und dann nehmen wir den nächsten Zug.«

Meisl zog die Brauen nach oben. »Ah, haben Sie auch schon die Segnungen der modernen Technik entdeckt? Was soll denn so eilig telegrafiert werden?«

»Ein Telegramm!«, gab Titus zurück.

»Sie sollten Ihrem feuerroten Trabanten beizeiten erklären, was es mit Beamtenbeleidigung auf sich hat.« Meisls Blick drückte ungefähr die Sympathie aus, die man auch einem lästigen Insekt entgegenbringen würde. »Bitte, tun Sie sich keinen Zwang an, telegrafieren Sie, was immer Ihnen Freude macht. Ich werde derweil die richtige Polizeiarbeit erledigen.« Mit einem spöttisch angedeuteten Gruß verschwand er in Richtung Kurhaus.

Erst außer Hörweite von Meisl fand Franz seine Sprache wieder. »Wirst du mir jetzt auch verraten, welches glorreiche Telegramm genau ich den Bruckern telegrafieren soll und weshalb wir überhaupt dorthin fahren wollen?«

»Natürlich. Du wirst dich nach dem genauen Wohnsitz eines Geologen oder Paläontologen namens Armin Horvath erkundigen, der in Bruck lebt. Und wenn wir mit dem Zug ankommen, wissen wir dann vielleicht schon, wohin wir uns weiter wenden müssen.«

Franz schaute ihn überrascht an. »Wo hast du das so rasch herausbekommen?«

»Auf einem Morgenspaziergang.«

»Und wer hat dir das verraten?«

Titus seufzte. »Meine Verlobte, befürchte ich ...«

Nachdem Franz das Telegramm und einen privaten Brief aufgegeben hatte, bestiegen die beiden den nächstbesten Zug, der muraufwärts fuhr.

Unterwegs starrte Titus unentwegt aus dem Fenster, wo sich nach und nach immer mehr Wolken über den bewaldeten Berghängen sammelten, und weigerte sich, seinem Freund nähere Auskünfte über seine überraschende Verlobung zu geben. »Wenn wir etwas Brauchbares herausgefunden haben«, sagte er endlich, als Franz abermals zu fragen ansetzte. »Wenn es eine Spur gibt und diese Sache hier bald ein Ende findet, dann werde ich dir alles Wichtige verraten. Aber bis dahin gib mir bitte Zeit, mein zukünftiges Exil zu planen.«

»So schlimm?«

»Du hast ja keine Ahnung ...«

Als der Zug endlich in Bruck einfuhr, war Titus allerdings schon mehrmals drauf und dran gewesen, Franz doch vom plötzlichen Auftauchen der Witwe Brandhauer und dessen Folgen zu erzählen.

Auf dem Bahnsteig wartete ein junger Gendarm, der sich der Wichtigkeit seines Auftrags offenbar überaus bewusst war.

Denn kaum dass die Türen des Waggons aufgestoßen wurden, harrte er in Habachtstellung aus, bis Franz ihm mit einem Nicken zu verstehen gab, dass er wieder Luft holen durfte.

»Isidor Stadlbauer«, salutierte der Bursche. »Melde gehorsamst die Wohnadresse von Professor Armin Adolf Horvath zu Ihrer Verfügung.« Mit diesen Worten überreichte er Franz einen durchaus nicht besonders amtlich wirkenden Zettel, auf dem in windschiefen Buchstaben die gesuchte Straße und Hausnummer stand.

»Sehr gut«, lobte Franz den jungen Gendarmen, welcher daraufhin beschwingt seiner Wege ging.

Die Adresse befand sich in einer Gasse nicht weit vom bekannten Kornmesserhaus entfernt mitten in der Altstadt, in der oberen Beletage. Auf ihr Läuten hin öffnete ihnen ein Hausdiener die Tür, der reichlich irritiert über ihr Erscheinen dreinsah.

»Franz Stahlbaum, leitender Untersuchungsrichter«, stellte Franz sich vor. »Und Dr. Titus Pyrner. Wir möchten mit Professor Horvath sprechen«, erklärte er unnötigerweise.

»Der gnädige Herr ist … soweit mir bekannt ist …«, stotterte der Diener sichtlich erschrocken los. Doch er wurde weiterer Ausflüchte durch das Erscheinen eines graubärtigen Herrn entbunden, der hinter ihm ins Vorhaus trat.

»Vielen Dank, Joschi«, sagte dieser in gemessenem Ton. Franz' amtliches Gehabe hatte auch ihn einen Moment stocken lassen, wenngleich er eher so wirkte, als wäre ein lang befürchtetes Ereignis endlich eingetroffen. »Die Herren werden sich sicher lieber im Salon mit mir unterhalten wollen.« Er bedeutete ihnen einzutreten, während er zu dem Diener gewandt meinte: »Ich werde später nach dir rufen lassen.« Ein merkwürdiger Ton lag in seinen Worten, als er den jungen Mann wegschickte.

Professor Horvath war ein hochgewachsener Mann von vielleicht sechzig Jahren, dem das Alter nur wenig von seiner aufrechten Haltung und kraftvollen Bewegung genommen hatte. Er trug einen akkurat geschnittenen Bart und eine elegante Hausjacke über dem Hemd.

Franz und Titus folgten ihm in seinen Salon, der sich bei näherer Betrachtung als Bibliothek erwies. Horvath setzte sich an einen niederen Tisch, auf dem neben mehreren Büchern auch zwei Steine von unspektakulärer Form und Farbe lagen.

Verwundert betrachtete Titus die Steine, während er sich neben Franz auf einem der überaus bequemen Sessel niederließ, die ebenso zum schweigsamen Lesen wie zu animierten Gesprächen einzuladen schienen.

»Das ist nur Geschiebe aus der Mur und aus der Mürz«, sagte Horvath mit einer Geste zu den beiden Steinen. »Ich bezweifle, dass Sie deswegen gekommen sind.«

»Haben Sie denn eine Ahnung, weswegen wir gekommen sind?«, griff Franz die Vorlage auf.

Horvath hob den Blick und sah den beiden Männern in die Augen. In seiner Miene lag so etwas Irritierendes wie kämpferische Resignation und ein bitterer Stolz. »Da Sie sozusagen im Namen des Gesetzes hier sind, wird es wohl nur zwei mögliche Gründe geben, beide gleichermaßen hässlich. Entweder jemand hat mich aufgrund meines ... Lebenswandels denunziert, und Sie sehen sich nun genötigt, Justitia Genüge zu tun, oder es geht um den Tod von meinem ... von Theodor Eisenpaß.«

»Sie liegen wohl mit beidem nicht ganz falsch«, erwiderte Franz.

»Offensichtlich erfreue ich mich überdurchschnittlicher Geistesgaben«, gab Horvath nicht ganz ohne Ironie zurück.

»Sie wissen also, dass Herr Eisenpaß ermordet wurde?«

»Ich habe davon gehört.«

Franz zog fragend die Braue hoch.

»Von Frohnleiten bis Bruck ist es nicht weit für derlei Neuigkeiten.«

»Und da haben Sie nichts gesagt? Sie haben lieber gewartet, bis in der Angelegenheit eine Spur auftaucht, die uns zu Ihnen führt?«

»Was hätte ich denn sagen sollen? Und selbst wenn, was hätte es genutzt?« Horvath senkte wieder die Stimme und fügte hinzu: »Ich gehe davon aus, dass ich ganz gut in ein *gewisses* Täterprofil passe … Und Sie sind jetzt ohnehin da.«

»Wir sind hier, weil wir die Mörder von Theodor Eisenpaß suchen.«

»Und einer wie ich würde Ihnen wohl nur zu gut in den Kram passen, ich weiß. Glauben Sie, dass ich den Krafft-Ebing nicht auch gelesen habe?«

»Krafft-Ebing?« Franz sah den Professor irritiert an.

»›Psychopathia sexualis‹«, sagte Titus nur.

»Ich dachte, das gehört inzwischen zu den Standardwerken, die gute Ermittler kennen müssen«, gab Horvath in herbem Ton zurück. »Nun, dann habe ich mich vielleicht geirrt. Nichtsdestotrotz sind Sie hier.« Er atmete durch. »Habe ich noch Zeit, meine Angelegenheiten zu regeln, oder muss ich Ihnen gleich folgen?«

»Nein, Sie … Wir haben keineswegs vor, Sie mitzunehmen«, widersprach Franz. »Es geht um den Mord an Herrn Eisenpaß, den wir aufklären müssen!«

»Es geht um Gerechtigkeit und um die Wahrheit«, ergänzte Titus. »Bitte erzählen Sie uns, was Sie wissen.«

»Das heißt, Sie haben noch keine brauchbare Spur gefunden?«

»Es gibt eine Menge Spuren, aber es ist immer noch nicht klar, wo sie alle hinführen.«

Horvath strich sich über die Stirn, als müsste er erst die Gedanken dahinter ordnen. »Gut … Ich nehme an, eine andere Wahl gibt es für mich ohnehin nicht.«

»Bitte, Herr Professor.«

Horvath nahm sich einen Augenblick Zeit, bevor er zu reden begann: »Theo und ich haben uns schon im Gymnasium kennengelernt, im Internat. Das war eine harte Zeit damals, die uns zusammengeschweißt hat, so lange weg von der Familie, immer unter den Augen der Lehrer und der Erzieher, quasi ein ständiger immanenter Prüfungscharakter. Da hat es uns gutgetan, dass wir wenigstens einander hatten. Während meines

Studiums haben sich unsere Wege dann für eine Weile getrennt, aber eigentlich haben wir immer schon zusammengehört. Auch wenn es nicht leicht war. Für Menschen wie uns ist es nie leicht. Uns war beiden klar, dass nach außen hin der Schein gewahrt werden musste, dass es auf keinen Fall einen Grund für irgendwelches Gerede geben durfte, denn das könnte uns beiden das Genick brechen. Einem Gelehrten wie mir verzeiht man ein wenig Eigenbrötlertum wohl eher als einem Geschäftsmann wie Theo, doch er hatte Glück. Er fand Klara, seine erste Frau.« Horvath sah Franz und Titus an, als wartete er auf einen Einwand, dann erzählte er weiter. »Natürlich war es keine Ehe, wie man es gemeinhin erwartet, sie waren viel eher innige Freunde. Klara wusste von seiner Neigung und war damit einverstanden.«

»Sie war wirklich damit einverstanden?«, wiederholte Franz ungläubig.

Kurz schaute Horvath ihn an, wie er vielleicht auch einen begriffsstutzigen Studenten ansehen würde, der sich einer allzu redundanten Frage schuldig gemacht hatte. »Klara war sich bewusst, dass die wenigsten Frauen sich ein angenehmes Leben außerhalb einer Ehe leisten können. Sie hat eingewilligt, seine Frau zu werden, wissend, dass sie damit einen rechtlichen und finanziellen Status erlangte, der ihr viele Freiheiten ermöglichte, auf die sie sonst hätte verzichten müssen. Dafür konnte sie sich seiner ehrlichsten Zuneigung und herzlichsten Freundschaft gewiss sein. Und meinen Sie nicht, dass es zu einer guten Ehe vor allem gegenseitiger Freundschaft bedarf?«

»Na ja, aber auf diese Art?«

»Schön, dass Sie sich diesen schlichten Blick auf die Welt bewahrt haben, Herr Stahlbaum«, erwiderte Horvath nur. »Wie dem auch sei … Wir blieben in Briefkontakt, Theo und ich, und einmal im Jahr kam er für ein paar Wochen auf Kur nach Frohnleiten.«

»Und Sie haben einander getroffen«, ergänzte Franz.

»Ja. Zum Plaudern in einem Gasthaus, zum Wandern,

manchmal auch in Bruck oder bei einer der Höhlen in der Umgebung.«

»Auch in Peggau?«

»Natürlich. Dort habe ich sogar einige interessante Funde gemacht. Steine«, fügte Horvath hinzu, als müsste er das klarstellen. »Und einen Knochen, der möglicherweise Bearbeitungsspuren aufweist. Nun, das wird Sie nicht interessieren … Hin und wieder kam sogar Klara für ein paar Tage her. Sie war eine wundervolle Frau, und Theo las ihr jeden Wunsch von den Augen ab – bis auf einen. Denn mit den Jahren wuchs in Klara die Sehnsucht nach einem Kind, doch das war für ihn unmöglich. Dann kam es in Frohnleiten zu diesem Unfall in der Lehmgrube. Ich weiß nicht genau, was damals geschehen ist, es ist ja immer wieder etwas passiert … Theo half den Arbeitern, und er kam mit einem Mann in Kontakt, der ihm eine Möglichkeit bot, seiner Frau ihren innigsten Wunsch zu erfüllen.«

»Er verkaufte ihm ein Kind.«

Horvath sah Franz finster an. »Nein. Mein Freund hat das Kind einer Arbeiterfamilie als sein eigenes angenommen. Er gab seiner Frau die Chance, Mutter für das Mädchen zu sein, und unterstützte die Italiener, die kaum wussten, wie sie ihre Nachkommen durchbringen sollten.«

»Er hat Giorgio Zilli Geld für das Mädchen gegeben.«

»Ja. Theo vertraute Signor Zilli, dass er seine finanzielle Unterstützung angemessen unter den italienischen Arbeitern verteilte. Der Mann wurde damit quasi zu seinem Vermittler – und nach dem Vorfall in der Lehmgrube, bei dem Theo sozusagen zum Retter in der Not geworden war, wunderte es auch niemanden, dass die beiden weiterhin in Kontakt blieben. Außerdem konnte er so Lauras Familie ein wenig an ihrem Leben teilhaben lassen.«

»Dieses Jahr ist Zilli allerdings nicht zum Arbeiten hergekommen«, warf Franz ein.

»Davon habe ich gehört … Aber sehen Sie, es geht hier gewiss nicht um Zilli. Selbst wenn er sich einen Teil des Geldes in die eigene Tasche gesteckt hätte.«

»Um wen geht es denn dann?«

»Vor wenigen Jahren starb Klara. Es ging rasch und war schrecklich – vor allem für Theo. Er stand nun allein mit dem Mädchen da, das er trotz allem wie eine Tochter liebte. Aber sie war noch zu klein, sie brauchte eine Mutter, und deshalb heiratete Theo schließlich noch einmal. Glauben Sie mir, ich hätte ihm wieder eine Frau wie Klara gewünscht, aber Gisela war anders. Sie hatte – wie Sie ja sicher wissen – bereits eine Ehe hinter sich und einen Sohn, der schon fast erwachsen war. Auch sie akzeptierte Theos Neigung, aber es wurde nie so eine innige Freundschaft aus ihrer Verbindung wie mit Klara. Ich glaube sogar, dass sie über die Jahre hin eine Abneigung gegen Theo entwickelte und auch für Laura nicht die Mutter war, die er sich für das Mädchen erhofft hatte. Aber was konnte er tun? Er war ihr gewissermaßen ausgeliefert.« Horvath schaute Franz eindringlich an. »Sie wissen ja bestens, dass ein einziges Wort schon schwere Kerkerhaft bedeuten könnte.«

»Ja, aber … Herr Professor, wir sagten bereits, deshalb sind wir nicht hier.«

»So? Herr Stahlbaum, können Sie hier denn wieder weggehen und vergessen, wem Sie gegenübergesessen haben?«

Franz schwieg und betrachtete die Steine auf dem Tisch vor sich.

»Ja«, erwiderte Titus an seiner statt. »Das können wir. Weil es darum nicht geht. Und weil ich es Fräulein Grün versprochen habe.«

Horvath fuhr auf. »Salome Grün? Woher kennen Sie das Mädel?«

»Das *Fräulein*«, antwortete Titus, wobei er mit einem Blick Franz zu verstehen gab, dass er hier keinen Widerspruch dulden würde, »hat mir verraten, wo wir Sie finden können, unter der Bedingung, dass es allein um den Mord an Herrn Eisenpaß gehen würde. Ich habe ihr mein Ehrenwort gegeben.«

Horvath atmete hörbar aus. »Salome …«, murmelte er.

»Seien Sie versichert, man hätte auch ohne ihre Hilfe Ihre Adresse herausgefunden, es hätte lediglich ein wenig länger gedauert und gewiss weit mehr Aufsehen erregt«, warf Franz ein.

»Nun gut, Sie haben mich gefunden, und ich habe Ihnen alles erzählt, was ich weiß.« Horvath sah sie wachsam an. »Und jetzt?«

Franz stand auf. »Jetzt werden wir wieder nach Frohnleiten fahren und über Ihre Worte nachdenken«, antwortete er. »Oder gibt es noch etwas, das Sie ergänzen wollen?«

Horvath schüttelte den Kopf.

»Wir wissen ja, wo wir Sie finden können, wenn wir noch etwas benötigen.«

Der Professor nickte ergeben, dann fasste er Titus ins Auge. »Nur eine Frage noch, wenn Sie gestatten. Dr. Pyrner, woher kennen Sie das Fräulein Salome?«

Kurz sah Titus zu seinem Freund hin, doch Franz gab ihm nur mit einem Schulterzucken zu verstehen, dass die Antwort allein ihm oblag. »Ich habe sie im letzten Sommer auf Kur …«, er suchte einen Moment nach einem passenden Wort, »… kennengelernt. Heuer haben wir einander wiedergetroffen, und da hat es sich ergeben, dass sie … dass wir … dass ich im Rahmen der Ermittlungen … Sie verstehen?«

Ein Schmunzeln zeigte sich unter Horvaths Bart. »Ich verstehe. Passen Sie nur auf, Herr Doktor, die Salome, das ist ein Blitzmädel.«

»Was genau habe ich darunter zu verstehen?«

»Das werden Sie schon noch merken, wenn es so weit ist.«

Horvath führte die beiden wieder zur Tür. »Ich hoffe, ich konnte Ihnen bei Ihren Ermittlungen weiterhelfen«, sagte er, indem er eine Verbeugung andeutete. Dann fasste er noch einmal Titus ins Auge. »Ich vertraue auf Ihr Wort, Dr. Pyrner.«

Samstag, 24.7.1897, Nachmittag

WELCHE SCHLÜSSE SICH ZIEHEN LASSEN

Es kann also nicht genug dazu geraten werden, in allen Fällen, in welchen auch nur die entfernteste Möglichkeit vorliegt, dass Temperatur und Wetter von Bedeutung werden könnten, dies zu vermerken. […] Umständliche Erhebungen können nötig werden, wenn es sich um die Eruierung des Ortes handelt, wo eine im fließenden Wasser fortgetragene Leiche in dasselbe geraten ist.

Dr. Hans Gross

Als sie aus dem Haus traten, kündete ein fernes Donnergrollen das Herannahen eines Gewitters an. Die Luft schmeckte heiß und irgendwie herb, die Wolken, die nur noch wenige blaue Himmelsfenster offen ließen, hatten eine violettgraue Farbe angenommen.

»Schauen wir, dass wir flott weiterkommen«, entschied Franz und marschierte in Richtung Bahnhof los.

Gedankenversunken folgte ihm Titus.

Als sie sich am Bahnsteig auf einer Bank niederließen, hörten sie die ersten Tropfen auf das Vordach über ihnen fallen. Ein paar Minuten lauschten sie dem stetig ansteigenden Prasseln.

»Da haben wir ja eine Menge Neues erfahren«, meinte Franz und sah seinen Freund von der Seite an. »Erfahre *ich* jetzt endlich, mit wem du dich verlobt hast und weshalb du planst, ins Exil zu gehen?«

Titus gab vor, ihn nicht im Geringsten gehört zu haben. »Wofür würde man den Eisenpaß wirklich umbringen?«, fragte er stattdessen und schaute auf die Regenschleier hinaus, die vor ihnen auf die Schienen niedergingen. »Ich meine, was hat man überhaupt davon, jemanden umzubringen? Außer man ist ein Auftragsmörder.«

»Solche Leute sind seltener, als man denkt. Und der Einzige, der vielleicht das Zeug dazu gehabt hätte, war der Grizzo, und den hat der Meisl erfolgreich beseitigt«, erwiderte Franz.

»Und außerdem war er es nicht.«

»Wenn man seiner Frau und den anderen Katzelmachern glauben kann.«

»Nehmen wir an, er war es nicht. Wer war es dann? Ein paar Italiener, die das Kind zurückhaben wollten, das Eisenpaß für seine erste Frau beschafft hat? Das wäre doch vollkommen blödsinnig, er hat ja für das Mädchen gesorgt und die Familie auch noch mit Geld unterstützt.«

»Familienbande sind stark«, warf Franz ein.

»Mag sein – aber in diesem Fall hätte man mit Eisenpaß sicher reden können. Zumal Gisela anscheinend keine so innige Zuneigung zu dem Mädchen hatte, wenn wir der Geschichte von Horvath glauben. Und das tue ich!«, fügte er hinzu, ehe noch Franz etwas einwenden konnte.

»Vielleicht wollten die Italiener noch mehr Geld von ihm?«

»Dann wäre es gleich noch viel blöder von ihnen gewesen, ihn umzubringen.«

»Es könnten noch immer irgendwelche Leute gewesen sein, die schlicht und einfach etwas gegen … Homosexuelle haben.« Franz sprach das Wort so leise aus, dass es im Regen fast unterging. »Wenn man sein ganzes Leben so verbringt, dann müssen doch einige davon etwas mitbekommen. Allein der Hausdiener, der hat es sicher gewusst, und … offenbar war es auch dem Fräulein Grün nicht verborgen.« Forschend sah er dabei Titus an, doch dieser blickte nur angestrengt Richtung Norden, von wo sich dampfend ein Zug ankündigte.

Franz und Titus waren froh, ein eigenes Abteil zu finden, in dem sie ungestört weiter über ihre jüngsten Erkenntnisse nachdenken konnten. Das Gewitter hatte sich inzwischen bleigrau über ihnen ausgebreitet. Selbst im Zug konnte man das Donnergrollen hören, und die Blitze ließen die Wolken bläulich aufleuchten.

»Also, wer hat den Eisenpaß umgebracht?«, griff Titus den Faden wieder auf, als sie Bruck hinter sich ließen und murabwärts Richtung Frohnleiten fuhren.

»So wie die Leiche zugerichtet war, müssen ja noch dazu mehrere Leute gleichermaßen einen Grund gehabt haben, ihn zu töten«, überlegte Franz. »Oder ein Einzelner hatte so gute Argumente vorzuweisen, dass er gleich mehrere Mittäter überzeugen konnte.«

»Oder …«, murmelte Titus und starrte wie gebannt auf die Mur, die nun braun und grau vom aufgewühlten Schlamm neben den Schienen floss. Das Unwetter musste weiter nördlich bereits heftig gewütet haben, denn immer wieder schwammen abgerissene Äste an ihnen vorbei, und an einer Schotterbank hatte sich ein ganzer Baumstamm verkeilt.

»Oder?«, versuchte Franz, ihn aus seinem Sinnieren zu wecken.

Titus sah ihn an. »Es war nur einer.«

»Es war nicht nur einer«, widersprach Franz. »Dr. Porod hat selbst gesagt, dass es sicherlich drei oder vier oder noch mehr waren, die auf ihn eingedroschen haben. Ein Handgemenge, in dem irgendwann der tödliche Hieb fiel. Du hast mir selbst das Telegramm übersetzt – samt dem blöden Pleonasmus.«

Titus warf ihm einen schiefen Blick zu. »Nein«, sagte er dann. »Es war nur einer. Und der Fluss.«

»Der Fluss? Du meinst die Mur?«

»Die Donau wäre in dieser Angelegenheit jedenfalls höchst überraschend«, merkte er an, ehe er ausholte: »Pass auf. Am Samstag ist der Eisenpaß verschwunden, seine Frau wollte ihn in Bruck treffen, angeblich war er nicht da. Sie hat auf ihn gewartet und diesen unbekannten jungen Mann mit dem Schmiss getroffen, von dem die Kinder erzählt haben. Also nehmen wir an, er ist irgendwann an diesem Tag ermordet worden. Am Murufer, nahe dem Glanzgraben, wo sie seinen zweiten

Schuh gefunden haben. Irgendwo im Gedachs, wo man ihn nicht gleich gesehen hat. Wenn es nur einen Täter gibt, der ihn erschlagen hat, vielleicht gleich mit diesem einen Hieb an die Schläfe, und ihn dann außer Sichtweite deponiert hat, würde das die ganze Sache doch viel einfacher machen, oder?«

»Schon, aber woher kommen dann die vielen Verletzungen?«

»Sagte ich schon – vom Fluss.«

Franz begann wieder an seinem Schnurrbart zu zupfen. »*Ante* und *post mortem*?«

»Vielleicht hat ihn dieser eine Schlag bloß außer Gefecht gesetzt. Selbst bei einem Schädelbruch muss man nicht stante pede tot sein. Da können schon noch ein paar Verletzungen *ante mortem* dazukommen, dann lässt man ihn am Ufer liegen, und später holt ihn der angeschwollene Fluss. Am Dienstag, bevor man ihn gefunden hat, war in der Gegend ein heftiges Gewitter, ähnlich wie dieses. Angenommen, die Mur hat ihn mitgerissen und ihn von Bruck bis nach Frohnleiten geschwemmt, dann gab es unterwegs sicherlich genug Äste und Steine, an denen er sich die vielen Verletzungen zugezogen haben könnte. Schau dir an, wie das Wasser jetzt aussieht.« Titus deutete aus dem Fenster, wo die bräunlichen Fluten reißend um einen kleinen Felsen gischteten und mehrere dicke Äste mit sich führten. »Bei so einer Fülle an Läsionen kann es schon schwierig sein, genau festzustellen, was wann mit dem Körper geschehen ist.«

»Und womöglich hat er sogar da noch gelebt und ist erst im Wasser gestorben …«

»Spuren von Ertrinken hat es allerdings nicht gegeben.«

»Und der Tierzahn?«, warf Franz ein.

»Ich bin kein Zoologe, aber wenn da einer liegt, was hindert denn eine Ratte oder einen Marder oder … was auch immer?«

Franz gab einen angewiderten Laut von sich und schaute in das Gewitter hinaus. »Selbst wenn es nur einer war«, wiederholte er nach einer Weile, »dann wissen wir immer noch nicht, wer und warum.«

»Aber ich bin mir sehr sicher, dass es der Horvath nicht war.«

»Ich befürchte, da muss ich dir recht geben. Es ... fühlt sich einfach nicht richtig an, dass er es gewesen ist. Auch wenn der Meisl das sicher anders sehen würde.«

»Der Meisl jagt dem Loidl hinterher.« Titus deutete eine wegwerfende Geste an. »Wenn du mich fragst, hat der Herr Ingenieur vielleicht sogar tatsächlich Dreck am Stecken – aber keinen, der mit diesem Mordfall was zu tun hat.«

»Und seine angebliche Verbindung mit dem Grizzo?«

»Du hast doch selbst gesagt, dass dein Kollege alles tun würde, um selbst nicht schlecht dazustehen. Vielleicht hat er sich da etwas Passendes zusammengereimt, vielleicht hatten sie eine Verbindung, aber das passt meiner Meinung nach immer noch nicht zum Mord an Eisenpaß. Jemand anderes muss auch noch Interesse an seinem Tod gehabt haben«, überlegte Titus.

Auf der bräunlich brodelnden Mur schwammen zwei ineinander verkeilte Bäume vorbei.

»Und wenn es einfach Selbstmord war?«, meinte Franz. »Porod selbst hat die Verletzung an Eisenpaß' Leiche für das Werk einer ganzen Gruppe von Schlägern gehalten, aber wenn es stattdessen das Werk des Flusses war, dann könnte doch auch der eine tödliche Hieb letztendlich von einem mitgerissenen Ast stammen. Schau dir an, was die Mur da unten aufführt!« Er deutete aus dem Zugfenster. »Er ist ins Wasser gegangen, er hat sich dem Fluss ausgeliefert.«

Das Gewitter hatte mittlerweile seine ganze Macht und Wildheit entfaltet. Das Tageslicht war einer blaugrauen Dämmerung gewichen, und das Donnergrollen hallte von allen Seiten schauerlich wider.

Titus nickte vage. »Möglich. Aber es hieß doch, dass er mehr als einen Tag im Wasser gewesen sei. Und er ist nicht ertrunken. Dass er sich selbst am Murufer den Schädel eingeschlagen hat, das kann ich mir nicht vorstellen. Und selbst wenn, stellt sich da noch die Frage, weshalb er seinem Leben ein Ende setzen wollte ... Außerdem wurde doch sein Schuh am Ufer gefunden. Weshalb hätte er sich nur einen Schuh ausziehen sollen?«

»Menschen haben schon verrücktere Dinge getan«, entgegnete Franz. »Vielleicht wollte er einfach nicht mehr länger so leben ... diese Doppelrolle als verheirateter Geschäftsmann und daneben seine Beziehung mit Horvath. Vielleicht hatte jemand seine Neigung herausgefunden und bedrohte ihn. Vielleicht hat ihn seine Gattin selbst ...«

Titus sah auf. »Du hältst Gisela für schuldig?«

»Fangen wir nicht wieder davon an. Ich muss durchaus nicht immer mit dir einer Meinung sein, aber sie ...« Plötzlich zuckte Franz zusammen. »Großer Gott ... Du hast dich doch nicht etwa mit *ihr* verlobt, Titus?«

Titus starrte ihn entgeistert an, dann erwiderte er schlicht: »Nein, habe ich nicht.«

»Gut.« Franz atmete theatralisch durch. »Sonst hätte ich in Erwägung ziehen müssen, dich auf der Stelle aus dem Fenster zu werfen. Wer ist also die ... darf ich denn ›Glückliche‹ sagen?«

»Ich bin mir nicht sicher, ob man überhaupt etwas sagen sollte ... Im Grunde ist es ja allein die Idee der Witwe Brandhauer, die sich da etwas zusammengereimt und wahrscheinlich heute den ganzen Tag damit verbracht hat, es überall zu verbreiten. Es ist Salome Grün.«

Franz grinste. »Gute Wahl.«

»Ich habe da gar nichts gewählt.«

»Wenn wir den Mörder gefunden haben, werde ich dir hochoffiziell gratulieren.«

Titus machte Anstalten, seinen Freund mit Blicken zu lynchen, während sie durch das langsam abschwellende Gewitter in den Bahnhof Frohnleiten einfuhren. Als der Zug hielt, hatte sich das Unwetter bereits in einen kräftigen Regen verwandelt, der Donner war nur noch ein fernes Echo.

Eine Weile warteten sie am Bahnsteig, da keiner von ihnen daran gedacht hatte, einen Schirm mitzunehmen. Endlich drückte sich Titus beherzt den Hut in die Stirn. »Komm, Frohnleiten ist ja ein Kaltwasserkurort. Keiner hat gesagt, dass das Wasser da nicht auch von oben kommen darf«, sagte er und rannte los.

Wenig verwunderlich trafen sie auf dem Hauptplatz kaum eine Menschenseele an, umso überraschter waren sie, als sie das Foyer des Kurhauses betraten und sich dort schlagartig inmitten einer Menschentraube wiederfanden.

»Was ist denn hier los?«, fragte Franz, ohne sich an jemanden Bestimmten zu wenden.

Planlos schaute sich Titus um. Zwei Gendarmen versuchten, sich mit höflicher Gelassenheit die Geheimratswitwe Brandhauer vom Hals zu halten, die mit dramatischen Gesten auf sie einredete. Anton Meisl sprach sichtlich angespannt mit einem jungen Mann, der durchaus nicht zufrieden wirkte, während ein paar Angestellte der Kuranstalt zwischen ihnen hin und her rannten und der Direktor des Hauses händeringend um sich blickte.

»Herr Stahlbaum!« Ein Portier hatte sie bemerkt.

»Da sind Sie ja!«, kam da der Kurdirektor auf Franz und Titus zu. »Endlich!«

Den beiden schwante bereits Übles.

»Es ist furchtbar!«, begann der Direktor in höchster Aufregung, und Titus befürchtete schon, dass sein Fachkollege jeden Moment einem Herzanfall erliegen könnte. »Vor wenigen Stunden sind Herr August und das Fräulein Laura Eisenpaß angekommen – die Kinder der gnädigen Frau«, fügte er erklärend hinzu, ehe Franz nachfragen konnte. »Sie hat ja nach ihnen telegrafiert. Verständlich, bei allem, was hier geschehen ist.«

»Selbstverständlich«, bestätigte Titus in der Hoffnung, dass er den Mann damit ein wenig beruhigen könnte.

»Herr Stahlbaum«, mischte sich der Portier ins Gespräch, doch keiner beachtete ihn.

»Aber jetzt ist sie weg!«

»Gisela Eisenpaß?«

Der Direktor sah Titus verständnislos an. »Natürlich nicht. Die gnädige Frau ist in ihrem Zimmer. Sie ist ja vollkommen ...« Er vollführte eine hektische Geste. »Das Mädchen!«

»Sie meinen ihre Tochter? Laura Eisenpaß?« Franz warf seinem Freund einen eindringlichen Blick zu.

»Ja! Stellen Sie sich das vor! Kurz nach ihrer Ankunft, als es hier zu gewittern begann, da war sie auf einmal verschwunden! Keiner hat sie gesehen, keiner weiß, wo sie hin ist!« Der Direktor zog ein Taschentuch aus der Weste und sank plötzlich erblassend auf einen Sessel nieder.

Franz sah ihn entgeistert an.

Der Portier versuchte hilflos, auf sich aufmerksam zu machen.

Titus kniete sich eilig an die Seite des Kollegen. Von einem Herzanfall konnte zwar keine Rede sein, aber die Aufregung der letzten Stunden schienen den Mann gewaltig mitgenommen zu haben.

»Es ist schrecklich!«, tönte die Walkürenstimme der Geheimratswitwe aus dem Hintergrund.

Franz sah sich um.

»Bitte, Herr Stahlbaum!« Der Portier war kurz davor, ihn an seinem Ärmel zu zupfen.

Frau Brandhauer hatte von den beiden Gendarmen abgelassen und sich in das Gespräch von Anton Meisl mit dem jungen Mann gemischt.

»Was ist denn bisher unternommen worden?«, trat Franz also an die beiden Uniformierten heran, die sogleich Haltung annahmen.

»Noch nicht viel«, gab einer der beiden zu.

»Wie es jemand bemerkt hat, war ja schon das Unwetter da«, ergänzte der andere.

»Das Wetter ist inzwischen aber weitergezogen.«

»Jawohl! Es sind auch bereits Männer unterwegs, die sich umschauen.«

»Weit kann das Mädel ja nicht sein«, fügte der Zweite hinzu.

Franz schnaubte, aber tatsächlich gab es hier und jetzt auch nicht viel mehr zu machen, als zu hoffen und zu warten.

Da versuchte es der Portier noch einmal: »Herr Stahlbaum, Ihr Telegramm!«

Franz machte Anstalten, sich nach dem Angestellten umzuwenden, da trat Anton Meisl auf ihn zu.

»Ich habe bewirkt, dass der Ingenieur Loidl in Linz festgehalten wird, bis er zu einer Befragung überstellt wird«, verkündete er. »Ich nehme an, das ist ganz in Ihrem Sinne, Herr Untersuchungsrichter?« Er betonte das letzte Wort, als handelte es sich um einen ausgesprochen gelungenen Scherz. »Und was haben Sie noch herausgefunden, wenn man fragen darf?«

»Wir waren in Bruck«, gab Franz knapp zurück.

Titus, der inzwischen den Kurdirektor dazu gebracht hatte, sich wenigstens in sein Büro zurückzuziehen, schaute seinen Freund mit beredt gehobenen Brauen an. »Wir haben uns noch einmal den Platz angeschaut, wo Herr Eisenpaß in die Mur gestürzt sein muss«, erklärte er. »Es war nicht mehr viel zu sehen.«

Meisl feixte. »Das hätte ich Ihnen auch sagen können. Übrigens, der Bursche will Ihnen schon die längste Zeit etwas geben«, deutete er auf den Portier, der Franz nun endlich erleichtert das Telegramm reichte.

»Wann ist das gekommen?«, fragte Franz.

»Gestern schon. Aber Sie …«

»Was?« Franz riss dem Mann das Telegramm aus der Hand und las es. Stirnrunzelnd steckte er es darauf ein, ehe er sich wieder zu Meisl wandte. »Und jetzt wird da ein Kind vermisst!«

»Richtig. Die Suche läuft. Weit kann es ja nicht sein«, erwiderte Meisl gelassen, was jedoch den jungen Mann, mit dem er sich zuvor unterhalten hatte, neuerlich in Aufregung versetzte.

Herrisch drehte er sich zu ihnen um, wobei Titus einen Schmiss an seiner Wange bemerkte, der unter der Aufregung rötlich glänzte. »Ich verlange, dass Sie meine Schwester finden!«, forderte er mit erhobener Stimme. »Das ist eine Verschwörung! Erst mein Vater – und jetzt meine Schwester!«

»Ah, Sie müssen also August sein«, meinte Franz. »Eisenpaß, nehme ich an?«

Der junge Mann presste die Lippen aufeinander. »Ja. Ich habe den Namen meines Stiefvaters angenommen. Aus Dankbarkeit für die Zuneigung, die er meiner Mutter geschenkt hat.« Angespannt sah er die Männer an. »Aber jetzt geht es um meine Schwester!«

»Ihre Stiefschwester«, präzisierte Franz.

August Eisenpaß funkelte ihn an. »Ihnen mag die Liebe unter Geschwistern ja fremd sein, aber ich sorge mich um das Mädchen! Ich sorge mich um meine Familie! Meine Mutter stirbt fast vor Angst – und Sie?« Er machte eine ausholende Geste. »Sie stehen hier herum und reden und tun nichts! Nichts! Ist es denn nicht genug, dass mein Vater – mein Stiefvater«, unterbrach er sich mit einem giftigen Blick zu Franz hin, »ermordet wurde und niemand bisher den Mörder gefunden hat? Geht Ihre Unfähigkeit so weit, dass ich nun auch meine Schwester verliere?«

»Bitte beruhigen Sie sich«, versuchte Franz ihn zu beschwichtigen.

»Nein! Ich werde Beschwerde einlegen!«

»Herr Eisenpaß«, probierte Titus es freundlich.

Zornig stieß der junge Mann ihm die Hand vor die Brust, sodass Titus überrascht einen Schritt zurückstolperte. »Lassen Sie mich!«, schrie er und rannte aus dem Kurhaus.

Franz und Titus sahen einander einen Moment ratlos an. Doch dann stürmte bereits Anton Meisl an ihnen vorbei, um den jungen Mann einzuholen. Sie konnten gerade noch beobachten, wie die beiden auf den schmalen Weg hinunter zur Murpromenade einbogen.

Endlich wurde es etwas ruhiger im Foyer, die Gäste zerstreuten sich, und die Gendarmen sowie einige Helfer schwärmten aus, um das Mädchen zu finden.

»Was stand denn vorhin in dem Telegramm?«, fragte Titus.

Franz zog das Papier aus der Tasche. »Von der Pathologie«, sagte er. »Ich habe keine Ahnung, was ich mit der Information anfangen soll. Da, lies selbst.« Er reichte Titus das Schreiben. »Und dann erklär es mir.«

Tierzahn aus Elfenbein. Grüße, Porod.

Titus starrte auf die wenigen Worte. »Dr. Porod schickt dir liebe Grüße«, meinte er dann.

Franz schnaubte. »Sehr witzig! Und das Elfenbein?«

Ehe er antworten konnte, wurde plötzlich die Tür aufgerissen, und mit einem Wirbel von feuchtkühler Gewitterluft stürmte eine Gestalt herein, die Titus im ersten Moment eher für eine Murnixe als für einen Menschen hielt. Franz starrte die Erscheinung an, deren regennasse Kleidung schwer an ihrer schmalen Statur hing. Goldblonde Strähnen lösten sich wirr aus dem, was einmal ein modischer Gibson-Knoten gewesen war.

»Fräulein Salome?«

»Kommen Sie … schnell«, keuchte sie. »Ich habe sie gefunden.«

»Wen?«, fragte Titus verwirrt, doch Salome hatte schon wieder kehrtgemacht und rannte auf dem schnellsten Weg zur Murpromenade hinunter.

»Das Mädchen!«, rief sie ihm zu, ohne ihren Schritt zu verlangsamen, sodass Titus und Franz nichts anderes übrig blieb, als ihr zu folgen. »Schnell! Sie muss in den Fluss gefallen sein.«

Atemlos folgten sie ihr zur Uferböschung, wo Salome behände, ohne auf ihre ohnehin bereits lehmigen Unterröcke zu achten, hinunterstieg.

»Wie haben Sie die Kleine denn gefunden – bei dem Wetter?«, fragte Titus, während er versuchte, Salome hinterherzukommen.

»Ich war spazieren. Ich mag Regenwetter. Woher hätte ich denn ahnen können, dass so ein Gewitter kommt?« Sie hielt ihm die Hand hin, doch er verließ sich lieber auf seinen eigenen Gleichgewichtssinn. »Ich habe erst bei der Schönau, bei der Flussbiegung, abgewartet, bis es wieder besser geworden ist – und dann habe ich sie gesehen. Das heißt, ich habe zuerst nur ihr Kleid gesehen, das hat sich dort in der Weide verfangen.«

Es brauchte bloß einen Schritt auf dem schlüpfrig feuchten Ufergras, ehe Titus auf dem Hosenboden landete. Franz erging es ähnlich. Dann entdeckten sie das Mädchen, das dort nass und leblos zwischen Gras und Weidenästen lag.

»Das muss Laura Eisenpaß sein«, stellte Titus fest.

»Ich habe sie gerade so aus dem Fluss gezogen, die Mur ist reißend und eiskalt. Aber ich habe es einfach nicht geschafft, sie ganz hinauf bis zur Promenade zu tragen. Ich habe es versucht, aber die Böschung ist zu schlammig und …« Hilflos hob Salome die Arme.

Während sie zu erklären versuchte, hatte sich Titus über das Kind gebeugt. Es war marmorblass, seine Lippen hatten einen bläulichen Ton angenommen, und das helle Kleidchen klebte klamm an den Gliedern. Eine furchtbare Ahnung wollte sich seiner bemächtigen, als er die kalte Haut der Kleinen berührte. Er riss sich zusammen und lauschte auf ihren Atem, auf ihren Herzschlag – irgendetwas, das ihm verriet, dass sie noch lebte. Er spürte Franz' und Salomes Blicke auf sich gerichtet, schloss die Augen und versuchte, einen Hauch aus ihrem Mund wahrzunehmen. Bang fasste er nach dem schmächtigen Handgelenk.

»Ist sie …?« Salome brauchte den Satz nicht zu beenden.

Titus zögerte. Doch – da war etwas, ein zaghaftes Atmen, ein flüsternder Herzschlag. Er nickte nur in Salomes Richtung und konnte förmlich sehen, wie ihre Anspannung der Erleichterung wich.

Prüfend sah er das Mädchen noch einmal an. Wie lange mochte es in der Mur gelegen haben? Selbst nach dem Regen hing schon wieder etwas sommerliche Wärme in der Luft, doch ihr Körper war eiskalt. Er suchte abermals nach ihrem Puls. Er war da, schwach und schläfrig. »Wir müssen sie hinaufbringen«, entschied Titus. »Sie muss ins Warme.«

»Und vor allem ins Trockene«, ergänzte Franz.

»Soll ich …? Brauchen Sie Hilfe?« Salome versuchte, am schlammigen Ufer so beiseitezutreten, dass Titus mit dem Kind nach oben gelangen konnte, ohne dass sie selbst abermals in die Mur steigen musste, die sich an dieser Stelle schon ein ganzes Stück Böschung einverleibt hatte.

»Das geht schon.« Titus nahm das Kind auf den Arm und versuchte, das Gleichgewicht auf dem abschüssigen Ufer nicht zu verlieren. Das Gewitter hatte in den letzten Stunden eine dermaßen große Menge an Regen gebracht, dass unter dem langen Gras der Murböschung die Erde aufgeweicht und glitschig war.

Franz reichte ihm, so gut es ging, seinen Arm, während Titus zweimal ausglitt und schlussendlich auf dem erdigen Abhang zu sitzen kam. Salome, die sich offensichtlich keiner Illusion über den Zustand ihrer Kleidung mehr hingab, kletterte auf allen vieren zur Murpromenade hinauf und wartete auf Titus, bis er endlich keuchend sicheren Boden erreichte.

»Bringen wir sie zu ihrer Mutter«, sagte er nur.

Das bewusstlose Mädchen an sich gedrückt, eilte er, so rasch er konnte, die schmale Treppe hinauf, die von der Promenade zum Hauptplatz führte, Franz und Salome ihm hinterher.

Plötzlich stockte er. »Großer Gott!«, stieß er hervor.

»Was ist?«, drängte sich Franz an ihm vorbei und erstarrte.

Eine Gestalt lag vor ihnen auf dem Weg.

»Das ist doch der Polizist!«, rief Salome aus.

»Das ist der Meisl«, konstatierte Franz und sah entsetzt auf seinen Kameraden.

»Der schaut aber nicht gut aus«, meinte sie.

Die Gestalt auf den Treppen gab ein Stöhnen von sich und spuckte Blut.

»Was ist geschehen?«

Die Antwort war nur ein schmerzverzerrtes Röcheln.

Hilflos sahen Salome und Titus auf den niedergestreckten Ermittler, dem Franz nun mühsam versuchte wieder auf die Beine zu helfen.

»Bringt das Mädel hinauf, ich kümmere mich schon um ihn«, sagte er mit einem grimmigen Blick auf Meisl.

Dieser reagierte mit weit aufgerissenen Augen und einem Krächzen, aus dem niemand so recht schlau wurde.

»Komm«, sagte Salome nur und schob Titus weiter. »Wir müssen die Kleine hineinbringen.«

Statt durch das Foyer zu gehen, wandte sie sich nach links, wo ein schmaler gepflasterter Weg direkt unter die Terrasse des Kurhauses führte. Ohne zu zögern, stieß sie eine Tür auf und bedeutete Titus hineinzugehen. »Dienstboteneingang«, sagte sie nur mit einem Schulterzucken. »Man muss ja kein unnötiges Aufsehen erregen.«

Über eine enge Treppe gelangten sie in die oberen Stockwerke, wo sich die Gästezimmer befanden. Zielsicher eilte Titus auf Giselas Zimmer zu. Ohne zu klopfen, stieß er die Tür auf – und prallte überrascht zurück.

Gisela stand im Reisekleid vor ihm, ihren dunkelgrünen Schirm in der Hand, der junge Mann mit dem rötlichen Schmiss auf der Wange neben ihr. Erst auf den zweiten Blick erkannte Titus in ihm August Eisenpaß, der zuvor vollkommen echauffiert davongerannt war.

In höchster Überraschung weiteten sich Giselas Augen. »Laura …« Sie schlug sich die Hand vor den Mund.

»Wir haben sie gefunden«, stieß Titus atemlos hervor. »Bei der Mur unten … Fräulein Grün … Sie ist vielleicht beim Spielen hineingefallen … und das Gewitter …« Er hielt inne.

Gisela sah ihn immer noch geradezu entgeistert an, in Augusts Miene konnte er gar nichts lesen.

»Leg sie hin«, ergriff Salome, die Titus ins Zimmer gefolgt war, die Initiative.

Titus schob sich an Gisela vorbei und legte Laura auf das Bett. Das Mädchen war fast so weiß wie das Laken. »Wir müssen ihr dringend das nasse Gewand ausziehen«, sagte er. »Sie muss sich aufwärmen und …« Sein Augenmerk war auf ein Fläschchen gefallen, das scheinbar vergessen unter das Nachtkästchen gerollt war. Er bückte sich und hob es auf. Es war so gut wie leer. »Laudanum«, las er vom Etikett ab. Er wandte sich verwundert zu Gisela um, die ihn bewegungslos anstarrte.

»Legen Sie das weg.« Ihre Stimme klang plötzlich hart und spröde.

»Gisela, was …?«

»Ich sagte, legen Sie das weg, Titus.«

»Das ist Laudanum! Haben Sie etwa das ganze Fläschchen …? In dieser Dosis …«

»Sie brauchen mich nicht zu belehren, Herr Doktor. Ich weiß selbst, wie viel es braucht. Ich dachte, der Fluss würde mir noch einmal helfen.«

»Haben Sie etwa Ihre eigene Tochter …?« Titus starrte von dem Fläschchen zu Laura und dann wieder zu Gisela, deren Schönheit mit einem Mal etwas Bedrohliches bekam.

»Sie ist nicht meine Tochter. Sie ist das Kind meines Gatten.«

Salome machte einen vorsichtigen Schritt zurück in Richtung Zimmertür. »Sie haben das Mädchen mit Laudanum vergiftet und dann in die Mur geworfen?«

Unerwartet stand August hinter Salome und ließ sie wie versteinert innehalten.

»Macht das jetzt noch einen Unterschied?«

»Was soll das? Gisela …« Titus hatte das Gefühl, aus der Gegenwart direkt in einen Alptraum gestürzt zu sein. »Wieso?« Seine eigenen Worte klangen ihm unwirklich in den Ohren.

»Sie würden es ohnehin nicht verstehen.« Gisela kam auf

ihn zu, ihr Blick von medusenhafter Intensität. »Das Leben einer Frau ist anders als das eines Mannes. Wir müssen Entscheidungen treffen, Opfer bringen, für die, die wir lieben.«

Es kostete Titus alle Kraft, seine Augen von ihrem Antlitz zu wenden. Er sah auf ihren Hals, ihre Schultern, ihre Hände, in denen sie immer noch den Schirm mit dem auffälligen elfenbeinernen Pferdekopf hielt. Unvermittelt keuchte er auf. Das Pferdegesicht sah ihn höhnisch mit seinem abgebrochenen Ohr an – und da begriff Titus endlich, was er die ganze Zeit vor sich gehabt und doch nicht verstanden hatte.

»Salome, verschwinde!«, wollte er rufen, doch er brachte keinen Ton hervor.

Gisela verzog die Lippen zu einem Lächeln. »Ich verstehe, Sie haben endlich Ihre Schlüsse gezogen, mein Lieber. Ich wusste von Anfang an, dass Sie ein kluger Mann sind. Gescheit, aber schwach. Wahrscheinlich liegt das an der Erziehung. Wenn man einem zu starken Vater ausgesetzt ist, gegen den man keinen eigenen Willen aufbauen kann, bleibt man in seinem Innersten für immer ein Knabe.« Während sie redete, hatte sie wie beiläufig ein Federmesser aus ihrer Rocktasche gezogen. Klein und zierlich lag es in ihrer Hand, fast wie ein Schmuckstück, das sich manche Damen an ihre Chatelaine hängten. »Solche Jungen brauchen später starke Frauen, die sie führen und durch das Leben leiten. Es sind arme Kinder …« Scheinbar zärtlich beugte sie sich über Laura. »Aber kluge Mädchen sind leider auch nicht besser.«

Titus verharrte bewegungslos, wie von ihren Worten gebannt.

Salome, die offenbar einen Abstand zwischen sich und August bringen wollte, stand auf einmal neben ihm. Erst schien es, als wollte sie sich ausgerechnet in seiner Nähe in Sicherheit bringen, doch dann fiel ihr Blick auf Frau Eisenpaß. »Was tun Sie da?«, schrie sie auf, als deren Hand sich dem blassen Körper von Laura näherte.

Nur für den Bruchteil einer Sekunde hielt Gisela inne.

Salome streckte den Arm aus, um sie aufzuhalten.

Verdutzt starrte Titus erst Gisela, dann die hübsche Klinge an, seine Gedanken verhakten sich irgendwo auf halbem Weg zwischen dem Fläschchen Laudanum, Theodor Eisenpaß, dessen Geliebtem und dem abgebrochenen Elfenbein-Zahn – und er reagierte viel zu spät.

Im nächsten Moment kreischte Salome auf, presste ihre Hand an die Unterlippe. Blut sickerte zwischen ihren Fingern hindurch. Gisela hielt die Faust erhoben. In ihrer Hand blitzte das zierliche Federmesser.

Endlich rasteten Titus' Gedanken wieder ein, er wollte sich auf Gisela stürzen, ihr die Klinge entreißen – da traf ihn ein Schlag von hinten, der ihn taumeln ließ. August stand da, und es war klar, dass er kein Interesse hatte, noch weiter über irgendetwas zu reden. Titus wollte sich zur Wehr setzen, doch bevor er sich entschieden hatte, was zu tun wäre, hatte ihn der junge Mann mit einem weiteren Hieb zu Boden befördert.

»Komm, Mama«, sagte August so ruhig, als hätte er lediglich ein lästiges Hindernis beiseitegeschafft, und streckte die Hand nach Gisela aus.

»Aber …«, erwiderte diese und deutete auf die anderen im Raum.

»Die Kleine wird wohl nicht mehr aufwachen, der Doktor«, er trat Titus in die Magengrube, dass der sich blind vor Schmerzen und keuchend zusammenrollte, »steht so schnell nicht auf, und das Fräulein«, er packte Salome am Hals, »wird sich auch rasch erledigt haben.«

»August, wir …«, setzte Gisela an, doch ihr Sohn reagierte nicht.

Verschwommen und wie in einem grausigen Nebeltraum gefangen beobachtete Titus, wie der Mann Salome die Luft abdrückte. Er hörte ihr Röcheln, sah die weit aufgerissenen Augen, das Blut, das ihr von Lippen und Kinn rann. Er wollte sich aufrichten, August packen, irgendwas tun, dass er von Salome abließ, doch der Tritt hatte ihn schier gelähmt, sodass er es nicht einmal schaffte, sich aus seiner verkrampften Position zu lösen.

Für einen Moment spürte er Giselas Augen auf sich ruhen, als tasteten sie über seinen Körper, der noch immer um Atem rang. Tonlos versuchte er, Worte zu formen, die jedoch nichts als ein mitleidiges, fast bedauerndes Lächeln auf ihren Lippen hinterließen.

August stieß einen animalischen Laut aus, der sich grotesk mit Salomes verzweifeltem Röcheln vermischte. Titus öffnete den Mund zu einem lautlosen Schrei, einem Flehen, einem Winseln.

Gisela betrachtete ihn mit der milden Abscheu, mit der man auch ein ekles Getier musterte, ehe man darauftrat. Dann fuhr sie herum und rannte aus dem Zimmer.

August wandte sich nach seiner Mutter um und schien für einen kurzen Augenblick seinen Griff um Salomes Hals zu lockern.

Titus wusste, dass dies der Moment gewesen wäre, etwas zu tun, doch er schaffte es nicht. Er sah nur, wie sich Salome plötzlich verkrümmte, als wäre sie von einem Krampf befallen. In der nächsten Sekunde schnellte sie wieder empor, wobei ihr Knie zwischen Augusts Beine zielte. Mit einem dissonanten Keuchen sackte er zusammen.

Ehe Titus ganz begriff, was gerade geschehen war, hatte Salome ihn am Arm gepackt und auf die Beine gezerrt. »Schnell!«, krächzte sie.

Atemlos stolperte er ihr hinterher. Schon hörte er Flüche der übelsten Sorte hinter sich, ein Stöhnen und Fauchen. »Das Mädchen!«, hielt er Salome zurück, wollte sich umwenden, doch sie zog ihn zur Treppe. »Nicht!«, wehrte er sich. »Er bringt sie um!« Er zögerte, panisch zwischen Flucht und Kampf hin- und hergerissen, als Schritte die Treppe heraufpolterten.

Franz, gefolgt von zwei Gendarmen, stürmte an ihnen vorbei, und es war kaum zu überhören, dass sie August nach wenigen Handgriffen überwältigt hatten.

Ächzend ließ sich Titus an der Wand zu Boden gleiten. Ihm tat alles weh, aber wenigstens hatte er das Gefühl, wieder Luft zu bekommen. Er sah Salome an, die neben ihm kauerte. Das Federmesser hatte ihre Unterlippe ein wenig aufgeschlitzt und einen langen Kratzer ihren Unterkiefer entlang hinterlassen.

»Schlimm?«, fragte sie, möglichst ohne ihre Lippe zu bewegen.

»Nicht allzu sehr. Ich würde allerdings zu einem Arzt gehen«, antwortete Titus mit einem angeschlagenen Lächeln.

Ehe sie noch etwas erwidern konnte, stand Franz wieder vor ihnen. Zwei Knöpfe seiner Weste waren abgesprungen, und sein Hemdkragen sah etwas derangiert aus, doch abgesehen davon wirkte er sehr zufrieden. »Der Wahnsinnige ist festgesetzt«, sagte er. »Seine Frau Mutter ist uns auf der Treppe in die Arme gelaufen und –«

»Das Mädchen?«, fragte Titus.

»Sie lebt wohl, aber …«

»Gisela muss ihr eine Überdosis Laudanum eingeflößt haben. Die Flasche lag unter dem Nachtkästchen, aber ich –«

»Sie wollte ihre Stieftochter erst ruhigstellen und dann in der Mur ertränken«, warf Salome ein.

»Sollte sich dann nicht jemand um die Kleine kümmern?«

»Natürlich, aber …« Titus gestikulierte hilflos. »Im Grunde kann man jetzt eh nicht mehr für sie tun, als sie warm zu halten und zu warten, bis sie wieder zu sich kommt.«

»Gut, jemand soll dann nach ihr sehen. Diese Gifthexe!«, fluchte Franz.

»Besser, als sie zu erschlagen, wie den Ehemann …«, murmelte Titus.

Franz sah ihn entgeistert an.

»Der Tierzahn – das Elfenbein –, das ist das Ohr von dem Pferdekopf an ihrem Schirm. Damit muss sie, oder vielleicht auch ihr Sohn, wenn man die notwendige Wucht bedenkt, Theodor Eisenpaß den Schädel eingeschlagen haben. Er war ja am Samstag in Bruck, und außer den Kindern …«

Franz räusperte sich. »Willst du das wirklich hier neben deinem Fräulein besprechen? Mir scheint übrigens, sie braucht einen Arzt.«

»Das habe ich ihr auch schon gesagt …«

»Nur blöd, dass hier weit und breit keiner zu finden ist«, meinte Franz ironisch und zog seinen Freund wieder auf die Beine. »Komm, der Meisl ist auch schon vom Herrn Kurarzt höchstselbst zusammengeflickt worden, da machen ein oder zwei Patienten mehr keinen Unterschied.« Er sah Salome an und bot ihr seinen Arm. »Sie erhalten die bestmögliche Behandlung.«

Samstag, 24.7.1897, Abend

EIN VIELVERSPRECHENDER ANFANG

Takt ist unerlässlich, wirklicher Mut in vielen Fällen notwendig und stets muss der Untersuchungsrichter bereit sein, erforderlichen Falles Gesundheit und Leben einzusetzen, wenn er es mit gefährlichen Verbrechern zu tun hat.

Dr. Hans Gross

Im Lesezimmer des Kurhauses saß bereits der reichlich lädierte Anton Meisl und schaute ihnen mit zugeschwollenem Auge und aufgeplatzter Lippe säuerlich entgegen. »Haben Sie ihn?«, nuschelte er, wobei er offensichtlich bemüht war, sein Gesicht so wenig wie möglich zu bewegen.

»Den Ingenieur Loidl?«, gab Franz feixend zurück.

Meisl versuchte, die Augen zu verdrehen, was ihm jedoch gründlich misslang. »Idiot.«

»Ja, den August Eisenpaß, der Sie vorhin so fesch zugerichtet hat, den haben wir festgesetzt.«

»Gut.« Meisl betastete vorsichtig seine Lippe und zuckte zusammen. »Dieser Irre hat gemeint, dass er damit durchkommt, bevor er mich … Gebrüstet hat er sich damit! Er hat seinen eigenen Stiefvater in Bruck erschlagen. Er und die gnädige Frau Eisenpaß, die haben zusammen den Mord geplant, damit sie über das Vermögen verfügen können und nicht er … und seine Tochter, die auch nicht wirklich seine ist.«

Titus nickte und ließ sich mit verhaltenem Stöhnen in einen der Sessel niedersinken. »Ich habe es gewusst«, sagte er leise. »Die ganze Zeit, aber ich hab es nicht begriffen!«

»Wissen kann man nur, was man auch versteht, und was man nicht begreift, kann man nicht verstehen«, warf Salome ein. »Also, was haben Sie nicht begriffen?«

»Der Schirm!«, stieß Titus hervor. »Schon wie ich sie zum ersten Mal im Kurhaus getroffen habe und ihr erklären musste, dass ihr Gatte verschwunden ist – da hatte sie diesen grünen Schirm mit dem Pferdekopf, dem ein Ohr fehlte. Ich habe ihn gesehen und mir nichts dabei gedacht! Und als wir dann bei Dr. Porod waren, und der Tierzahn …« Er sah Franz zerknirscht an. »Ich hätte mir doch irgendetwas dabei denken müssen.«

»Nein«, widersprach Franz. »Ich wäre da auch nie auf die Idee gekommen, dass –«

»Aber ich bin Arzt!«

»Ich finde, du hättest dir die ganze Zeit eine andere Frage stellen müssen. Und ich mir selbst übrigens auch.«

»Natürlich«, sagte plötzlich Salome, die den beiden Männern offenbar gelauscht hatte, während ihre Verletzungen notdürftig versorgt worden waren. »Wieso ist Ihnen beiden – gescheite Männer, für die Sie sich selber halten – nicht aufgefallen, dass diese Frau Eisenpaß Sie die ganze Zeit über bloß gelenkt hat?«

Franz und Titus sahen sie mit großen Augen an. Meisl gab ein Grunzen von sich, das wahrscheinlich ein süffisantes Lachen hätte sein sollen.

»Solange Sie uns Frauen für das schwache Geschlecht halten, ist es ja nicht verwunderlich, dass Sie uns auch keinen Mord zutrauen. Da ist es für unsereins doch ganz leicht, ein paar Tränen zu vergießen, ängstlich und unwissend zu tun – oder je nach Bedarf mütterlich und selbstlos –, und Sie sind so naiv, dass Sie gar nicht auf die Idee kommen, dass eine Frau Sie von vorne bis hinten manipuliert. Zum Glück haben Sie im letzten Moment doch noch rechtzeitig etwas begriffen, sonst wäre die Sache wohl anders ausgegangen.« Salome lächelte milde, vermutlich nicht zuletzt über die betretenen Blicke, welche die Männer ihr zuwarfen.

»Du bist wirklich ein Blitzmädel.« Titus hatte die Worte ausgesprochen, ehe er sich ihrer bewusst wurde.

Salomes schillerndes Lachen überwältigte ihn schier.

»Das hat der Onkel Horvath auch immer über mich gesagt.«

»Onkel Horvath?«, fragte Franz.

»Er ist doch der beste Freund meines Vaters – natürlich habe ich ihn als Kind Onkel genannt.«

»Und ohne den Brief von Gisela wären wir nie auf ihn gekommen«, ergänzte Titus. »Jedenfalls nicht so bald …«

»Wahrscheinlich war das ihr letzter Versuch, Sie auf eine falsche Spur zu lenken. Ein Mordopfer, das so einen Lebenswandel führte, das konnte doch nicht bloß des Geldes wegen von seiner eigenen Ehefrau ermordet worden sein, nicht? Genau das haben Sie sich doch gedacht.«

Titus und Franz sahen einander an. Salome hatte wohl recht.

»Ich bin der größte Idiot auf Gottes Erdboden«, murmelte Titus nach einer Weile und ließ den Kopf in die Hände sinken.

»Ah geh, den Meisl gibt es doch auch noch …«, versuchte Franz, ihn zu trösten.

Der Genannte gab nur ein Stöhnen von sich.

»Ich hätte von Anfang an meinen Mund halten sollen. Ich hätte mich gar nicht erst einmischen sollen! Schon wie sie hier angekommen ist, hat sie mich manipuliert. Gisela, die treue Ehefrau, die ihren Mann auf Kur besuchen will und erfährt, dass er nicht hier ist. Dabei haben sie und ihr Sohn ihn drei Tage vorher selber erschlagen!«

»Und weil Sie ja selbst ein Mann sind, haben Sie auch wie ein Mann gedacht und angenommen, dass Eisenpaß bei einer Geliebten sein müsse«, fuhr Salome fort. »Wahrscheinlich hätte es ihre subtilen Andeutungen gar nicht gebraucht.«

Titus nickte nur schwach.

»Das erklärt dann wohl auch diese ominöse Agnes Landmanner«, bemerkte Franz. »Ein Name mehr, dem nachgeforscht werden musste und der von ihr ablenkte.«

»Und am Ende kommt heraus, dass diese Person gar nicht existiert …«

»Frau Eisenpaß hat das geschickt angestellt und uns gut beschäftigt gehalten«, brummte Franz. »Sie hat vielleicht gehofft, dass der Leichnam gar nicht mehr oder irgendwo anders auftauchen würde und sie sich in der Zwischenzeit hier ein praktisches Alibi ersitzen kann. Und damit die Aufmerksamkeit der Polizei möglichst weit weg von ihr bleibt, hat sie uns ihren Brief an Eisenpaß förmlich unter die Nase gehalten. Elegant inszeniert, just als wir noch einmal sein Zimmer durchsuchen wollten.«

»Oh, das kann ich mir gut vorstellen«, mischte sich Salome wieder ein. »Aus Angst vor den Herren Polizisten wird sie sich in die Arme des guten Herrn Doktor geworfen haben, der sie dann heroisch beschützte. Bei der Gelegenheit wird sie wohl geschickt ein paar Reize eingesetzt haben. Ganz zufällig natürlich. Lassen Sie mich raten … Sie fiel in Ohnmacht und präsentierte bei der Gelegenheit einen Knöchel? Ein Knie? Womöglich sogar einen verrutschten Unterrock?«

Titus meinte, dass die Röte, die bei ihren Worten in ihm aufstieg, seine Sommersprossen jeden Moment Funken sprühen lassen musste.

»Und weil Titus Pyrner im Letzten doch nur ein lieber, sanfter Mann ist, hat er gar nicht recht bemerkt, was sie mit ihm angerichtet hat.«

Er sah beschämt auf seine Hände. Selbst die Sommersprossen auf seinen Fingern schienen ihm nun röter als sonst.

Franz war mit den Gedanken offenbar schon einen Schritt weiter und zupfte an seinem Oberlippenbart. »Trotz allem konnte sie die Ermittlungen aber nicht wirklich beeinflussen. Deshalb hat sie sich uns – oder genau genommen dir, Titus – dann als Dolmetscherin angeboten, als wir zu den Italienern gingen. Du konntest ja nicht aus deiner Haut und warst am Abend extra noch auf Visite bei ihr … Ich frage mich, ob wir je erfahren werden, was sie den Katzelmachern da alles vorübersetzt hat. Wahrscheinlich hat sie es irgendwie geschafft, den Grizzo, der ja die ganze Zeit dabei war, so in Panik zu versetzen, dass er schlussendlich die Flucht ergriffen und der Meisl ihn erschossen hat.«

Anton Meisl gab diesmal ein grantiges Stöhnen von sich.

»Besser hätte es für sie zunächst gar nicht laufen können«, fuhr Franz fort. »Sobald wir einen offiziellen Schuldigen hatten, wäre sie aus dem Schneider gewesen. Aber dann haben wir von Caligaro doch noch erfahren, was es mit Giorgio Zilli und dem gekauften Kind auf sich hatte. Und dir, Titus, ist praktischerweise eingefallen, welche letzte Spur sie uns von Anfang an gelegt hatte.«

»Die Spur zu Armin Horvath«, sagte Salome.

Titus nickte. »Ich wundere mich, ob wir überhaupt so lange ermittelt hätten, wenn wir gleich auf diese Beziehung gestoßen wären. Es hätte zu vieles zu gut gepasst.«

»Sie hat genau gewusst, über wie viele zufällige Hinweise sie uns stolpern lässt ...«

»Und in der Zwischenzeit hat sie ihrem Sohn telegrafiert, wie die Lage ist und dass er seine liebende Mutter bald abholen kann.« Titus spürte, wie ihm die Erinnerung an Gisela zunehmend bitter wurde. Er hätte sich ohrfeigen können, wenn er sich dadurch vor Salome nicht noch lächerlicher gemacht hätte. »Wahrscheinlich hatten die beiden von Anfang an vor, Laura irgendwie loszuwerden, wenn erst Eisenpaß aus dem Weg geräumt war. Es gibt genug Unglücksfälle, denen ein kleines Mädchen zum Opfer fallen kann. Und dann wäre das gesamte Vermögen in den Händen der trauernden Witwe und ihres Sohnes gelandet, der sich von da an ein Leben ganz nach seinem Geschmack hätte leisten könnte.«

»Das heißt ... sie hat das alles eigentlich bloß aus Mutterliebe getan?«

»Ich sagte schon, dass Liebe die gefährlichste Geisteskrankheit von allen ist«, bemerkte Franz.

Kurz trafen sich Titus' und Salomes Blicke.

Eine Weile schwiegen sie.

»Was wird denn nun aus Laura?«, fragte Salome schließlich.

Titus hob hilflos die Arme. »Wenn Gisela sie wirklich mit Laudanum sediert und dann in die Mur geworfen hat, können wir ohnehin bloß abwarten. Wenn sie wieder zu sich kommt, dann bleibt zu hoffen, dass sie sich keine Lungenentzündung geholt hat und dass sie mit diesen furchtbaren Erlebnissen irgendwie zurechtkommt.«

»Und Gisela selbst und ihr Sohn?«

»Sie ist nicht das erste und gewiss nicht das letzte Frauenzimmer, das durchgedreht ist«, erwiderte Franz. »Sie wird ins Gefängnis kommen und August auch. Und je nachdem, wem man schlussendlich den Mord an Theodor Eisenpaß nachweisen kann, wird am Ende wohl auf einen oder auf beide der Galgen warten.«

Salome sah ihn an und schauderte. »Traurig«, sagte sie dann.

Die folgenden Stunden zogen wie im Nebel an Titus vorbei.

Er fühlte sich, als wäre er aus der Zeit gefallen, hatte den Eindruck, sich selbst dabei zu beobachten, wie er einfach dasaß, erschöpft und zerschlagen. Zugleich schwirrte ihm der Kopf, und eine merkwürdige Aufregung ließ seine Gedanken im Kreis wirbeln. Überdeutlich meinte er seinen eigenen Herzschlag zu spüren, ein Kribbeln im ganzen Körper.

Irgendwann kam der Kurdirektor zu ihm und brachte ihn zu Laura, die allein in einem kleinen Zimmer lag. »Ich werde sie hierbehalten, bis geklärt ist, was weiter mit ihr geschehen soll«, sagte der Direktor leise, während sich Titus über das Mädchen beugte. Laura war noch immer blass, ihre Wangen kühl, doch unter Titus' Fingern pochte ein steter Puls. Die Männer nickten einander zu, es gab Grund zur Hoffnung.

Franz hatte derweil wieder ganz die Rolle des Untersuchungsrichters eingenommen. Gisela und August Eisenpaß wurden noch am selben Tag ins Kriminal nach Graz überstellt, es wurden knappe Berichte an alle notwendigen Stellen telegrafiert, und einige Gendarmen hatten Befehl erhalten, alle verbliebenen Beweisstücke aus Giselas Zimmer sicherzustellen.

Anton Meisl verzog sich recht bald in seine Unterkunft im »Straßburg« und ward für den Rest des Abends nicht mehr gesehen.

Erst als Titus später in seinem gewohnten Winkel des Speisesaals beim Abendessen saß, schien die Zeit um ihn herum wieder einzurasten. Eine duftende Bouillon stand vor ihm, und Franz saß ihm mit einem zufriedenen Lächeln gegenüber.

»Gut haben wir das gemacht«, meinte der und prostete Titus mit einem Glas Bier zu. Dann beugte er sich vertraulich vor und fügte mit einem komplizenhaften Grinsen hinzu: »Und – darf ich dir endlich hochoffiziell zur Verlobung gratulieren?«

Titus verschluckte sich fast an seiner Suppe.

Franz zupfte vergnügt an seinem Bart. »Während du wieder einmal der gute Doktor warst, der du nun einmal bist, sind mir Gerüchte zu Ohren gekommen, dass das zwischen dir und dem Fräulein Grün längst eine abgemachte Sache ist. Jedenfalls laut der Geheimratswitwe Brandhauer.«

»Herr im Himmel …«, murmelte Titus.

Doch bevor er noch zu einer passenden Erklärung ansetzen konnte, traten Herr Grün und seine Tochter an seinen Tisch. Salomes Wangen waren gerötet, der Schnitt an ihrem Unterkiefer verlieh ihr etwas wundervoll Verwegenes. Hinter ihnen ließ sich die Walkürengestalt der Geheimratswitwe erahnen, was jeden Gedanken an einen Fluchtversuch im Keim erstickte.

Kurz sah Titus hilfesuchend zu Franz hin, der nur amüsiert die Szene beobachtete, dann erhob er sich pflichtschuldig und deutete eine Verbeugung an.

»Nun, Dr. Pyrner«, begann Herr Grün, ohne lange zu fackeln. »Viel haben wir bisher ja nicht miteinander gesprochen, aber soweit ich unterrichtet bin, haben Sie sich dafür umso intensiver mit meiner Tochter unterhalten. Und nach den dramatischen Vorfällen heute … Sie werden mir verzeihen, dass ich nicht warten möchte, bis Sie Ihr Essen beendet haben. Antworten Sie mir einfach hier und jetzt: Sind Sie mit meiner Tochter verlobt oder nicht?«

Titus hatte es geahnt.

Er wagte nicht, in Salomes Richtung zu schauen, deren funkelnden Blick er in diesem Moment mehr als alles andere fürchtete. Irgendwo in seinem Hinterkopf tönte wieder jene Stimme, die ihn dazu mahnte, nun endlich und ein für alle Mal »Nein!« zu schreien, doch wundersamerweise hatte er diesmal durchaus nicht das Gefühl, dass ein Ja eine so schlechte Idee wäre.

Er schluckte, spürte, wie ihm Franz gegen die Wade trat, öffnete den Mund.

»Ja«, hörte er da Salomes Stimme. »Wir sind verlobt. Zugegeben ein wenig überraschend, aber wenn ich mein Studium in der Schweiz beendet haben werde, dann …«

»Dein Studium?«, entfuhr es zugleich Titus und Herrn Grün.

»Natürlich, lieber Vater«, erwiderte sie so dermaßen unbekümmert, dass Titus sich für einen Moment nicht sicher war, ob er nicht vielleicht doch gerade träumte. »Ich habe vor, Pharmazie zu studieren, vielleicht auch Medizin. Oder Kunst. Ich habe mich da noch nicht festgelegt. Denkst du, ich möchte bloß für ein Jawort zur Frau Doktor werden? Das mache ich dann vorher doch lieber selbst.«

»Nun …« Herr Grün war sichtlich überrascht, auf diese Weise vor vollendete Tatsachen gestellt zu werden.

Noch überraschter war jedoch Titus, als Salome plötzlich seine Hand ergriff. Fragend wollte er sich zu ihr wenden, als er sich auf einmal geküsst fühlte, wie er es sich selbst in seinen wildesten Gymnasiastenträumen nicht ausgemalt hätte. Glühend rann ihm da die Röte seiner Haare den Nacken hinab. Erstarrt verharrte er einen Moment, ehe er beherzt den Kuss erwiderte.

»Ich verspreche dir, ich werde recht schnell studieren«, flüsterte ihm Salome zu.

Zu Risiken und Nebenwirkungen …
Beipackzettel zu diesem Krimi

Ich möchte behaupten, dass es kaum etwas Spannenderes gibt, als einen Krimi zu schreiben. Besonders aufregend ist es allerdings, wenn die Geschichte nicht irgendwo, sondern im eigenen Heimatort spielt. Denn auch wenn es mich inzwischen ein gutes Stück murabwärts verschlagen hat, ist Frohnleiten immer noch ein bisschen mein Zuhause.

Vieles in diesem historischen Krimi entspricht demnach der Wahrheit. Bei manchen Dingen habe ich mir jedoch auch das Recht der Dichterin herausgenommen und einige Gegebenheiten meinem persönlichen Geschmack und den Anforderungen der Krimihandlung angepasst.

Frohnleiten war tatsächlich gegen Ende des 19. Jahrhunderts ein durchaus beliebter Kurort, der sogar in einer Novelle des Dichters Ferdinand von Saar verewigt wurde. Dank der Initiative von Franz Rumpelmaier wurde 1867 eine Kaltwasserheilanstalt eröffnet, die unter anderem dafür sorgte, dass die Züge der Südbahnstrecke wieder im Ort hielten und somit Frohnleiten ein gut besuchter Ort wurde und bis heute blieb.

Bei der Ausstattung des Kurhauses habe ich mir allerdings ein paar Freiheiten erlaubt. Zum Beispiel die Gästezimmer oder wie und wo während des Kuraufenthalts gegessen wurde, habe ich mir schlicht so ausgemalt, wie es mir für meine Geschichte am passendsten erschien. Den Kurdirektor habe ich bewusst namenlos gelassen, um nicht eine konkrete historische Persönlichkeit darstellen zu müssen.

Auch die Lehmgrube und die Ziegelbrennerei in Frohnleiten sind belegt. Dass die Arbeiter dort größtenteils aus Italien kamen, ist bekannt, und ein paar Calligaros (ja, die Schreibung ist im Krimi absichtlich anders gehalten) lassen sich auch in meinem eigenen Stammbaum finden. Meine Eltern können sich noch an die Gegend erinnern, bevor dort die Weingartensiedlung errichtet wurde; bei dem Teich, der einst die Lehmgrube war, habe ich zu meiner Volksschulzeit noch die Enten gefüttert.

Wie genau allerdings die Unterbringung der italienischen Arbeiter ausgesehen hat, wie die Arbeitsaufteilung und ihre Deutschkenntnisse waren, da habe ich mir wiederum ein wenig dichterische Freiheit gegönnt. Es handelt sich ja um einen Krimi und kein Sachbuch.

Eines aber, kann ich versichern, entspricht vollkommen der Wahrheit: Frohnleiten ist ein wunderschöner Ort, der viel zu bieten hat und auch ohne Kaltwasserheilanstalt und Lehmgrube einen Ausflug wert ist.

Die Zitate von Dr. Hans Gross stammen übrigens tatsächlich aus seiner Feder, genau genommen aus dem »Handbuch für Untersuchungsrichter als System der Kriminalistik« in der fünften, überarbeiteten Auflage, erschienen im J. Schweitzer Verlag, München 1908, das mir als Reprint vorgelegen hat.

Auch wenn die Handlung meines Kriminalromans ein paar Jahre vor dem Erscheinen dieser konkreten Ausgabe spielt, war das »Handbuch für Untersuchungsrichter« zu jener Zeit bereits bekannt und vielfach in Verwendung.